やいばと陽射し

金容満

韓成禮/監訳　金津日出美/訳者

論 創 社

Kalnalgwa Haessal 칼날과 햇살

First published in Korea by Joongang M&B Publishers, Inc.
This Japanese language edition is published by arrangement with Yoonir Agency, Seoul, Korea.

This book is published under the support of Literature Translation Institute of Korea (LTI Korea).

目次

やいばと陽射し

第一章　狂った少女

1

ペ・スンテさんが私の手を握って、おかしなことを言った。「俺は自首したんじゃないんだ。どうやって金日成首領様を裏切れるっていうんだ」だって。何のことかさっぱりわからない。

（一九九六年ごろに書いたものと推定）

ソウルに行って、ドンホさんを探さなきゃ。別れてから三〇年が過ぎたけど、彼はいつでも私の夫だから。

（二〇〇一年ごろに書いたものと推定）

ドンホはヨンジュの手帳に書かれたメモを読み、この二つの内容に驚いた。一つは彼女がペ・スンテと関係があったということであり、もう一つは自分を夫だと思っているという事実である。ある男を夫だと幾度も意識すると、それが真実でなくても自分が本当の妻になったように思い込むように、ヨンジュは一種の自己暗示にかかっているのではないのだろうかと思った。

車は、平昌（ピョンチャン）インターチェンジに近づいていた。ドンホはヨンジュの手帳を懐にしまいながら、運転手のパクにそのまままっすぐ走るように指示した。パクは社長がいきなりそんな指示をするのを訝しく思ったのか、首をかしげた。平昌リゾートの建設現場に行くと言ってソウルを出発した社長が、なぜ何の説明もなくそのまままっすぐ走れと言うのだろうか。

「平昌じゃなくて、どこに行かれるのですか」

「江陵（カンヌン）の方に向かってくれ」

「何かあるのですか」

「人を探しに行くんだ。三十四年前に別れた人さ」

ドンホは何でもいいから無駄話をしたい気持ちだった。そうでもしなければ、湧き上がってくる感情を抑えることができなかった。

「だがな、うれしいというよりも何だか妙な気分なんだ。というのもその人はものを言うのががさつだから、いつもえらく気をつかうんだ。『俺がどうやって生きてきたのかなんて、なんで訊くんだ』といったようにな。こんなにぶくぶく太った俺を見たら、『昔のお前はどこへ行ったんだ』などと、きっとそんなふうな文句を言うだろう」

「何をしていらっしゃる方なんですか？」

「とっても恐ろしい拳銃使いだった。今は年を取ったが、昔は韓国をぶるぶる震えあがらせた殺人兵器だったんだ。彼らは現在の核爆弾よりも恐ろしい存在だった。君、赤化統一という言葉を聞いたことがあるだろう」

「ええ」

「この頃、北朝鮮の核問題が世間の話題になってるが、あんなもんはサイバーゲームに過ぎないかも知れん。六者協議が開かれるっていうのは、関連した国同士の利害が入り乱れてるっていう話さ。それに比べて、彼らは韓国のあちこちで銃声を響かせたんだから」

「その人が今、江陵に住んでいるんですか」

「君は江陵から注文津（チュムンジン）の方に行ったことは？」

「何度か行ってみました」

「その道の途中に沙川（サチョン）というところがあるだろう。面（ミョン）事務所の所在地なんだが、派出所を過ぎて三〇〇メートルほど行くと、津里浦（ジンリポ）の方に曲がる道に出会う」

「ええ、知ってます。その道を下りていって港に辿り着くと坂が現れますが、右に曲がるとすぐに鏡浦台（キョンポデ）に出ますよね」

「よく知ってるな」

「友人とよく行ったんです。東海岸といえば、その辺りが一番気に入ってるんですよ」

「津里浦が気に入ったと言うのか」

「鏡浦台はずい分都会っぽくなっちゃいましたけど、津里はまだ田舎っぽい所が残っていて気に入ってるんです。思う存分騒いだって静かになりたい時だってありますから」

「そうはいっても、津里浦は静かなところなんかじゃない」

「どうしてですか」

「幽霊の泣き声がうるさいんだ」

ドンホはすばやく話を中断して車窓を下ろし、顔に風を浴びせた。車窓から春の風が入り込んできた。久々に黄緑色の渓谷と稜線が親しく思えた。学生時代、ソウルを行き来するたびに舗装されていない国道を走りながら見た五月の山野も、同じように黄緑色だった。

車はいつの間にか珍富(ジンブ)を過ぎていた。間もなく大関嶺(テグァルリョン)を越えるだろうと思うと、ドンホはすぐにまた新しい思いになった。先程までの落ち着かない感じとはまったく異なった、何かしっとりとした気分であった。心の中に思い描いてきた大関嶺――それは絶えず太古の苔の生す原始の峠であった。そして、大関嶺を覆った苔は、ある時は鬱蒼とした松林、ある時は霞んだ霧の塊、またある時は渓谷を染める赤い陽射しとなるのだった。

2

ドンホが瑞草(ソチョ)警察署でヨンジュの手帳を受け取ったのは、出勤前の時間だった。家の前に待機していた車に乗ろうとした瞬間、備え付けのカー電話が鳴った。受話器からは丁寧な声が聞こえてきた。行き倒れの身元を確認してほしいので瑞草警察署の刑事課に来てもらいたい、という要請であった。ドンホは運転手のパクに、会社に行く前に瑞草警察署に寄るように言った。警察署は自宅の近くにあった。

「お忙しいのに申し訳ありません」

担当刑事はドンホに礼儀正しく挨拶をしてから薄っぺらな書類綴じを見せ、表紙に貼られた女性の顔写真を見せた。それは明らかにナ・ヨンジュの顔だった。細い顎とスッと筋の通った鼻、そして涼し気な目元は昔と変わったところはなかった。ドンホは刑事に、彼女について思い出す通りに話した。彼女が若いころ精神異常気味であったということも付け加えた。

　刑事は写真の女性の身元が確認されると、ようやくドンホを呼び出した理由を説明し始めた。昨晩、地下鉄教大（キョデ）駅で五十代後半と見える女性がプラットホームで倒れているとの通報があって現場に向かったのだが、所持品から簪一つと一冊の古い手帳が出てきたという。その手の平ほどの小さな手帳にカン・ドンホという名が幾度も記されているというのだ。

「身元を確認させていただいたんですが、社長さんは元警察官だっていうじゃないですか。一九八六年にソウル警察庁を退職されて、現在（いま）はアシン建設代表でいらっしゃるんですよね」

「それで命には別状はないんですか」

　ドンホは刑事の言葉を聞き流し、真っ先にヨンジュの健康状態を尋ねた。ひと月ほどの入院が必要だという医師の所見を刑事は教えてくれ、ヨンジュを行き倒れとして処理しようかどうかと決めかねているとも言った。

「私がこの女性の身柄を引き受けましょう」

　ドンホの口から断固とした語調の言葉が飛び出した。ヨンジュを行き倒れとして放置するなんて到底できない、という責任感が瞬間的に生じたのだった。路上で倒れるほどこの自分を探すのに疲れた女、そんな女性をこれまでこの世に存在していないかのように忘れていたことへの罪悪感を深く感じて、ドンホはまるで自分に言い聞かせるように、身柄を預かると幾度も繰り返した。

「身柄をお預かりになれば、お立場が悪くなると思いますが」

「立場が悪くなるって?」

「もしかしてペ・スンテ氏をご存知ですか」

「ペ・スンテ?」

「社長さんが江陵署に勤務されていた頃に扱っていた人物ですよ」

「本当ですか。それならもしかしたらあの人物かも知れない。蔚珍(ウルチン)・三陟(サムチョク)事件のころに潜入したあの……?」

「そうです。北からの南派武装スパイの……」

「彼をどうして知ってるんですか」

刑事はにっこりとするだけだった。ドンホは気がもめて、ペ・スンテは今どこにいるのかと、思わずせきたてるように尋ねた。すると刑事は、それほど気になる人物なら、なぜ今まで探さずに放っておいたのかと問い返した。その通りだった。決意さえすればすでに会っていただろうに、なぜ今まで探しもせずにすっかり忘れて暮らしてきたのか。

「それなら、ナ・ヨンジュ氏とペ・スンテ氏が同居していたこともご存知ではなかったのですね」

佳境に入るというのはまさにこんなことなのだろう。ドンホは、何かに取りつかれているような気分になった。ヨンジュとペ・スンテが出会って、男と女の関係になったとは……。刑事は笑いを含んだままドンホの表情を窺って、机の引き出しから一冊の古びた手帳を取り出した。そうか、そこに彼の話した内容が書かれているのか。

「はじめはつまらない落書きだとしか思いませんでした。あちこち書き散らしてあって、それに字だって丁寧じゃないですしね。あらかた目は通したんですが、メモの最後にペ・スンテという名が出てきて、どうもおかしな内容が記されているんですよ」

「おかしな内容というのは？」

「お読みになればわかりますよ」

刑事は手帳を黄土色の封筒に入れてドンホに渡すと、いっしょに事務室の外に出るように促した。ヨンジュの入院している病院は警察署の向かい側にあった。

先立って横断歩道を渡り、病院の方に歩いていった刑事は、直ちに玄関のドアを開けてエレベーターに向かって突き進んだ。ドンホは、すぐにヨンジュに会うことになるのかと思うと足が震えた。エレベーターに乗って五階で降りた二人は、数人の患者の横たわる病室に入ってゆき、ゆっくりと窓際のベッドへ近づいて行った。窓際のベッドには、女性の患者が目を閉じたまま仰向けになって眠っていた。一見すると死んでいるようにも見えた。これがヨンジュの姿だなんて……。写真とは異なって、顔や手は今も垢が付いたように汚れて見え、路上をさまよっていた痕跡が明確に見て取れた。ドンホはベッドのそばに近寄ってそっとその手を握った。すると彼女はゆっくりと目を開いた。しかしドンホを見ても、誰なのかわからないようであった。言葉もなくしばらくドンホの顔を眺めていたヨンジュは、急に体を動かそうとした。刑事が彼女を落ち着かせて、ドンホが誰か分かるのかと訊くと、静かに頷いた。ドンホはヨンジュの手を握ったまま、呆然として立ち尽くしていた。言うべき言葉がみつからないのだった。

刑事は公式の確認手続きはすべて終わったとでも言うように、部屋を出ていった。ドンホは病室を出て、真っ先に彼女を一人部屋に移す手続きを済ませた。一刻も早く一人部屋に移して、清潔な環境を整えてやりたいと思ったのだ。

手続きを済ませて外に出ると、玄関に立っていた刑事は握手を求めてきた。ドンホは刑事の労をねぎらった。そして車に乗って、すぐに渡された封筒から手帳を取り出そうとした。すると封筒の底にある何か他の物がドンホの指に触れたので一度封筒から手を抜いた。ドンホはもしかしたらと思って、もう一度すばやく封筒に手を入れた。

それは簪であり、間違いなくドンホの母の遺品であった。母が結婚したときに差して嫁に来たその宝玉の簪には、まだ母の手垢がついているようだった。ドンホは両手で簪を握りしめて母の面影を思いつつ、静かに簪を頬に当てた。母が亡くなる頃にヨンジュに渡した母の真心……。数十年過ぎた今もなお、ヨンジュは自分がドンホの母の嫁であったことの証しとして、御守りのように大事にしてきたに違いない。

ドンホがヨンジュにはじめて会ったのは、彼女の心の病がもっとも著しいときであった。注文津の道端で太ももをさらけ出し、まるで向日葵が太陽を見ているかのようにボーっと座っていた一七、一八ほどに見える狂った少女。ドンホの目にヨンジュは道端に捨てられた廃品のように見えた。誰も見向きもしないそんなヨンジュを家に連れてきて世話をしてやったのが、ほかならぬドンホの母であった。

「高校一年のときに妊娠して、自分の父親に刃物で刺されたせいで頭がおかしくなってしまったって言うのよ。だけど本当に刃物で刺されたのかどうかはよくわからないの。だってヨンジュの体にはどこにも刺された跡がないんだから。たぶん刃物で殴りつける振りをした父親の行動に気が動転しておかしくなったに違いないよ。いくら屠殺屋だっていったって、牛を殺すみたいに自分の娘に本気で刃物を振りかざす父親なんているわけないよ。優しい父親だったから娘の行く末を案じて、怒りと悲しみのあまり死んでしまったのよ。母親なしでやっとの思いで育ててきたのに、こんなふうに頭がおかしくなっちゃって、本当に気の毒だったよ」

「高校生が恋愛して子どもまでできたっていうんだから、不良娘だったんだね」

「そうじゃないの。好きな相手との子どもじゃなくて強姦されたのよ。ともかく、行くあてもない子を誰が面倒見てあげるの？　ちゃんと世話をしてあげればすぐによくなるよ」

ドンホはそんな頭のおかしな少女を家に置くことについては抵抗があったが、一人で寂しく暮らす母に、心の拠りどころのような存在ができたのは幸いだと思った。村の中学校で教鞭をとっていた母は、退職後に父が亡くなってからは一人でさびしく暮らしていたからだった。

そしてその後、ドンホが再びヨンジュと会ったのは二年後のことだった。ソウルで大学に通っていたドンホは帰省せずにいて卒業式を終えてから故郷に戻ったのだが、久しぶりに会ったヨンジュは見違えるほどになっていた。言葉こそやや不自由ではあったが、意志表示ははっきりしており、感情の起伏もなめらかになっていた。家の中も母が一人で暮らしていた頃よりもずっと片付いており、雰囲気も明るくなったようだった。

「あとひと月もすれば、うちの庭は花畑になるわ。松葉ボタン、鳳仙花、タンポポ、全部ヨンジュが植えたのよ。お前が戻ってくるからっていって、ヨンジュがどれほどきれいにしたか分からないわ。身なりにだってずい分気を使ったんだから」

ヨンジュは顔を赤らめて台所に逃げていった。母が笑いながら台所に向かって声を上げた。

「うちのヨンジュのような娘はそんじょそこらにはいないわよ。一生ヨンジュと二人で暮らすつもりよ。かわいいし、性格だっていいし、嫁にするには最高じゃない。ソウルの若い子たちはどこか小賢しいから嫌なのよ」

母さんはこんな風にヨンジュを癒していたんだ……。

ドンホは母を信頼しながらも、一方でそんなふうにヨンジュをずい分おだてているのが心配でもあった。そんなに露骨に褒めちぎっても、もし何か失望させたりしたら、ヨンジュの病気がまた悪化するのはわかりきったことだった。そんなドンホの心配に気付いたのか、母は真顔になってドンホの肩をトントンと叩いた。

「お前はヨンジュを無視してるようだけど、あの娘のような娘はめったにいないよ。もう病気もすっかりよくなったし、ここら辺りではめったにお目にかかれない娘よ」

「いったい何の話だよ。あの娘を好きになれってこと？」

「そんなことじゃなくて、優しくしてあげてってこと。聞いた話によれば、ヨンジュの家はもともとはいい家柄だったってこと。お祖父さんが独立運動をして、散り散りバラバラになったんだって。ヨンジュの父親だってもとは屠殺屋じゃなくて、お祖父さんが亡くなって家がつぶれたから屠殺屋が連れていって家族にしたのよ。ヨンジュがいくら普通じゃないっていっても、どこか良い家柄の面影があると思ってたわ。もっともそんなことは大したことじゃないけれどね。屠殺屋の血筋だからって何なの、使いどころのない血筋だからって何なのよ。どこの誰であれ、大事なのは人柄。家柄なんてどうだっていいのよ」

その夜、ドンホは月の光の明るく照らす庭の隅に立ち、ヨンジュの姿をずっと眺めていた。露のしずくのような澄んだ面立ちとすらりとした容姿が、月明かりでさらに引き立って見えた。彼女の用意した夕食もまた、品のある才女が作ったように垢抜けして見えた。夕食には、ヨンジュはドンホが好きなもやしの和え物や豆腐の煮物を彼の前に並べてくれたが、その真心も彼女の長く白い指のように美しく見えた。

ヨンジュの病気は本当によくなったのか。

ドンホは頭の中で努めて彼女の美しい姿だけを思い浮かべていた。先ほど床に座るときにちらっと見えたスカートのなかの白い太もも、はち切れんばかりの胸元がドンホの股間を熱くした。ドンホは母に内緒でヨンジュを呼び出すことにした。ドンホはあらかじめ家を抜けだして、松の木が何本か並んでいる裏山の窪地の方へゆっくりと歩いて行った。そこは幼いときによく転げまわって遊んだ草原だった。松の木はずいぶんと年を取ったように見えた。ドンホは松の木にもたれて、月の光を映し出す海を眺めた。そのときだった。丘の下の方から人の気配がするなと思ったら、月の光を背に歩いてくる白いワンピース姿のヨンジュが見えた。月の光に照らされた白いワンピースが翡翠色のように光っていた。

「ワンピースがきれいだね。ヨンジュも白が好きなんだね」

そばに近づいてきたヨンジュに、ドンホが先ず声をかけた。

「これ、ドンホさんが買ってくれたのよ。すっかり忘れてしまったみたいね」

ヨンジュが手を口にやりながら笑った。ああ、そうだった！　照れくさくなったドンホはとっさにヨンジュの手を握った。母の世話をよくしてくれていることへの感謝を込めて、去年の春にソウルから送ったものだったのだが、すっかり忘れていたのだった。

「他人行儀に名前なんて呼ぶなよ。これからは兄さんと呼んでくれ」

「そんなことできるわけないわ」

突然、ヨンジュの表情が険しくなった。決してわざというわけではなく、それとはまったく違う何か切羽詰まった表情であった。ドンホは兄妹以上の関係を望む彼女の気持ちに気付かないふりをしたまま、ヨンジュを抱きしめて乾いた草むらに寝転んだ。月の光に照らされた彼女の体が霧のようにゆらめいていた。

体が離れると、ドンホはヨンジュをそのままにして急に立ち上がった。ヨンジュを抱きしめたという事実を実感した途端、ドンホの頭の中で彼女はかつて村の道端で日向ぼっこしていた狂った少女の姿と重なったのだ。塀にもたれかかったままで座り、自分のスカートの中に手を入れていじりまわしているヨンジュの我を忘れた昔の姿。ドンホはまるで自分の体にヨンジュの垢が付いたかのように感じて、彼女を置き去りにしたまま小川の方に向かって走り去った。

3

車から降りたドンホは海辺に立てられた「入り江の刺身屋」という立看板をしばらく眺めた後、鎮守の山の方へ視線を移した。……思い出した。山裾の道を海に沿って回っていくとやや低い場所に出るのだが、その中腹に葬式のときに使う喪屋があったはずだ。その喪屋では、明け方になるといつも死んだ者の霊魂が物悲しく泣く声がするのだ。波の音が岩に反響して生じた音をそう感じるだけなのだろうが、その陰鬱な声に当惑した漁師たちはその近くに家を作るのを嫌がるという。たしか忠清道（チュンチョンド）から東海岸まで流れてきた二人のよそ者が喪屋の近くに粗末な藁屋を作って住んでいたはずだ。しかし、それも武装ゲリラ事件の翌年に火事で燃えてしまった。当時は、死霊が火を付けたとか、そこに住んでいた二人が火を付けて逃げたのだとか噂かれたものだ。

「疲れただろうから江陵で宿を探して休みなさい」

そばに立って社長の様子を気にかけていたパク運転手にドンホは声を掛けたが、彼は夜更けに車が必要になることもあるかもしれないのでこの近くで泊まると礼をわきまえて答えた。しかしドンホは、自分はここで夜を明かすから車は必要ないと言って、パクを江陵に送った。そしてドンホは、すぐに鎮守の山の方へ歩いていった。

山裾に沿って砂利道が続いていて、その道の下の方では波が砕けるように岩に打ち寄せていた。カモメたちの戯れる島の曲がり角を回ると、突き当たりに真っ赤なトタン屋根が現れた。人の気配はなく、風の音がするだけだった。その家は、日差しまでも風に飛ばされて、まるで大きなゴミのように舞っていた。セメントの壁に書かれたヒラメ、石ダイ、イカ、海鮮アラ鍋、刺身の盛り合わせといった文字も、塗料がはがれてシミのように褪せてしまっていた。ドンホは立ち止まって、刺身屋の裏手の丘の上に一つポツンと建てられた倉庫に目を移した。それは一五坪ほどと思われる小さなブロック小屋だった。ヨンジュは、そのスレート葺きの小屋を「倉庫部屋」と手帳に書いていた。倉庫を改良して新婚の住まいにしたというその「部屋」。よりによって喪屋のあった場所で新婚生活を始めるとは……。

そんなことを考えながらドンホは刺身屋の前庭に入っていった。おそらくここが忠清道からやってきたよそ者たちが住んでいた場所だったのだろう。庭は静まりかえっていた。主人を呼んだが返事はなく、ドンホはもう一度「ごめんください」と呼んでみた。するとようやく裏の方から人の気配がして、小ざっぱりとした中年女性がエプロンで手を拭きながら出てきた。

「避暑シーズンじゃないので、お客さんも少なくてね」

その女性は客がいないことが何か悪いことでもあるかのように申し訳なさそうな表情を浮かべて、聞いてもないことに返事をした。

「いや、そうじゃなくて……ペ・スンテさんを訪ねてきたのですが」

すると、女性の表情はたちまち強ばった。彼女は倉庫部屋の方を指差しながら声をひそめた。

「どこからお越しになったのですか」

「ソウルからです」

「どのような御用ですか。ご親戚ではないでしょうし、もっとも親戚なんていない人ですから」

「友人です。年は私がはるかに下なんですが」

「お友達ですか。あの人、友人もあまりいらっしゃらないでしょうに……。もしかして噂はお聞きになったんですか」

「何をですか。スンテさんに何かあったんですか」

「まだご存知じゃないのですね。奥さんが家を出て行った後、ちょっと気が抜けたみたいになってしまって。商売もすぐにやめてしまって……。それでお会いになってもおつらいだけだと思いますよ」

「では、この店は？」

「店は去年、私が買い取りました。はじめは堤防の入り口あたりで商売してたんですが、ソウルの人たちはここのようにちょっと奥まったところが好きなんですよ」

「あなたはこちらの方ではないようですが」

「私は寧越(ヨンウォル)生まれです」

「ペ・スンテさんの奥さんのことはご存じですか」

ドンホはもっとも気になっていたところを問うた。家を出て行った妻というならヨンジュに間違いないだろうが、ペ・スンテに会う前にもう少し詳しい話を知りたかったのだ。

出て行った妻の話を始めながら、女性はドンホを板の間の方に案内した。たくしあげていた袖をおろしながらさっさと歩いていくその後姿は、商売経験の豊かさを物語っていた。

「はじめはうちの店で働いていた女性だったんですけどね、話に脈略がなくて、いつもヘマばかりしてましたよ。器なんかもしょっちゅう割るしね。たしかにちょっと変だったんですけど、心持ちは優しくてよく働くし、長いこといましたよ」

それではヨンジュは病気が再発したのか。家を出て行った後でそうなったのかと思うとドンホは胸が傷んだ。ヨンジュと兄妹として過ごすだけでも彼女の心は平穏だっただろうし、ましてや一生あてもなく彷徨うようなこともなかっただろうに……。

「奥さんがここにはじめてきたのはいつぐらいのことでしょうか?」

ドンホは女性にヨンジュが津里浦にやってきた時期を尋ねた。

「七年ぐらい前だったかしら。その後でペ・スンテさんがここに家を建てて店を始めて……。それで奥さんが出て行ったあとは、うちが引き継いだんですよ」

「ペ・スンテさんといっしょに暮らしていたころの奥さんの様子はどうでしたか」

「そうねぇ。いっしょに暮らすようになってからは気持ちも明るくなって、家事も良かったようでしたよ。隣近所でも大変評判良かったんですよ。そのあと何年か過ぎたころかしら。ちょっと様子がまたおかしくなりはじめて……。結局、夜逃げしちゃったのよ。そのあと、ペ・スンテさんが家に引きこもるようになって、何カ月かしてやっと外に出たと思ったら、その時分からおかしなことをするようになったんですよ」

「おかしなことって？」

「孫のような子どもたちに交じって鎮守の山で腹這いになりながら兵隊ごっこなんかしてましたよ。どこから持ってきたのか軍服まで用意して。そうそう、軍服じゃなくて人民軍の格好だったわ。それでお巡りさんに捕まえられたんだけど、老人だからって目をつぶってあげたそうだけどね」

「人民軍の服装ですか。そんな服を着て子どもたちと悪ふざけをしてたんですか」

「悪ふざけというより、いたって真剣でしたよ。兵隊ごっこをするときの目つきなんてほんとに怖ろしかったんですから。ま、とにかく、これぐらいおわかりになればあの人にお会いになるのにも問題はないでしょう」

「もう一つだけお聞きしてもよろしいですか。ペ・スンテさんはここに来る前にはどこに住んでいたんですか」

「ソウルにいたそうよ。もともとは浦項（ポハン）にもいたっていうし」

「どうしてここに来たんでしょう」

「そんなことは私たちにもよく分かりませんよ」

女性はこの辺で席をはずそうとした。彼女にとっては何の得にもならない話であり、はやく抜け出したいという表情がありありと見て取れた。

ドンホは店を出て倉庫部屋の方へ早足で歩いていった。三〇メートル余り歩くと石段があり、そこを五、六段上がると庭があった。庭の端の方に餅をこねる板のような平べったい石が置かれていて、塀の下には赤いツツジが植えられたこぢんまりした花壇があった。ヨンジュが育てたのかもしれないという気がして、その花壇に何となく親しみを覚えた。ドンホは花壇の横を通り過ぎて小屋に近付いていった。入り口の前には一足の古い運動靴が置かれていた。

ドンホがやや低い声で誰かいるのかと問うと、中から「誰だ」という返事がした。意外にも柔らかな声だった。ペ・スンテさんに会いにきたのだと丁寧に答えると、咳ばらいが二、三回聞こえたあと、すぐに戸が開いた。さきほどの柔らかな声とは違って、その視線はドンホの体を素早くなめるように這い回った。間違いない。たしかにペ・スンテだ。

「私が誰だかわかりませんか」

ドンホが顔を突き出すと、戸の敷居に近づいた彼はその顔をじっと見つめた。まばたきをしきりにしているのを見ると、どうやら目の焦点が合わないらしい。焦点が合えば誰なのかすぐにわかるはずなのにと、ドンホはもどかしく思った。殺人の専門家も歳月に飲まれてしまったとは……。死んでもどぎつい殺気を放つような人間だったのだが。

「僕です、僕。昔、情報担当の刑事だったカンですよ」

「カン刑事? う~ん……」

しばらくドンホの顔を見つめていたペ・スンテは、いきなり素足で飛び出してきてドンホの手を握った。正気のように見えたので安心はしたが、それでも警戒心を緩めることはできなかった。手を握って喜ぶペ・スンテに、ドンホは何も言えないままで立っていた。彼を両手で抱き締めたい気持ちにかられながらも、体は言うことを聞かなかった。ドンホのそんな用心深さを嗅ぎ取ったかのように、ぺ・スンテは餅板に座ってニコリと笑った。彼の肩の向こうでは波が砕けていた。白く砕け散る波の上でカモメの群れがワッと広がりながらドンホたちの方に飛んできた。

「ずっと会いたかったんだ」

ぺ・スンテの声が震えた。ドンホはそのときはじめて申し訳ない気になり、手を親しく握り返してそのそばに座った。辺り一帯を飛びまわったカモメたちの群れはまた海に戻っていき、波に羽を打たれては飛び交っていた。

「今日に限ってなんでこんなにカモメが騒ぐんだ。大切なお客だってことがわかっているのかもしれない」

ぺ・スンテの態度をまだ疑わしく思っていたドンホは、彼の心の内を探ろうと、こんなにポカポカした春のいい日和なのに、どうして部屋に閉じこもってばかりいるんだとたしなめてみた。するとぺ・スンテは「会うような奴なんかいないからさ」と言って表情を曇らせた。

「まあ、ひとり、いたことはいたんだがな。国連軍のソウル放棄、いわゆる『一・四後退』のときに三八度線を越えてきたじいさんなんだが、入り江で鍛冶屋をやっとった。死んでからもう二年になるかもしれねえな。ん？　東風がやけに冷たいな」

風が冷たいと言って、ぺ・スンテはドンホの手を引いて部屋に入った。台所がいっしょになっているせいなのか、またはやもめ暮らしのせいなのか、部屋の中は臭かった。カビ臭いようでもあり、生臭いようでもあった。

「刺身屋は賃貸しにしてここで暮らしてるのさ。商売もイヤになっちまって……」

そう言うとぺ・スンテは話を中断して、開いた戸から見える海の方に目をやった。ドンホは今だと思い、商売を止めた理由を訊いてみた。その話になればヨンジュの話も自ずと出てくるに違いない。だが、ペ・スンテは聞こえないふりをしてはぐらかした。

「あの波は常軌を逸しているのさ。だから青じゃなくて白い色なんだ」

桶の水でもひっくり返したように、白い水しぶきを立てて押し寄せる波が繰り返し岩に当たって砕けてはまた飛沫を上げていた。そして波の飛沫が高く打ち上がるたびに、カモメはまっすぐ上に飛び上がった。波と水平に飛んできたカモメが後ろの島の近くまで行って、険しい岩場で砕け散るしぶきを包み込むように空へ舞い上がっていった。

「ここに来る前はどうやって暮らしていたんだ?」

ドンホの問いにペ・スンテは相変らず海に目をやったまま、暮らしの話を波の話にすり替えようとするようにぎこちなく笑った。

「まったく、女房や子どもがなんだっていうんだ。ちゃらんぽらん暮らして死ねばみんなおわりじゃねえか」

「ちゃらんぽらんだって? そんなやつがどうして南にやってきてちゃんと家まで建てて暮らしたっていうことになるんだ?」

「俺のこと、なんで知ってるんだ?」

「なあ、そんなこと調査するのは基本じゃないか。一九六九年の春、まだまっ暗な夜明け前にゴムボートに乗ってこの下の海岸にやってきたあんたたちは、山裾の喪屋に二日間潜伏して太白渓谷に隠れた」

「えらく正確に覚えてるな」

「あんたがその状況を話してくれたんじゃないか」

「そうか。そうだったか」

「あんたも歳月には勝てないってことか。自分が言ったことも忘れるとは。ほんとうに歳月ってのは恐いもんだ。それじゃあ一つ訊くが、そのときなぜ二日間も喪屋に隠れていたんだ？」

「山に入る機会を狙っていたんだ」

「今になってもまだ誤魔化すのか」

「なんだって？」

「あんたはそこで次の一団と合流するために待っていたのさ。あんたが彼らを連れて山に入ったすぐ後にタレこみがあったんだが、夜中に小学生がその喪屋でお化けを見たっていうんだ。やい、こいつめ、と、やったところ、お化けはお化けでも軍服のようなものを着たお化けだっていうじゃないか。すぐに駆けつけて現場を調べてみると明らかに潜伏していた形跡が残っていたよ。リヤカーの下に炒って焦げた麦が落ちていた。急いで逃げたのでそんなものを残したことまでは気が付かなかったんだろう。あんたたちが使った隠れ家を次の一団がまた使ったらしい。つまり、その喪屋はゲリラの侵入ルートになっていたのさ。そのとき山の中に入ってあんたたちは何をしてたんだ？」

「それ以上南下することもできずに、一人は射殺されて二人だけが残った。それで、ひと月の間、山ん中を彷徨って藁屋に隠れ……」

「わざとこの近辺を選んだんだろう？」

「そうさ。喪屋には誰も近寄らないっていうからさ」

「ところで、まだ隠していることがあるだろう」

「なんだって？」

「正直に言ってくれ。今さら隠す必要なんかあるのか？」

「刑事ってのは騙せないとはよく言ったもんだ。そうさ、お前の言う通りさ。あのとき俺たちは山の中をさまよっていたんじゃなくて、浦項まで行ってたんだ。そこで拠点を確保しようとしたんだができなくて、そのまま北上した。いつのまにか雪まで降ってきちまってよ。そんなときさ、藁屋に隠れたのは」

「そのときの状況を詳しく話してくれ。大きな家じゃなくて、新しい、ちっぽけな拳ほどの藁屋を選んだのはなぜなんだ？」

「大きな家ってのは家族が多くて町の真ん中にあるじゃないか。船乗り二人だけが住む人里離れた藁屋だから、大きな心配もない。仮にそいつらに見つかっても二人ぐらいなら一気に殺すこともできるだろ。そんなとこに作った小屋だから心配することなんか何もなかったさ」

「そうはいうものの大きな家に行けば食べ物もあるが、みすぼらしい小屋になんて何もないだろう」

「それでも冷や飯ぐらいはあったさ。俺の判断は正しかったのさ」

「そんな偶々とかいう話じゃなくて戦術的なことを訊いているんだ」

「戦術？　ハッハッハッ。あきれてものも言えねえな、何だ、それ。そんなこと言ったって、六感ってのが役に立つ場合も多いじゃねえか。それにしても俺がここに暮らしてたってのをなんで知ってるんだ？」

「津里浦はあんたよりも思い出が多いんだ。ここで勤務もしたし、両親の墓もあるし」

「ここの出身なのか？」

「いや。だが似たようなものさ。注文津はすぐ隣だろ」

「注文津の出身なのか。俺たちは妙な因縁があるな。そういや、あいつ、あいつも注文津出身だとか言ってたな」

「あいつって誰なんだ？」

ドンホはすでに知ってはいるものの、わざと問い質した。

「いや、何でもない。そんな女がいたってだけのことさ」

ペ・スンテはばかばかしそうに笑った。

「ところで、あの人は誰だい？」

ドンホは下手の壁にかかった額縁を眺めながら、すでに答えのわかっている問いをペ・スンテに投げかけた。五、六枚の写真が挟んであるその額縁には、ハガキほどの大きさの女性の写真が一枚入っていった。海をバックにして撮ったスナップ写真、明らかにヨンジュであった。彼女はおとなしそうな微笑みを浮かべていた。

「知ってる女さ」

ペ・スンテが無愛想な声で言った。

「知り合いなのか」

「一時期いっしょに暮らしてたんだが、もう別れた」

「なぜだ」

「そんなこと、なぜ訊くんだ」

「俺たちがそんなことも訊けないような間柄かい。答えないあんたの方がおかしいいんじゃないか」

「そういえばそうだな。とにかく話したいことが山ほどあるんだ。そうそう、つもる話が多くてな」

「彼女が懐かしいんだろう。今でも写真を飾ってるところを見ると」

「何となく寂しくてそのままにしといただけさ。わざわざ取るのも面倒だからな」

ドンホはヨンジュのことが気になったが、それ以上はことさら問い質さなかった。というより自分との関係をどのように話せばいいのかが気にかかっていたのだ。いつ話すか。いっそ永遠に秘密として胸にしまいこんでおこうか。この秘密を知ればヨンジュを待つという夢がこわれてしまうのではないか。ドンホの顔はますます赤く熱くなった。

「せっかく来たのに、なんでなにも話さねえんだ」

ペ・スンテはドンホの表情を見て、もう女の話は止めて思い出話に戻ろうと言った。

「それでも昔が今より幸せだっただろう?」

「死ぬか生きるかっていうやつが、幸せだったたっていうのかい?」

「そんなことはあっても希望や勇気ってのに満ちあふれてたしよ」

ペ・スンテがニヤッと笑った。そのころが懐かしいというのは同感だったので、ドンホも静かに頷いた。緊迫して危険だった当時の切迫した記憶に対してだけでなく、互いの間に流れる何とも言えない人情のようなものを感じることができてうれしかったのだ。警察官出身のドンホと武装ゲリラ出身のペ・スンテ。彼らが長い年月を経た今もなお互いに懐かしく思えるのも、真の意味での「感動」がその時期だからこそ可能であったからだった。

第二章　逮捕の論理と自首の論理

1

蔚珍(ウルチン)・三陟(サムチョク)事件が発生した翌年の晩秋だった。季節はまだ秋だったが初雪もすでに降り、山あいの気候は冬のような寒さだった。その年は初めから武装ゲリラの侵攻事件が頻繁になっていたせいで、警察の多くの業務はゲリラ討伐作戦に費やされていた。その頃、ドンホは主にスパイやゲリラの探索を受け持つ情報担当であった。枯れ葉の舞うころからゲリラの出没が勢いを増しており、蔚珍・三陟事件が起きてから一年が過ぎたというものの、未だに当時を彷彿させるほどの緊張感のなかで一日一日を過ごさなければならなかった。到るところからゲリラが出没したという通報が寄せられていたが、あまりにも数が多くて、木こりやハイカーをゲリラと誤認する場合も少なくなかった。実際のところ、挙動不審に見える一般人をゲリラと間違えて通報した場合がほとんどであり、ドンホも通報電話のベルにはほとほと嫌気がさしていた。とはいうものの、普段は給料泥棒といわれても仕方がないほど暇な田舎の情報担当なのだから、一方では仕事があるだけでもありがたいとドンホは思った。

沙川支署から電話がかかってきたのは、ちょうど一日の業務の引き継ぎを終えるころであった。電話の向こうで支署長が興奮して発した最初の一言は「ゲリラ逮捕！」だった。どうせ今度も取るに足りない人物を検挙して大げさに言っているのだろうと思いながらも、ドンホは素早くジープに飛び乗った。日曜日の休日出勤の上に寒さの中で舗装もしていない道路を三里ほども土ぼこりを起こしながら駆けつけなければならないので、さほどのことはないと思われる情報にはうんざりであった。だが、車が山の中に入ってからは、先ほどまでの嫌気は徐々に警戒心へと変わっていった。湿った落ち葉で埋め尽くされた雑木林のどこかで、隠れたゲリラが銃口を向けてこの車を狙っているように感じた。ドンホは一寸たりとも周囲への警戒を緩めることができなかった。腰にぶら下げた拳銃の柄を右手で摑んだまま、岩の重なった場所や森の中を車で素早く探索して回った。その間、空耳に谷のどこかから銃声が響くような音を感じたりもした。

支署に到着した時にはすでに太陽が空の真上近くに登っていた。正門の前には歩哨兵が立っており、武装ゲリラ逮捕という噂を聞きつけて見物に来た住民たちでざわついていた。ジープから降りたドンホは哨兵の敬礼を受け、中に入って行った。

「どうやら棒切れで殴って捕まえたようです」

支署の職員はまだ興奮している状態だった。彼は三十代半ばほどにみえる二人の男を指差して、自慢げにまくし立てていた。自分たちの日常的なスパイ通報教育が功を奏した成果だといわんばかりの口ぶりであった。内勤者による状況説明が終わると、今度は山の陰のようにどんよりと薄黒い顔をした二人の地元民のうちの一人が、息を荒くして自分たちの誇らしい功労を認めてほしいといった調子でしばらくの間まくし立てた。彼はゲリラを捕えたときの状況を饒舌に説明し終えると、出口の隅に立てかけた棒の方を見るようにドンホをそれとなく促した。手垢にまみれた一本のクヌギの棒が、まるで警察官の携帯する威力のあるM2カールビン銃のように、しっかりと立てられていた。

「あれで捕まえたのですか?」

「ああ、そうさ」

「すばらしい勇気ですね」

ドンホは保護室の方へ歩いていきつつ、生返事をした。ドアの前には一人の職員が警護していたが、その薄暗い保護室の隅に何かが蠢いていた。しゃがんで座っているボサボサ頭の男の目はまるでコノハズクか何かの目のようで、到底、人間のものとは思えなかった。武装ゲリラ——。ドンホは鳥肌が立つのを覚えた。タワシのような髪と髭、警戒心で光る目つき、そして刺々しい歯、間違いなく野獣のような人間であった。

ゲリラの様子を一通り窺ったあと、ドンホは自分の部署に戻ってゲリラが所持していた拳銃と短剣を調べた。そして二人の地元民に椅子を差し出して机の前に座らせ、B5用紙とボールペンを揃えてその前に置いた。簡単な陳述からはじめるつもりだった。まず、背が高く利口そうにみえる男に聞いた。

「お名前は?」

「ソン・ドゥムン」

「年は?」

「三二」

「ご職業は？」

「船乗りで」

「ここのご出身ではないようにみえますが……」

「そうだよ。忠清道(チュンチョンド)からここまで流れてきたのさ」

「こちらの方のお名前は？」

「ファン・オッペ」

「どのようなご関係で？」

「一緒に住んでいるのさ。おんなじ船にも乗っているしよ」

「一つの家に住んでいるとは？」

「俺らは同じ忠清道出身の連れ同士なのさ」

「それでは、捕まえたときの状況を少し詳しく説明してください」

ドンホが姿勢を正して座り直すと、まずソン・ドゥムンが「そうだねえ」と言ったので、彼の話から聞くことにした。ドゥムンは煙草を一服くゆらせてからゆっくりと話しはじめた。

「海に網を仕掛けようと出航する前でよ。それはちょうど明け方のころだった。それでこいつが朝飯の支度をしに台所に行った、まさにそのときでさあ。焚き口の前にしゃがんだら、居眠りをしている男を見つけたんだ。軍服を着ていたからこいつもどんなに怖かったか。見るまでもねえさ、武装ゲリラじゃねえか。ゲリラの話は毎日毎日耳にタコができるほど聞いてるしよ。それでこいつはゲリラに気づかれないように部屋にもどって俺の耳元に口を近づけて「ゲリラだ」と囁いたんだ。その声を聞いて、これは早く通報せにゃ、ととっさに思ったのさ。だけどよ、ちょっと考えてみたら支署は一里も離れてるじゃねえか。駆けつけてもらうにはずい分時間がかかる。そんなことしてたら、ゲリラが起きて逃げるには好都合じゃねえか。それでこの際、大きな手柄をあげようじゃないかと思ってよ。それで支署に連絡するのをやめて、こいつと示し合わせて棒を握りしめたのさ。台所にこっそりと入って、用心深く筵戸を持ち上げてみると、お化けみてえな怪物野郎が焚き口に鼻を突っ込むようにして寝入っているじゃないか。そこで俺ら二人が並んで焚き口にそっと近寄って、棒で首のあたりを打ちつけたんだ。頭んとこを殴ろうとしたんだが、生かしておいてこそ役に立つと思ったのさ。それで何だかわからねえうちに、そいつがパッと上半身を起こして懐から銃を抜き出して俺の胸を打ちやがった。そりゃ、びっくりしたさ。心臓が飛び出すってのは、まさにそのことだぜ」

「それでどうしたんです」

「ご先祖様が助けてくれたのか、不発だったんだ。今だ！　ってんで、俺ら二人がかりでまた棒で殴ったら、仰向けに倒れたのさ」

「その後は？」

「それでバッと飛びかかって、こいつが両手をひねりあげ、俺が拳銃をひったくったのさ。それからそいつの腰から刃物を抜き取ったんだ」

「どうやって銃を奪ったのか、もう少し詳しく説明してください」

「ハッハハ。ひったくったって言っただろ、ひったくっただけさ」

「ゲリラは抵抗してきたんですか」

「銃が不発で役に立たなくて、それに体を動かすこともできなかったみたいだったぜ。ついに死ぬのかってあきらめた様子だったね。それでまたこいつが力一杯棒で打ったのさ。それから腕をねじったんだが、鳥の首をねじるよりもわけねえことだった」

「棒で叩いた場所は正確にはどこですか？」

「さっき、首根っこだって言ったじぇねぇか」

「首筋でいいんですね」

「そうさ」

「お二人で同時に打ちつけたのですか」

ドンホは突然、ファン・オッペに向かって尋ねた。ぼんやりと立っている彼の虚を突いたのである。ドゥムンの話は到底理解できない話だった。たとえ銃が不発だったとしても胸から銃を取りだすほどに正気だったならば、こんな漁師二人ぐらいは素手だろうと片付けられるだろうし、しかも研ぎ澄まされた刃物も持っていたというではないか。ドンホは再度ファン・オッペにたたみかけた。ファン・オッペはしぶしぶ「実は……」と口を開いた。しかし、ソン・ドゥムンの鋭い視線がすばやくファン・オッペの口を閉じさせてしまった。ドンホはソン・ドゥムンの様子がおかしいと思い、ファン・オッペに突っ込みをかけた。

「お話を続けてください。実は……何ですか」

「何もわからねえんだ」

ファン・オッペはドンホの視線を避けるように、ぞんざいな言葉を投げつけた。

「腕を羽交い締めにしていたんで、何もわからねえんだ」

「実は怖くて胸がドキドキ震えて何も見れなかった。ゲリラをどうやって倒したのか、どうやって腕をねじったのか、まったく覚えがねえんだ。ソンに言われるままにやったんであって、何か考えがあってやったわけじゃねえ」

自分の答えがずい分いい加減だと思ったのか、二言、三言話した後にファン・オッペは腹を突き出し、ふてぶてしい姿勢で座り直した。ドンホはソン・ドゥムンの整然とした主張が腑に落ちなかったのでさらに問いただしたかったが、公人としての立場にあることを今更ながらに考慮して、「当局からそれなりの報奨を受け取れるはずです。反共業務を担当している私からも深く感謝を申し上げます」と締めくくり、公務員らしい口ぶりで礼を言い、握手を求めた。

漁師の陳述調書をとったドンホは、不確かな部分を確認するためにゲリラの拳銃を持って裏庭に出て引き金を引いて見た。弾丸は空だが、銃には何の故障もなかった。疑いはより深くなった。ドンホはゲリラの手首に手錠をかけ、体には縄をかけて護送職員とともにジープに乗せた。そしてその時、チラッとゲリラの後ろ姿を盗み見たのだが、首筋ではなく背中に赤い棒の跡が一本の線となって付いているだけだった。

「一本だけとは……」

打撲の跡を見た瞬間、ドンホは今回の出来事が単純なゲリラ逮捕で終わる業務ではないのでは、という気がした。

江陵(カンヌン)までの間、ゲリラは質問をしても口を閉ざしたままで殺気のみなぎった冷たい目で周囲を幾度もじろじろと見回していた。江陵に到着して留置場に収監されると、ゲリラは緊張が解け始めたようで、よく食べて支給された煙草も吸っていた。風呂にも入らせて新しい布団を与えると、彼は自分の名と年齢を明かした。翌日、大まかな状況調査をした際にも、素直に質問に答えた。食べ物を探しに山を下りて民家に侵入した過程や、釜のふたを開けて飯を皿に盛って食べたこと、そして疲労と食後の眠気が重なって焚き口の前で居眠りして、二人に棒で叩かれたことなどを、漁師が話した内容をほとんどそのまま陳述するのだった。いくつか違いはあったが、やはり漁師に捕まえられたのだと認めうるものであった。ところが、調書の核心といえる起訴条件に関わる部分では、ゲリラは口を堅くつぐんだ。棒で背中を叩かれて拳銃を奪われるところが、逮捕と自首の違いが明確に区別できる部分なのだが——。ドンホはある疑いを拭い去ることができなかった。棒で背中を叩かれて拳銃まで奪われたのに、それが仮に不発だったとしても武芸が優れているはずの殺し屋が拳銃とナイフをいとも簡単に奪われたということがなかなか信じられなかったのだ。

「棒で殴られるのが本当に怖かったのさ」

自首したということを執拗に否定しようとするゲリラの身震いが、ドンホには痛々しいくらいだった。それほど死にたいのか。生きようと自白するのではなく、死ぬことになる自白をするゲリラに、ドンホは憐憫の域を越えてある種の快感さえ覚えるほどであった。自分に有利な証言ではなく不利な証言にすがるゲリラと、逆に容疑を追及するというよりは、容疑を晴らしてやろうとする矛盾した感情の狭間で、ドンホはいつのまにか快感さえ覚えるようになっていた。それは単なる言語のゲームではなく、生死の問題を滑稽な絵に表しているような快感だった。

「お前、殺しは専門だろ？　なのにそんな素人みたいな話が通じると思うのかい。いくらウトウトしていたといってもすぐに対応できるのがあんたみたいな専門家だ。棒が怖くて拳銃を奪われた、こんなことを信じろというのか。それで簡単に捕まったっていうのか」

「頭がボーっとしてたんだ。台所の釜がほどよく温かくて眠ってしまったんだ。そうさ、眠ってたのさ」

「いくら眠りこけたとしても、胸の拳銃を握っていながら、それもそのまま奪われたってのか。引き金さえ引けばよかったじゃないか。それとお前の背中にある叩かれた跡は一つだけなのはハッキリしてる。それも血が噴き出すほどの傷じゃなくて、赤くなってるに過ぎない。その程度の打撃で抵抗できなくなったっていうのか？」

「さあね。俺も変だと思ってるさ。そうはいっても咄嗟の間の失敗さ。不意の出来事ってのは人間の弱みじゃないか。咄嗟の事で生きもし死ぬこともある……」

ドンホはゲリラの余裕しゃくしゃくたる言葉に妙な喜びを感じながらも「そんなに死にたいのか」と声を荒らげた。ペ・スンテとのこうしたおかしな問答はこれが初めだった。

まず二人の漁師の証言に疑いを抱いたドンホは、彼ら二人の住まいを訪ねてみた。事前に支署の職員に訪問すると連絡するように指示したので、二人は漁に出ずに家で待っていた。未だに興奮の止まない二人は、連絡のために立ち寄った支署の職員に蛸の刺身をつまみに酒を出し、もてなしていた。報賞金さえもらったら人生が変わるとでもいうように、幸せ気分に浸っているという様子だった。

ドンホは雰囲気を壊してはいけないと思って、彼らの差し出した杯を受け取った。そして却ってこんな雰囲気が好都合だとさえ思った。このような打ち解けた雰囲気であれば気軽にいろんな話が出てくるだろうし、その話の中でより率直な証言が聞けるのではないかと考えたのだった。ドンホはまず祝いの言葉をかけた上で、「お二人は田舎の友人同士と聞きましたが」と非常に軽い話から切り出した。その言葉を待っていたかのようにソン・ドゥムンがまず口を開いた。

「田舎っていっても田んぼや畑仕事すらできねえ場所でよ、食っていくのさえ大変でこんなとこまで流れてきたってわけさ。元来は田んぼも畑もいっぱいあったのかもしれねえが、俺らのとこはいくつも山が重なったとこだしよ、平たいとこじゃなかったから女だって逃げるし、日雇いだってありゃしねえ。座って腹空かしても、立って腹空かしてもおんなじってことで、どうでもいいや、まだ若えんだからどこにいこうが飢え死にするこたぁねえだろう。そんな気持ちで二人でさっさと田舎を出たのさ。それで大田（テジョン）まで行ったんだが、それからどこに行くかってんで、こいつがどうせなら魚でも思う存分喰おうぜって言うんで、ここまで来たってわけさ」

ドゥムンはずい分調子に乗って、息もつかずに話し続けた。報賞金はもはや入ったも同然なので、お金がぎっしり詰まったカバンをもって妻子に会える日もそう遠くはない、といった表情だった。ドンホはソン・ドゥムンの話に興味を覚えてわざと二人にタバコを勧めたあと、真面目くさった表情で訊いた。

「忠清道でも充分に漁はできますよね。貯水池や川なんかで」

「そんなにうまくいかねえよ。魚はみんな全滅したんだ。川べりは悪徳業者が突っつきまわすせいでメダカだって一匹もいやしねえ。貯水池はみんな、何年か続いた日照りで魚っていう魚は全部人に踏まれて死んじまったんだ」

「人に踏まれて死んだって、どういうことですか」

「やれやれ、刑事さんは魚で溢れた海辺に住んでるからわからねえかもしれねえが、日照りが続けば米や芋なんかだけじゃなくて、魚もぜんぶ死んじまうのさ。それで一年に牛肉一切れだっておがめねえ状況で、どれほど不真面目なヤツだって魚が全部死んじまうのを指をくわえて見てるってことはねえだろ。魚だろうが牛肉だろうが肉は肉だからな。水が底まで全部なくなっちまえば、魚が全滅する前に人間の足で踏まれて死ぬっていうんだよ。だってそうだろ、大人だって子どもだってみんな日照りで貯水池に集まるから、魚はみんな足で踏まれるのがオチさ。だから、最近は貯水池で魚を見るってのは、女とやるよりももっと大変だってことなのさ」

「でも、ここではたらふく食べられるでしょう」

「いや、一匹でも多く売って家に送金しないとヨメさんやガキが飢え死にするじゃねえか。それでも売れ残ったのは存分に食べられるけどな。ま、とにかく、ここが忠清道の山ン中よりはずっとマシってことさ」

その時だった。ドンホはもちろん、支署の職員までもがソン・ドゥムンの話に聞き入っているのを見て、ファン・オッペがそっと一言つぶやいたのだった。

「実をいえば魚も魚なんだが、悪霊にとりつかれたってのも無視できない」

「悪霊って、何の話ですか」

「一カ所に定着できないっていうやつさ。それで、海でも見ようかとここまでやってきたわけさ。だけどここは簡単に来れるようなとこじゃなかった。ソウルに行くよりもずっと遠いんだ。どうやってここまで来たか、知ってるかい。大田で汽車に乗って夕方ごろにソウル駅について、そこから清涼里駅に向かったんだ。清涼里(チョンニャンニ)駅に行けば江陵行きの夜行列車に乗れるってんで、それで急いでバスに乗ったんだが、これがまた百里を歩くよりももっと大変でね。バスに乗り切らないぐらい大勢を車掌が乗せたせいで、お腹が破裂するかと思ったよ。まあとにかく清涼里駅に着くには着いたんだが、ここもソウル駅と同じでまるで戦場だった。あちこちで腕を引っ張られ、中には連れ込み宿なんかに連れていこうとするヤツもいた。ソウルに来たってのを実感したよ」

「ソウルってそんなイメージですか？」

「そりゃ、ソウルじゃなくたってそんなところはあるさ。清涼里駅で夜中の一一時半の急行に乗って、真夜中に栄州（ヨンジュ）というところに着いたんだが、ほほう、そこもまるで万華鏡を見るようだった。朝の三時にならないと江陵行きの列車に乗り継げないっていうから、とりあえず駅を出るしかなかったんだが、それでよう、腕を摑んでくるのがこれまた香水の匂いをプンプンさせた女で。たまにはちょっと年の行った女なんかもいたが、ほとんどはそりゃあ、若いべっぴんばっかりだったさ。フトコロさえ温かけりゃついていっただろうな。けどな、飯だって食いっぱぐれてるのにそれどころじゃないぜ。どうしてたって明け方には、煙突の付いた列車が来て客を乗せてくれるしな。ところがよ、そのとき清涼里駅で乗った急行は江陵行きじゃなくて釜山（プサン）行きだったんだ。そんでもって栄州からは列車が山ン中だけを走るし、どこがどこなのかさっぱり見当もつかない。この列車は東海に向かって走ってるのかそうじゃなくてネズミが篩の枠の周りを回るみたいに同じとこをぐるぐる回ってるだけなのか、まったく分からなくてよ。実際、桶里（トンニ）という駅からは十いくつかのトンネルをくぐって、ぐるぐる回ってばっかりでよ。ま、それでもそれはまだマシなほうさ。弘禎（ホンジョン）とかいう山裾の急斜面の駅に着くときにゃ、列車が酒でも飲んだかってくらいに下がっていってよ、驚いたってなかったさ。やっとそのとんでもなく険しい峠を越えたら自然とホッとため息が出て、列車の速さも徐々に上がっていった。道渓（トゲ）というところからは息もつかないほどのスピードになったから、気分がほんとに良くなった。そのあとで北坪（プクピョン）駅（現、東海（トンヘ）駅）からは急にゆっくりになって、墨湖（ムコ）からはもう座り込んでしまったのかと思うほどで。それで夜が明けて、だいたい一日ぐらいかかってやっと江陵さ。やっとのことで来たのはいいが、そこからまたバスに半日乗ってガタゴト揺られて沙川、そのあと一里半の道を歩いてやっと津里（ジンリ）が見えてきたわけさ。とにかく、江陵というとこはほんとに遠いったらありゃしねえ」

「ほんとにいろんなことがあったんですね。おそらくはじめてだったからより遠く感じたんですよ」

ファン・オッペの話にじっと耳を傾けていたドンホは、もっと話を長くさせようと今度は「忠清道にも海はあるじゃないですか」と、真面目顔で話しかけた。すると、オッペはその言葉を待っていたかのようにすぐに相づちを打った。

「もちろん、あるにはあるさ。だけど、砂浜も干潟も真っ黒で、そのどこが海だっていうんだね。波だって一応はザブザブしてるんだが、水が黒いんだから海だっていう気にはならねえだろ。それだけじゃねえ。東海は毎朝太陽が昇るだろ。ほんとに大きな太陽が赤く昇ってくるのを見ると、気分が改まった感じがするじゃねえか。生活が苦しくて死にたいと思っても東海のその太陽を見たら、むしろ生きていたいっていう気持ちが生まれるのさ。だから東海の海は最高なんだ」

「しかし、西海（ソヘ）には西海なりにいいところがあるじゃないですか。魚の種類や魚介類も東海とは違うし、太陽が沈む西海は壮観ですよ。沈んでいく夕陽は人の心を突き動かすでしょう」

「そりゃそうさ。だがよ、俺らみたいに虚しく生きてる者には西海の海は物寂しく感じられるのさ。海の水は涙にしか見えない」

　急にファン・オッペの目頭が赤くなった。ドンホはなぜ彼が自分を世捨て人のように考えるのか、その理由が気になった。彼をそんなふうにさせた何かがあるようだが、それさえわかれば、彼の心の襞も読み取れるし、そしてそれは今回の事件にも参考になるのではないかと思った。ドンホはファン・オッペに酒を勧めながら、何かつらいことでもあったのかと言って、やんわりと彼の心中を探った。しかし、ファン・オッペは何も言わずに酒を飲むだけで、その代わりにソン・ドゥムンが軽口を叩いた。

「こいつは涙を胸に秘めて生きてるヤツなんだ。酒なんて入ったときにゃ、もう……」

「うるせえ！　お前に俺の気持ちのどこがわかるってんだ。簡単にしゃべるな！」

ファン・オッペが声を荒らげてソン・ドゥムンの言葉を遮った。するとソン・ドゥムンが大きな声を出した。

「おい、お前。お前が女房を追い出したのがそんなに大きなことだったって言いたいのか。女房のせいで、毎日のように自分がかわいそうだと思ってんのか」

「何だって？　何で急に女房の話をああだ、こうだ言い出すんだ」

ファン・オッペがカッとなるや、ソン・ドゥムンはまた「浮気した女房を追い出したくせに、何の未練があってそんなふうに体を捩じらせて真っ赤になってんのさ」と、ファン・オッペをさらに苛立たせるような言葉を吐いた。

「なんだ、まだ言いたいことがあるのか。いくら酔っ払ったっていっても、言っていいことと言っちゃならねえことがあるだろ。それも刑事さんの前で人の追い出した女房のことまで言ってもいいってのか。べらべら勝手にしゃべるなよ。この野郎！」

「何だ、お前、やるってのか。お前の女房の恥を口に出したって、俺に何の得があるってんだ。刑事さんはそんな話を聞いて人を軽く見る人間じゃないだろ。むしろお前のかわいそうな境遇に同情してくれるお方なんだから、そんなこと気にしなくてもいいじゃねえか。知られたくねえことも全部言わなきゃ、腹を割ってつきあえねえじゃねえか。お前のような無知なやつが分からねえのも無理ねえが、いやだってんなら、お前も俺のことを話せばいいじゃねえか」

「言えることがあったら言うさ。ネズミみてえにズル賢いお前のようなヤツのことなんか、知ってることなんかねえぜ」

「何だって！　この野郎。俺の親父が屠殺稼業で農家で下働きしてたことや、女房が腐った野菜しか食べられなくて、それで病気になったっての知らねえのか。お前は米粒を食って大きくなったかもしれねえが、俺は人が捨てたゴミを漁って育ったんだぜ。それが恥ずかしいことじゃなくて何だってんだ。お前だって知ってるだろ。俺のおふくろが下着がなくて村で笑われたこともさ。それでも俺には知られたくないことが一つもねえっていうのか？」

「それは恨（ハン）ってやつじゃねえか。知られたくないってのとはぜんぜん違う。こっちは鳥肌が立って力がなくなってく話だが、恨ってのは涙が出るもんだ。それで逆に強い意志が生まれるもんだ。もうこれ以上生きたくないってのと、もっと強く生きなきゃ、ってのは違うだろ。それとも何だ。お前に死にたいほど恥ずかしかったことってのがあるのか。お前のずる賢さはネズミ以上だ」

「もうその辺にしませんか」

ドンホは、このときだと思って話題を変えた。彼は雰囲気を和らげてからソン・ドゥムンに、「棒で打ちつけたとき、武装ゲリラはどんな行動を取ったのですか？」という言葉を投げかけた。

「簡単だったよ。病気にかかったロバのようにドッと倒れたから」

「前に倒れたんですか？　横にですか？」

「横だよ」

「右にですか。左にですか」

「たしか、左だったな」

「左で合ってますか」

今度はファン・オッペに聞いてみた。その瞬間、ソン・ドゥムンがファン・オッペを睨みつけた。

「ああ、そうだ。たしか急に左に倒れたんだ」

「拳銃はどっちの手で取り出したんですか」

「左側に倒れたんだから、右手で抜いたんだ」

「右手で合ってますか？」

今度はソン・ドゥムンに尋ねた。

「そうさ。右側に倒れたら、左手で抜くだろうしな……」

「さあ、さあ、飲んでください」

ドンホはソン・ドゥムンに空の杯を差し出した。ファン・オッペがその杯に酒をなみなみと注いだが、酒を注ぐ彼の手に力が入っているのが一目でわかり、今回の一件について自負心を感じているに違いなかった。ドンホはファン・オッペの言葉が検挙当日より流暢で堂々としていることを訝しく思ったが、それ以上深く問い詰めることはできなかった。警察署では彼らの手柄を大々的に宣伝する準備を整えている最中であり、すでに中央にも報告されていた。聞くところによれば、国防長官や内務長官から直接報償を受け取るとのことであった。一度棒で殴っただけで倒れたという証言は信じられなかったが、ペ・スンテ自身がその場面については口を閉ざしていることもあり、この二人の漁師の話を信じるしかないという状態であった。くそ！　ドンホはペ・スンテのそっけない態度にひそかに憤りを覚えた。どうして自首ではなく検挙されたと言い張るのか。

2

冬の陽射しが暖かかった。雪が溶けてぬかるんでいた警察署の前庭もすっかり乾いていた。公判を控えて構内食堂で簡単に昼食を済ませたドンホは前庭の日向でまどろんでいたが、ちょうどペ・スンテが護送されていくのが見えた。おそらく、検事室での取り調べのために連れて行かれるのだろう。看守三、四名が五、六名の容疑者を吊し柿のように捕縛縄で縛って護送していたのだが、そのうちのかなり年配の容疑者の一人が急にトイレに行きたいと足をバタバタさせた。その容疑者に対し、職員が大きな声で怒鳴っていた。

「さっきは手錠がきつくて血が通わないとかいって、大げさに騒いだくせに、今度はトイレに行きたいだと？　ああだ、こうだ言わずに我慢しろ！」

検察庁は一〇分ほどもかからないので我慢しようと思えばできるし、それに全員一緒に縛っているのだから一人だけ縄を解くのは面倒だとかいって、説得していた。しかし、その年配の容疑者は納得しない様子だった。

「要するにここで漏らせってことなのかい？」

「だからさっきあらかじめ済ませておけといったじゃないか。このジジイめ」

「ションベンがしたいってだけじゃねえか。それとも何か？　こいつを縛れってのか？」

「ああ、いいね。さっさと出して、針金かなんかで縛ればいいさ」

「くそ！　手も体も縛られた挙句、そこまで縛るってのか？」

「詐欺なんかやるからさ」

「誰がわざとなんかやるもんか。仕方がなかったのさ、癖になっちまってるんだから」

「癖だったらなおのこと、ちゃんと罰を受けて更生するんだ」

「癖に罰を与えるって話がどこにある。お前らには癖の一つもねえのか?」

「もちろん、あるさ。布団のなかでマスターベーションするとか、さ」

「まったく、人には情けってのが……。ああ、もういいさ。どうせ汚くなったってかまやしない。勝手にしろってんだ。するさ、するさ、ここですればいいんだろ」

その年配の容疑者は縛られた手で本当にズボンのチャックを下ろそうとした。看守の一人があわてて駆け寄って縄を解き、手錠をかけたままトイレに連れて行った。トイレに連れて行って戻ってきた看守が天を仰ぎながら大声を張り上げた。

「あのジジイはホントに詐欺師だ。トイレに行ったがションベンなんて出やしない。外の空気が吸いたくて、わざと無理を言っただけなのさ」

「このジジイ! 今回は年上だから許してやるが、もう一回、こんなマネしたらただじゃおかないぞ。わかったか?」

他の職員がわざと強く脅かした。ドンホは笑いを無理にこらえて留置場に向かった。午後に開かれる公判のために、ペ・スンテを護送しなければならなかったのだ。笑いがこらえきれなかったドンホは、ペ・スンテに対し便所に行けよ、などと冗談をとばした。しかし、彼は黙って立ちあがり、手錠と縄をかけられるがままになっていた。彼の表情は相変わらず硬かった。どうやら、公判のためだけではなさそうだ。数日前だったか、姉との面会の後から一層表情が暗くなったのだが、その面会のことを思い起こすと、ドンホは今でも気が重くなるのだった。

姉との面会は検事室で行われた。太陽が沈むころ、ドンホはペ・スンテに手錠をかけて支署に連れていった。検事室では検事とペ・スンテの姉が椅子に座って待っていた。ペ・スンテを前に立たせて部屋に入ったドンホは、姉の向かい側の椅子にペ・スンテを座らせた。西日の差し込む検事室には緊張が漂っていた。武装ゲリラが血の繋がった肉親と会う場面を見る、初めての瞬間だった。ペ・スンテが入っていったとき、姉はスッと立ち上がって、ゆっくりと近づいてきた。しかし、ペ・スンテは瞬きもせずに椅子にじっと座ってるだけで、姉が手を握っても、その手を愛想なく突っぱねた。姉はペ・スンテのそばに寄り、彼の髪をかきあげ、耳の下の方をよく調べているようだった。すると、黒い痣がみえた。

「そうです。母が言っていた通りだわ。弟に間違いありません。スンテ――」

姉は弟を抱いて身を震わせた。大きな声で泣きながら、弟の体をさすり、頬ずりし、そして何度も抱きしめ……といったように、あふれんばかりの感情をこらえきれないようだった。しかし、ペ・スンテはそのままジッと身じろぎもせず、静かに目を閉じているだけだった。

「スンテ。お前は私の弟よ。本当よ。母さんはお前に会いたい一心で、亡くなる時だって、目を開けたままだったのよ」

姉が弟の首のあたりを抱きしめ、身を震わせても、ペ・スンテは目も開けず、冷たくこう言い放った。

「どなたかと間違っていませんか？　南朝鮮には家族なんていませんよ。人違いです」

「何言ってるの？　人違いですって？　何を言うのよ、スンテ。あんたは私の弟よ。たとえ天と地がひっくりかえったって、あんたは私の弟よ」

　姉は身を震わせて泣き続けていたが、ペ・スンテはずっと目を閉じたまま、人違いだという言葉を繰り返すだけだった。ペ・スンテが目を開けたらどうなるのか、そんな考えが脳裏をよぎった。目を開けたならばきっと涙がこぼれるに違いなかった。ドンホは彼が早く目を開けることだけを待っていた。しかし、ペ・スンテは目を閉じたまま、口をかみしめているだけだった。その光景を見るに忍びなかったドンホは、彼に向かって語気を強めてこう言った。

「おい、お前。何様のつもりだ。姉さんにまで嘘をつくのか？　赤化統一ってのがそんなに大事なのか？　実の姉さんにこんな思いをさせてまでのことなのか？　ええっ？　おい、こら！」

　するとすぐに、ペ・スンテの姉は弟をかばって言った。

「刑事さん、うちの弟にそんな言い方をしないでください。姉に抱きつきたくてもそれができず、わざとこうしているんです。弟の気持ちも察してやってください。大丈夫です。こうして私の腕で抱きしめているんですから……何もご心配いただかなくてもいいんです」

　姉のその態度にもペ・スンテはまったく目を開けなかった。さっきまで検事室に差し込んでいた陽射しはすでになく、明りが灯されていた。検事もまた何も言えず、ジッと目を閉じていた。弟の体を抱いた姉ひとりの嗚咽が聞こえるだけであった。


　法廷には裁判の開始から緊張感が溢れていた。ペ・スンテを連行してきたドンホは、被告席のすぐ後ろに座り、彼の態度を見守った。傍聴席に空席が見当たらないほど関心が集まった裁判だった。武装ゲリラの裁判は市民の関心を集めるのに十分であった。それだけではない。逮捕なのか？　自首なのか？　その状況についての心理的分析は傍聴席の興味を引くには十分でもあった。被告は自ら自分の首をしめているのではないのか。傍聴する人々のほとんどが被告に同情の目を向けている法廷であった。ドンホは被告に対して同情する自分の心情が誇らしくもあった。正義、真実、それらにこだわる自分に、もしや潔癖症ではないかと思ってしまうほどはであったが、しかし他方で、自負心を感じずにはいられなかったのだ。

罪状認定訊問が終わり、検事による控訴状の朗読に入ると、法廷はざわめきはじめたが、弁護人の番になると法廷は再び静かになった。この点だけからしても、傍聴者が心情的にどちらに同情しているのか——その場の雰囲気を読むことは造作もないことであった。しかし、なかには蔚珍・三陟事件の被害者家族も混じっている。創設されたばかりの予備軍の犠牲はもちろんのこと、さらには近くに潜伏している予備軍が自分の家族をゲリラと間違って撃ったという噂が出回るほどピリピリした世相でもあった。

弁論が始まった。弁論はまさにこの間ドンホが主張してきたこととまったく同じであった。ドンホは弁護人に会うたびに無意識的状態における瞬発能力という点を強調し、弁護人もその点を中心に弁論を行ってきたが、今日もそこに焦点を合わせていた。国選弁護人ではあったが、彼は彼なりに誠意弁護をしていた。そのあと、ドンホに最初の証人として前に出るように言った。ドンホは弁護人が繰り広げる反対尋問に少しでも役に立てば、と気持ちを落ち着かせて証人席の方へ歩いていった。

「ソン・ドゥムン氏から最初に証言調書を取った方は証人ご本人ですか？」

「ええ、そうです」

「ソン・ドゥムン氏の話では被告が捕まった当時、拳銃を使い抵抗したとありますが、事実でしょうか?」

「事実です。調書にもそのように記録されています」

「そのとき、被告人も同席していたのですか?」

「被告人は保護室におりました」

「証人はソン・ドゥムン氏の証言を聞き、銃器の性能を確認されましたか?」

「ええ、すぐに点検してみました」

ドンホは「すぐ」という言葉に力を入れて答弁した。そのような気持ちが通じたのか、弁護人はそれについての詳しい説明を求めてきた。

「『すぐ』というのはどの程度の時間差を意味するのですか?」

「書類の作成を終えてすぐ支署の裏庭に行って引き金を引いてみました」

「それで、不発となるような欠陥は発見されましたか? たとえば、弾が入ってなかったとか、撃鉄が作動しなかったとか……」

「引き金を引いてみたのですが、まったく異常はありませんでした」

「何度か試してみたのですか?」

「一度だけです」

「では、拳銃には異常がなかったということですね」

「はい」

「ところで、話は変わるかもしれませんが……」

弁護人は少し間を置いて、机の上に置かれていた書類をいじりながら話を続けた。

「捕まえた本人が拳銃を撃ったと主張しているにもかかわらず、敢えて発射実験をしてまで真偽を確かめた理由は何なのでしょうか?」

ドンホも同じく答弁に間を置きたかった。これまでの証言を客観的に立証しようとする弁護人の意図を汲んでのことであった。つまり、そのようにすることで、討伐軍の一員である立場であっても武装ゲリラの側に立たざるを得ない当為性を、さらに鮮明に浮かび上がらせるためであった。

「ソン・ドゥムン氏の態度に少し曖昧な点があったのです」

「具体的にお答えいただいてもよろしいでしょうか?」

「一緒に行動していたファン・オッペ氏に証言を求めたときに、ソン・ドゥムン氏がファン氏に向けた、尋常ではない目つきが気になったからです」

「尋常ではないとは?」

「ファン・オッペ氏が『実は……』と口を開こうとすると、ソン・ドゥムン氏が『言葉に気をつけろ』というような目つきをしたのです」

「それでファン・オッペ氏はどんな証言をしたんですか?」

「自分はとても恐ろしくてゲリラの細かい動きは見られなかったとだけ答えました」

「さらに問い質したりはしなかったんですか?」

「問い質しても、『実は』という言葉を繰り返すだけでした」

「とするならば、ファン・オッペ氏が『実は』と言いはじめた証言自体にも関心を向ける必要があるんじゃないでしょうか?」

「それはそうなのですが……。銃器には何の異常もなかったことは確認したのですが、不発だったと主張しましたし、被告人もまたそうだと主張し……」

ドンホは独り言のように呟いた。

「銃に異常がないのだし、撃ってもいないのだ、そういうことですね」

ドンホははっきりとは答えずに、座っているだけだった。弁護人はなにか心に決めたかのようにうなずいてから、二番目の証人としてソン・ドゥムンを呼んだ。ソン・ドゥムンはやや上気した面持ちをしていた。

「証人の職業は漁業従事者ですが、買った魚を売ることもあると聞いていますが」

「ええ、お金が必要ですから、少しは買って売ることもあります」

「それでは、商売の内情にもお詳しいでしょうね」

「どれくらい商売をやれば、商売気があるっていうんでしょう？　それに海に出られなければ、毎日閉じこもっていなければならないわけで、そのどこが商売気があるというのでしょう？」

「なぜ、通報せずに自分たちで捕まえようとしたのですか？」

「支署までは遠いし、その間に逃げられるのはわかりきっていましたから」

「相手が武器を所持しているのに、そのような勇気が出せたのですか？」

「眠っていたので、ファン氏と二人で捕まえられるだろうと考えたんです」

「ファン・オッペ氏とはどのようなご関係ですか？」

「一緒に暮らしていて、それと漁船にも一緒に乗っていました」

「独立した家屋だといいますが、ご近所の方はいますか？」

「いません。うちの小屋だけです」

「ファン・オッペ氏に報酬を渡していますか？」

「いいえ、獲った魚を二人で分けています」

「一緒に暮らしはじめてからどれくらいになりますか？」

「一年にもなりません。まだそんなに長く暮らしていたわけではないんですが、どうやら運が悪いらしく、武装ゲリラなんかに入られたんです」

「ところで、親しい同郷の友人なのに、ファン・オッペ氏はなぜひと言もなしに突然いなくなってしまったのですか？」

ここで、ソン・ドゥムンは答えをしばらく躊躇った。たしかに茫漠とした話であった。ファン・オッペが何も言わずに出ていく道理もなく、他の場所で仕事を見つけたとしても落ち着き先ぐらいは告げただろう。どうやらそんな都合の悪い質問も予想していたらしく、あらかじめ考えておいた話をしたようだったが、しかしそれもまた不自然きわまりない話であった。最後まで行方不明だということで押し通すしかなかったようであった。

「たまに言ってたことですが、だだっ広い場所で農家の下働きをしたいとか、よく愚痴を言っていました」

「どこに行かれたのか、まったく心当たりがありませんか？」

「ええ、まったくわかりません」

弁護人はファン・オッペを証言台に立たせられないのを非常に残念に思ったが、ソン・ドゥムンの証言に比重を置くしかないと考えたようだ。

「では話を変えますが、被告が懐から拳銃を取り出したのはどんなときでしたか？」

「被告人は銃をすぐに撃ったのですか？　それとも少し間を置いてからですか？」

「私が棒で殴った後です」

「すぐに撃ちました」

「どこに照準を合わせたのでしょう？」

「私の胸のあたりです」

「不発だったんですよね？」

「ええ」

「不発だというのはどうしてわかったのですか？」

「引き金を二回ぐらいカチャカチャいわせたので……」

「引き金を引く人差し指の動きを見たのですか？」

「ええ」

「死んでしまうかもしれないというような緊迫した瞬間に、人差し指が動くのが目に入った、そういうことですか？」

ソン・ドゥムンはどうやら弁護人がどこに焦点を当てて尋問しているのかに感づいたらしく、言葉に力を入れた。

「たしかに見ました。見たんです。弾がでなかったので、二度も三度も」

「警察官の証言では、証人は支署でファン・オッペ氏が『実は……』といって何か話そうとしたとき、何がしか目で合図を送ったそうですが、それは事実ですか？」

「本当です。しかし、それには何の意味もありません。ただ、彼は突飛な性格というか、なんというか、そんなところがありますから、とんでもないことでも話すんじゃないかと思って、そうしたんです」

「とんでもない話というのは？」

「自分が先に殴っていたらゲリラはもっとはやく伸びていたはずなのに、私が先にやってしまい、まかり間違えば三途の川でも渡っていたとか、そんなバカバカしい、品のない話をしゃべるのはわかりきっていましたから。それに、彼の話は十中八九『実は……』から始まることも」

ソン・ドゥムンはここが法廷であることをすっかり忘れてしまったのか、雑談めいた話をベチャクチャとしゃべりまくった。彼のその悪ぶれる様子のない口ぶりにも耳を欹（そばだ）てていた弁護人は、判事席にチラッと目をやりながら、着席した。

次に検事の尋問が再開された。検事はペ・スンテに向かって、やや低い声で尋ねた。

「かまどの前で眠っていたときに、何回殴られたのですか？」

「二、三回でした」

「最初に棒で殴られたときはどんな状態でしたか？」

「何も考える余裕などありませんでした」

「そんな状態だったのに、なぜそうだといえるのですか？」

「あとで考えてみて、そうだとしか思えなかったからです」

「それでは、殴られたとき、どのように銃を取り出したのですか？」

「それは反射的に。今まさに死ぬというときでも銃を撃つことができますから……」

「引き金を何度も引いたのですね」

「ええ、何度も」

「それでも発射されなかった」

「その通りです」

「ナイフも所持していたのに、なぜ使わなかったのですか？」

「すぐに奪われたからです。二人の力があまりにも強くて抵抗することができませんでした」

そのとき、弁護人が立って、銃の性能検査を例に挙げながら、被告人の供述は不適切であると反論すると、検事の目が光った。

「銃を使った、使わないとかの問題ではありません。たとえ使わなかったとしても、緊迫した状況下で瞬間的に射撃することができなかったというだけです。起き抜けの状態では棒が猟銃に見えることもあるでしょう」

起訴条件を補強しようとする検事の鋭い尋問が展開されると、法廷はまたざわつきはじめた。そして、その尋問に積極的に反論しようとする弁護人の長い弁論が続くと、其処此処でうめき声のようなため息があふれ出た。

「犠牲者だ」

「世間のことをよく知らないから死のうとするんだ」

「洗脳されてるんだわ。ああ、あんなにも」

なかには涙を流す女性すらいた。弁護人の弁論が続いた。

「被告は特殊教育を受けて、南にやってきました。どのような状況でも機械的に対応するように訓練を受けています。起き抜けの状態だったと言っていますが、そのような無意識的状態での行為はまさに習慣的な動作を誘発します。懐に隠し持った拳銃を固く握りしめているほど完璧な防御態勢であった被告が、銃を取り出しながらも発射をためらった行為は自首する意思があったことを証明しています」

その時だった。突然の奇声が法廷に冷水を浴びせかけた。ペ・スンテが裁判の規則を破って、判事席に向かって声を挙げたのだ。

「ウトウトしていたのに、どうやって抵抗できるっていうんだ。それに、山に隠れている仲間に持っていこうと、食べ残した飯をかまどに置いていただけのことなのに、それがなぜ自首する意志があったと言えるんだ！」

不意を突かれたドンホは、すぐにペ・スンテの肩を押さえて席に座らせた。しばらくの間騒然としていた法廷は再び秩序を取り戻した。検事がゆっくり席から立ちあがった。論告が必要でなくなるほどに状況が逆転してしまったので、気が抜けてしまったのか、検事は言葉を忘れてしまったかのように、ぼんやりとした表情をしていた。最後の切り札として仕舞っておいた武器が錆びて廃品となってしまったという感じだった。その最後の切り札が、まさにかまどにあった食べ残しの飯だったのだ。

「小屋に侵入したのは空腹のために食べ物を盗もうとしたからですね？」

検事の声は水にぬれた布切れのように重かった。

「ええ、そうです」

「それほどまでに空腹だったにもかかわらず、ご飯を残したのは、山に潜伏している仲間のことを考えたからでしたね？」

「そうです」

「もし、捕まらなかったならば、どうしようと考えていましたか？」

「当たり前じゃありませんか。もちろん戦いますよ」

「以上です」

検事はほぼペ・スンテの自白の確認に終始し、席についた。泥棒が盗みをしなかったと言い張ってこそ尋問のしがいがあるのに、逆に自ら盗みをしたと主張するのだから、気が抜けてしまうほかなかった。検事の顔には疲労の色がありありと窺えた。

ドンホは悔しかった。クソッ！　彼の口から何ともいえないため息があふれ出た。相手が武装ゲリラだとはいっても、逮捕なのか、自首なのか、とにかく真実さえ明らかになればという希望が水泡に帰してしまうかもしれない瞬間だった。心の中から異常なまでの悔しさがこみ上げてきた。まるで法廷が黒い闇に包まれたかのようだった。拳をギュッと握りしめ、サッと立ち上がった。思わずさきほどのペ・スンテのように公判規則を無視しそうにもなった。ドンホは判事席に向かって大声を張り上げて、こう言った。

「食事を準備していたときには自首する意思がなかったのかもしれません。しかし、夜中に気持ちに変化が生じたのです。被告はその心変わりを隠しているだけなのです」

すると、今度はペ・スンテがバッと立ち上がった。

「何だと、この野郎！　何の根拠があって自首したなどと言い張るんだ」

ペ・スンテは涙をぼろぼろ流していた。

傍聴席のすべての目と耳が被告人席に集まった。吐く息までもが固まってしまったような場内。その沈黙のなかで、一人の女性の泣き声が聞こえてきた。ドンホはすばやく振り返った。予想通り、四十代後半の見覚えのある女性が後ろの方でハンカチで口を被ったまま泣きながら立ちすくんでいた。ちょうど窓から差し込んだ陽射しが彼女の白い襟に光の粉を撒き散らしていた。

閉廷になるとドンホはすぐに傍聴席の後ろの方へ歩いていった。さっきの女性が近寄ってきた。ペ・スンテの姉であった。

「お疲れさまでした」

いまだ涙をいっぱいに溜めた目をハンカチで押さえていた女性は静かに挨拶をして、数日前に弟に面会できた配慮に対し謝意をあらわした。

「お越しになると思っていました」

ドンホは平静を保ちながら黙々とした声で話しかけた。女性は両手でそっとドンホの手をとった。言葉では表現できない心情がその温かい触感に秘められていると思えた。

「きっとうまくいくでしょうから、ご心配なさらないでください」

ドンホの言葉に女性はまた涙を流した。ドンホは女性の肩をかばうようにして法廷の外に出た。韓服姿の女性の体からは土の匂いがした。垢抜けないそのにおいから田舎の女性らしい情感が感じられた。

「有罪か無罪かは法律が決めることでしょうが、弟を抱きしめてあげられないことに胸が張り裂けそうです」

女性はひんやりとした壁をさすりながら、震える声で話した。

「結審する前に、もう一度面会できるようにしますので、そのとき弟さんを説得してみましょう」

「ありがとうございます。このご恩をどのようにお返しすればよいか……」

「恩なんてとんでもない。よくよく考えてみれば、彼にどんな罪があるというのですか」

「なぜ罪がないといえるのでしょうか……。いっそあの子と一緒に死にたいのです」

女性は涙をこらえるために唇を噛みしめていた。ただでさえ皺が深く、実年齢よりも老けてみえる顔に、さらに深い苦痛がシミのようにべったりと張り付いていた。

「銃を撃たず、素直に自首する意志があったことをどうにかして示さなければならないのですが、逆に本人が自首を否定しているので、状況は本当に苦しいです」

「ひょっとしてあの子、何か勘違いをしているのではないでしょうか？　あんなふうにしていれば生き延びられるとでも考えているのでは……」

「率直に申し上げて、ペ・スンテ氏はまったく自首する意志はなかったと思います。今もそうですね。ただし、生きたいのは生きたいのです。そこが矛盾なのです」

「いいえ、あの子は本当に自首をするつもりだったのです。ここは両親や兄弟のいるところだし、わたしはあの子を必ず両親のお墓に連れていきます」

涙をたたえた女性の目に陽射しが差し込み、鱗のようにキラキラと輝いた。女性はゆっくりと床に目を落とした。

「しかし、場合によっては血縁さえも拒むときがあります」

ドンホはひと言きっぱりと言ったあと、静かに言葉を接いだ。

「一つ、謎かけみたいことがあるんです。それを必ずはっきりさせたいのですが、しかし、彼は口を閉ざしている。自分が銃を使ったのか、使わなかったのか、そのことさえまったく覚えていないようです。まるでそこだけ記憶が抜け落ちたかのように」

「自首する意志がなかったのになぜ銃を撃たなかったのかということでしょうか？」

「銃を撃たなかったということは、まだ断定されていないのではないですか？」

「それなら、刑事さんは弟が銃を撃ったとお考えなのですか？」

女性は依然としてドンホの視線を避けたまま話した。

「もちろん、銃を使わなかったという心証のほうが濃厚です。法廷で私もそのように証言しましたし。しかし実際、再び山に戻るつもりだったと堂々と言い張ったのに、それなのに銃を撃たなかったのだと言い張る理由がどこにあるのでしょう」

「それほどあの子を信じてくださるのであれば、銃を撃たなかったということも信じていただかなければ。そうではありませんか？」

「無意識的な行為かもしれないのでは？」

「検察側の主張と同じなんですね」

「それは違うでしょう。私は充分に撃てたのに撃たなかったのだと考えています」

ドンホは撃とうとする意志がそがれて銃を撃てなかったのだという検察側の主張との相違を説明しようと努めた。しかし、女性はさっきからずっと下げていた頭をぱっと上げて、逆らうような姿勢をとった。その思いがけない態度に、ドンホは彼女の顔をじっと見つめた。

「刑事さんは残酷な方です。倒れた子牛をただじっと見ているだけなのですか？」

「何のことですか？」

「今、弟に必要なことは何なのでしょう？　漠然とした同情だけであの子の心を溶かすことができるとでもお考えですか？」

「お姉さん、私はペ・スンテ氏に人間として接しています。絶対に懐柔策などではありません」

「それはわかっています。でも、二〇年余りも心が凍り付いていた弟です。そんな人間を刑事さんの考えに合わせて判断するのは無理ではありませんか？　今、弟に必要なのは血を分けた肉親の情なのです」

姉は涙をぼろぼろと流した。ドンホはそれ以上はなにも話せず、遠くの山を見つめているだけであった。山の稜線には一筋の暗い雲がかかっていた。陽射しがその雲の中にすっと消えてしまうと、寒さが体の中までジーンと染みこんできた。

3

ドンホがペ・スンテに会いに留置場に行ったのは公判翌日の夜のことであった。思った通り、ペ・スンテはこちらの方を見もしなかった。ドンホがいつものようにタバコを差し出しても受け取らなかった。

私に対する誤解をどのように解いたらいいだろうか？

ドンホはいつものように温かい目でペ・スンテを眺めていたが、ペ・スンテの表情はますますきつくなっていた。ドンホは、今、くだくだしく解明などしても、凍りついたペ・スンテの気持ちをほぐすことはできなさそうだと思った。泣きたい人には思いっきり泣かせてやるのが効果的であるように、逆に彼の怒りを爆発させてやるのが誤解を解くのには有利に働くのではないか。一種のショック療法というか、怒りを爆発させれば、体はけだるくなる。そのときはじめて言葉を通じ合わせることが可能になるのだ。

「犬畜生は犬畜生のように扱うしかないな」

ドンホは急に口汚い口調で語りかけた。

「犬畜生には人間らしい情けをかける価値もないということだ。この間、おまえの正直な態度が好きで人間扱いをしてきたが、秘密を守ってやった俺になぜそんなにまで敵愾心を抱くんだ？」

敢えて口汚い言葉を浴びせることでペ・スンテを怒らせて、彼の表情を詳らかに観察し、席をはずした。外は真っ黒な暗闇に敷き詰められていた。留置場から出てきたドンホは事務室のほうへ歩いていったが、立ち止まってタバコをふかしながら、海のほうを眺めた。潮風に浸っていた幼いころのことが久しぶりに思い出された。ドンホの故郷は嫉みや憎しみ、反発が渦巻く村だったが、そこにはいつもある香りが漂っていた。ソクテへの懐かしさであった。五、六歳、年が上ではあったが、ソクテはドンホといつも仲良く遊んでくれた。目立って木のぼりが上手かったソクテは、柿の木にのぼって獲ってきた甘い柿をドンホによくくれたが、特別なこともなく雑然とした故郷の思い出のなかでも、それがもっともきれいな思い出だった。しかし、ドンホの父は「赤（共産主義者を指す俗語）」の子どもだといってソクテのことをいつも嫌っていた。後になって、「赤」の意味が何のことなのか、ぼんやりとわかったが、そのときは「ソクテとは遊ぶな」との父の言いつけにただ怒りを覚えるだけだった。その後、戦争が激しくなり、ある夏の日、ソクテが支署に連れていかれたことがあった。ドンホはこっそり後をつけて町までついていった。裏庭の物置小屋から悲鳴が聞こえ、やがて手に棒を持った父が血まみれになったソクテを引っ張りだした。そのとき、ドンホははじめて父の恐ろしさを感じた。父は西北青年会会員（訳註：一九四六年ソウルで組織された極右青年団体）だったのだ。

昔のことを頭から払い落としたドンホは事務室に戻り、じっくり考えてみた。どうしてペ・スンテは他人事のように口をつぐんでいるのか？　どうしたらペ・スンテの本心がわかるのか？

ドンホがペ・スンテの話をひと言でいいから聞きたいと焦燥感にかられるのは、ソン・ドゥムンの主張の真偽を確かめたかったからであった。ファン・オッペから何がしかのきっかけを掴もうとしたかったが、彼は消息不明であり、万が一、法廷でソン・ドゥムンの主張がそのまま受け入れられたならば、かまどに残された飯の問題ともあいまって、次の公判で宣告される判決の刑量に不利となるのは明らかであった。

ドンホは夜が更けると、再び監房を訪ねた。就寝時間はとっくに過ぎていたが、ペ・スンテは毛布を部屋の隅にきちんと畳んだまま、背筋を伸ばして座っていた。色白でこぎれいな顔、きちんと解かされた髪の毛、業務が始まった朝の様子とまったく同じで、その非日常的な姿に逆に不安さえ感じた。そういえば、鉄格子の前の蛇口にかかっている雑巾もきれいに洗ってあった。ペ・スンテはそれなりに気持ちを整理したに違いなかった。内に秘めた激しい気持ちをそのように表していたのであった。ドンホは廊下に立ち、ペ・スンテを見つめながら、しばらく後に口を開いた。

「おまえは独房に入れられるほど特別な容疑者なのだ。しかも単なる重犯という意味ではなく、一般囚とは違うという意味だ」

しかし、ペ・スンテの石のような目つきは少しも揺らがなかった。ドンホは言葉を続けた。

「俺がお前に関心を持つのもそれだからだ。腹を割って話してみようじゃないか。お前は今、俺を誤解して……」

そのとき急に冷ややかな言葉がドンホの話を遮った。

「何がどうだって？　誤解だと？　ずるがしこいヤツめ。小賢しいことをしてるのはお前らの方じゃねえか、もう勝手にしろ」

ペ・スンテはいきなり立ち上がって大声でわめき立てた。

ドンホは急いで看守を呼んで手錠をかけ引っ張り出した。そして廊下に立たせ、寝起きの他の被疑者が見ている前でこぶしで顔と腹を激しく殴りつけた。胸ぐらをつかんだまま事務室に連れ出したが、事務室に着いてからも殴られた腹がひどく痛むほどドンホの拳は激しかった。ドンホは怒りを鎮めてから看守たちを帰した。事務室には二人だけが残された。しばらくは何ともいえない寂寞した空気が立ち込めていた。机と長いす十数個が乱雑に置かれている部屋、真ん中に置かれた練炭ストーブが二人の疲れた息を燃やしているだけだった。ドンホはストーブの上に置いたやかんをとり、二つの湯呑みに注いだ後、一つをペ・スンテに差し出した。白湯(さゆ)を飲むあいだに彼の目つきは徐々に和らいでいった。

「すまない」

ドンホは机の引き出しから取り出したティッシュでペ・スンテの口の周りについている血を拭いてやった。

「俺が悪かったのさ」

ペ・スンテはまだ煮え切らない口調で答えた。

「俺はお前を理解している。お前が俺を検察と組んでると誤解するのは当然だ。おそらく裏切りだと思っているだろう。さっきわざときつく当たったとき、お前は銃を使わなかったのだと確信した。お前は正直なやつさ」

ドンホがペ・スンテから人間らしさを感じたかったのも、まさに彼の率直さゆえであった。また、ペ・スンテは検察による尋問期間にもドンホに包み隠さず話したことがあった。だが、自首の論理が優勢であったその頃に、そのような告白は自ら極刑を招くような自殺行為に外ならなかった。そのときに、ペ・スンテがドンホに告白した詳しい状況はこうだった。

仲間一人とともにひと足遅れたペ・スンテは日が落ちるのを待って暗闇のなかを北上するつもりだったが、実際、夜になってもひどい空腹状態で、寒さと疲労には到底勝てなかった。そこでペ・スンテが民家に侵入して食べ物を調達することにし、その間、仲間は山のなかに残ることになった。暗闇にまぎれて無事にソン・ドゥムンの小屋までやってきたペ・スンテは台所に入り、おそるおそる釜の蓋を開けた。釜にはちょうど茶碗一杯ぐらいの飯が残っていた。まだ温かい釜の前に座り、手に取った。空腹状態に食べる量としては少なかったが、彼は半分だけ食べて、残りは山に潜伏中の仲間のためにかまどの上に置いた。

「俺はお前のような正直者が好きなんだ。お前は俺が検察に告げ口したと誤解したようだが、俺はそんな子どもっぽい人間ではない。たぶんソン・ドゥムンが取り調べ中に言ったに違いない。かまどに置かれた茶碗を見たか、というように」

ドンホの話にペ・スンテは黙って座っているだけだった。事務室の壁にかかった柱時計が続けざまに一一回鳴った。澄んだ音が光の埃を呼び起こすや、ペ・スンテの体はまた強(こわ)ばりはじめた。彼の唇にはまだ血がついていた。ドンホは彼に信頼感を与えるために、ありえない冒険をしてみることにした。ポケットから手錠の鍵を取り出し、ペ・スンテの手首にはめられた手錠を外し、手錠と鍵を机の上に置いた。

「お前は力ずくで俺を抑えて逃げることもできる。そして、胸の拳銃はさっき二階の事務室に置いてきた。お前が敵対関係にある俺に対し、この間正直に心を打ち明けてくれたように、俺もまた同じく信義ってのをみせるために、今、こうしたんだ」

ドンホは上着のボタンをはずして内ポケットまで見せた。拳銃を持っていないことを確認させた彼は、タバコを深く吸って天井に向かって吹きかけ、ペ・スンテに逃げる機会を与えようとでもするように、わざわざ机から遠く離れて座った。長い沈黙が流れた。その沈黙に乗って冷たい寂寞が押し寄せた。ペ・スンテの落ち着いた声が流れ出たのはそのときであった。

「あんたはなぜ俺のためにこんなことまでしてくれるんだ?」

いきなりのペ・スンテの言葉に慌てたドンホは机の上に置いておいたコップをとり、喉を潤した。

「お前のためではなく、俺自身の楽しみを探すためなんだ。理解と赦し以上に大きな楽しみってのがどこにあるんだ?」

外は相変わらず、激しい潮風が吹いていた。風が時折窓を揺らすごとに、ペ・スンテはじっと目を閉じて聞いていた。その音が好きなのか嫌いなのか、一体、何のために悲鳴にも似たその風の音に耳を傾けているのか。今までと異なるスンテの視線に対処しきれなかったドンホは窓のほうに顔を向けて言った。

「お前の親父が麗水(ヨス)・順天(スンチョン)事件に関与して、智異山(チリ)に入ったということは聞いた」

ペ・スンテは唇をかみ締めながら、ドンホをじっと見つめた。

「お前は縁(ゆかり)の場所を訪ねる途中だったんだ。それで、北出身であるとかいって、出身を隠したんだ。

お前が浦項(ポハン)生まれで、朝鮮戦争当時、義勇軍に自ら進んで入隊したことも確認した。名前を正直に話してくれて礼を言うよ。お前が出身を隠したのは家族に類が及ぶことを心配したのだと理解している」

下を向いたままドンホの話に耳を傾けていたペ・スンテはさらに激しく体を震わせた。悲しさが深まっていくようであった。

第三章　全き月明かり

1

辺りはすっかり夕暮れが立ち込めていた。しばらく砂浜に立ち水平線を眺めていたドンホは、注文津(チュムンジン)港の方へと目をやった。夕陽を浴びた建物が鮮やかだった。灯台のある山裾に魚介類の直売場があり、そこから襄陽(ヤンヤン)に向かう道は故郷の村につながっている。今は開発が進んだだろうが、六〇年代にはほとんどが藁葺きの家だった。狭苦しい路地と日用品を売る雑貨屋、床屋などがありありと浮かぶ。雑貨屋にはヨンジュと同い年ぐらいの娘がいたが、すっと鼻筋の通ったその娘は飴玉やせんべい、インク瓶、ノート、鉛筆などが雑然と置かれた店先の隅にヨンジュを座らせ、他愛のないおしゃべりをするのが日課だった。

しばらくの間、昔の思い出にひたっていたドンホは携帯電話で家に電話をかけた。妻のソンミがヨンジュに会いにいっているはずなので、彼女の病状が知りたかったのである。

「あなた、今、平昌にいらっしゃるの？」

ソウルで聞こうと、東海岸で聞こうと、いつもの気立ての優しい声が聞こえた。

「いや、平昌じゃなくて、津里浦なんだ」

「津里浦ですって？　平昌に出張にいらっしゃったのに、なぜそちらに？」

「家に帰ったら理由は話すよ」

「一体、どうなさったの？　何か大事なことでも？」

「いや、別に大したことじゃない。気にしなくてもいいよ。で、ヨンジュはどうだったんだ？」

「お医者様の話ではとてもよくなってるってことでしたわ。顔色もよさそうでしたし」

「お前がよくしてくれたからだ。それじゃ、こっちも明日帰るから」

「津里浦でお泊まりになるの？」

「もちろんさ。運転手の朴はここに着いてすぐ江陵に行かせたんだが」

「それじゃあ、お一人なの？」

「いや、親しい友人と一緒なんだ」

「ご友人って？　どなた？」

「家に戻ったら話すさ」

「何にしてもそちらはいろいろとご不便でしょう。以前と比べればいくらかは変わったんでしょうけど……」

　ソンミの声を聞いて、力が抜けた。彼女が津里浦を気に入る理由はどこにも見当たらなかった。ドンホにとっては思い出を残しておきたい場所ではあったが、ソンミからしてみれば、記憶を消し去りたい場所であった。ドンホが津里浦から足を遠ざけたのもソンミへの思いやりからであった。ソンミにとっては、津里浦はドンホとはじめて出会った思い出の場所ではあったが、その一方で胸が痛む場所でもあったのだ。台風で遭難したソンミの父親の遺体が上がったのが、まさに津里浦だったのだ。

日が沈むと、強い海風に晒された倉庫には物寂しい冷気が流れた。ボイラーの温度を上げたペ・スンテはあちこちの床を手で触っていた。五月になってはいたが、オンドルを暖めるボイラーの勢いは冬とあまり変わらなかった。海辺から戻ってきたドンホには、その温かさが嬉しかった。ドンホが戻る前にすでに夕食の支度はされていた。お膳の上には刺身、海鮮チヂミ、海鮮鍋、ゆでダコなどが並べられており、酒でも一杯やろうという感じであった。酒はビールと焼酎が用意されていたが、ビールがあるのは、強い酒ばかり飲んできたペ・スンテのドンホへの配慮であるらしかった。

「二人で食べるには量が多くないか」

席についたドンホの、無駄遣いだといわんばかりの口ぶりに、ペ・スンテはなぜそんなことをいうんだと、むしろ不満気だった。

「これが情ってもんだろ。食いもんが多いとか少ないとかは関係ねぇさ。あんたにメバルも、タコも、海鮮鍋も食べさせたくてさ、それで量は多くなってしまったんだが、別にもったいないってことがあるかい。あんたは俺の生きる支えになってくれた。俺のいい思い出のなかには必ずあんたがいてさ。ところで……警察はいつ辞めたんだ？」

「お前が四年の懲役を受けて移送された後も江陵で一五年ほど勤めていたんだが、それからソウルに異動になったんだ。ソウル警察署で四年間、情報業務をやってから、結局、制服を脱いだのさ」

「情報業務ってのは何だ？　今もまだゲリラを捕まえてるってのか？」

ドンホは返事に詰まった。もちろん、反共業務は中心的業務の一つではあったが、情報査察とか、反国家犯罪の捜索などとか、いちいちすべてを説明することはできなかった。というのも反国家犯罪というのは、同じ一つのリングでも耳にすればイヤリング、指にすれば指輪といった感じで、時代によって解釈が異なるため、ひと言でこれだと説明するのは困難であった。

「なんで辞めたんだ？」

ドンホが返事に窮しているのを察したペ・スンテは、私的なことを訊いてきた。ドンホは年をとる前に他の仕事もしてみたくなって辞めたのだと答えた。本当のことだった。一つでも年とる前に制服を脱いで、新しい世界に挑戦してみたかったのだ。毎日毎日、デモの現場に出動して学生たちとやり合うとか、不正選挙に介入するとかいった仕事は性に合わなかったのだ。宙ぶらりんになっているような気になることも一度や二度ではなかった。それでスパッと辞表を出し、茨の道を自ら選んだのである。折よく、建設会社を始めた、大学の同級生の誘いがあり、その会社で経験を積み、何とか生計を維持していたところ、友人が病気になって仕事が続けられなくなってしまったので、会社を任されることになったのだった。

「この間どうしてたんだ？」

ドンホはペ・スンテの表情を見ながらそれとなく訊いてみた。ペ・スンテはしばらく口を噤んでいたが、ボツボツと話しはじめた。

「次の年に仮釈放になって姉貴のところに身を寄せたのさ。姉貴は浦項（ポハン）で大きな日本料理屋をやっていたんだが、そこで商売を手伝っていたときに刺身を捌く技術を身につけたんだ」

ペ・スンテは手のひらを縦にして刺身を捌く真似までしてみせて笑った。その笑いは勇猛な戦士が刺身を捌くといった、戯画のように自分の運命を嘲笑するようでもあり、また新しい人生を開拓したという誇りを表しているようでもあったが、彼が商売の経験を具体的に説明するのを見て、後者の意味がより強いのではないかと感じた。彼は魚の新鮮さの保ち方から魚の皮を剝くコツ、包丁の角度などはもちろん、美味い海鮮鍋の作り方までも、臨場感一杯に説明してくれた。

「刺身もそうなんだが、俺の海鮮鍋は絶品なんだ。姉貴も俺の手並みには心底感心していたさ」

一緒に暮らしはじめて一年ぐらいになるころ、姉はペ・スンテに結婚しろとしつこく迫った。店を独立させてやるから結婚して夫婦水入らずで切り盛りしろといった。ペ・スンテは結婚する考えなどないと断ったが、うちのたった一人の息子なんだから家庭をつくらないでどうするなどと、姉は時折癇癪を起こすこともあった。ちょうど、気に入った若い従業員がいて、これから彼女に店を任せようと目論んでいた頃でもあったのだ。

「ドファなら店を任せても大丈夫よ。賢くてよく気がつくし。見た目だけじゃくて心根だっていいし、申し分のない娘よ。ドファのような娘に出会えるなんて、お前はほんとに運がいいわ。わかる？　それだけじゃないわ。年だってお前よりも一三歳も年下で、こんなことなんてめったにありゃしないわ。そうじゃない？」

姉は繰り返し、ドファを褒めちぎった。ペ・スンテもまた彼女の美貌と誠実さに心が魅かれていたこともあり、内心悪い気はしなかった。しかし、結婚自体を否定してきたスンテであった。南での結婚は罪を犯すことであり、自らの存在価値を否定する行為にかわりはなかった。その頃の彼にとって、北に残してきた妻のことを想うときだけが、世の中が明るく見えるときだった。妻のユン・ヒジョンは彼が美しく希望溢れた世界を眺めることができる目であった。その目を通さない限り、この世は暗くて苦しいだけだったのだ。ユン・ヒジョンがいなければ、彼は生きている意味さえ喪失していたのだった。

「あんたもわかるだろうが、俺は北に残してきた家族がいる。結婚なんてしないと言い張ってきたんだが、姉貴があんまり言うのでとうとう嫁さんをもらったのさ」

結婚して何カ月か経って、姉は市内の賑やかな場所に店を見つけてきて弟に刺身屋を開かせてくれた。ペ・スンテは妻とともに昼も夜も働いた。客もだんだん増えていった。結婚した次の年には息子も生まれた。息子の名前は妻の希望を入れて「強い」という字に、行列字（親戚間で同じ親等につける字）の「植」と書いてガンシク（強植）と名づけた。子どもが生まれて、暮らしは楽しくなる一方であった。子どもは目に入れても痛くないほど可愛く、歳月を経るにつれて北に残してきた家族のこともだんだんかすんでいった。商売も年々繁盛していったし、一〇年ほどが過ぎたころには家と店構えも整え、商いを手広くやるようになっていた。ペ・スンテはますます事業が面白くなってきていた。周りからも信望を得るようになり、地域社会のことにも関わるようになってからは、それまで警戒していた人たちも親しく付き合ってくれるようになった。彼の事業手腕が遠くまで噂となり、客足はさらに増えていった。

ペ・スンテは料理の腕前だけでなく、客の接待でも一方ならぬ手腕を見せた。そのときのことを彼は、一度でも店に来てくれた客は自分の応対に感動して常連になってくれたのだと自慢げに話し、さらに客へ差し伸べた手には真心と正直さが込められていたからだとも言った。

「乳飲み子だろうと真実ってのは通じるものさ、わかるだろう？」

ペ・スンテは身分の高低を区別せず、終始一貫した気持ちで客をもてなし、常に自分を客よりも一段低い位置に置き、王様を迎えるかのように扱ったとも語った。従業員にも家族のように接した。自分の利益もお構いなしに、従業員らの待遇をまず優先したともいう。従業員の誕生日には必ず贈り物をして、パーティを開いてやった。従業員にどれほど気を配ったか。たとえば、自分の息子には店に来ないようにと言い聞かせていたらしい。というのも、従業員らもそれぞれ可愛い子どもを家に置いて仕事をしているのに、主人の息子だからといってちょくちょく店に来るというのであれば、顔が立たないというのが彼の考えであった。

料理に限っていっても、もっとも質のいい材料を選び、いくら利ざやがよくても質の悪い材料は一切使わなかった。ペ・スンテは料理とは利益を上げるための商品ではないと考えたのだった。適当な材料で適当に味を出して利益をさらに上げようとせず、料理を一つの人格のように考えたのであった。

「俺はいつも料理にお辞儀したさ。食べ物に敬意を表すためさ」

十分に理解できる話だった。食べ物に敬意を尽くしてもてなすのだから、客が増えるのは当然であった。彼はサービスの原理を体得したのだった。

「その通りだ。お前こそ、本当の商売人だ。ところで、武装ゲリラのような殺人専門家が、どこでそんな商売のコツを覚えたんだ?」

「どうせ、商売人になるんだったら、専門家にならなけりゃな」

彼は、ハッハッハっと笑った。バカみたいに笑った。環境の変化によって人間はこんなにも変われるのかと疑問に感じ、ドンホは彼が魔法使いのように見えた。あっという間に枯れ葉のなかに身を隠してしまう、高度な隠れ身の術、体は飛ばされながらも正確に照準を定める射撃術、そのような術を身につけていた彼だからこそ、今度は商売に魔法を使うのも当然だと思えた。

「世の中が違って見えたさ。南ってのは腐った場所だとしか考えていなかったんだが、どうやら違うんだと。商売にも自信が生まれた。だが、女房は俺に対しいつも不満だった。客もすべて自分が連れてきたんだとまくしたてたさ。共産ゲリラなんてのは害にしかならない、客が来ない。女房は毎日毎日ヘラヘラと笑っては、これが商売のコツなのよ、とかさ」

そんな愛想笑いなんてものはややもすると信望を失いやすく、料理までもが品を失くしてしまうというのがペ・スンテの考えであった。妻の行動はさらにひどくなり、ついには夫を無視するようにもなった。店に出入りする常連客と連れ立って、酒をどんぶりで飲んだり、もっと後になると、はなから店のことなどせず、夜ごとに外出を繰り返すようにもなった。

ドファが外出しはじめてから一年ほどになるころであった。その日は朝から小雨が降っていた。連日、猛暑が続いていたため、少しの雨でもありがたかった。夫が店で一日中働いている間、家のなかで暇を持て余していたドファは、太陽が沈むころになると身支度をして外に出かけた。男たちと連れ立っていく場合は、帰りはいつになるともわからなかった。

夜遅くに商売を終えたペ・スンテは急いで家に戻ってきたが、明るく迎えてくれる家族は誰もいなかった。すでに五十代半ばでもあり、家族から明るく出迎えてもらって十分な年齢であったが、そうした待遇はむしろ自分にはふさわしくないとも思っていた。事実、彼は北においてきた妻の若いころの姿だけを覚えていて、自分も同じくらいの年齢だと錯覚して暮らしていたので、ドファの礼遇はさほど望んではいなかったのだ。しかし、出迎えてくれる家族もおらず、家にぽつんと残されていれば、たまにはそれ相応の扱いを受けたくなることもあった。ひと言でいえば、生活の拠り所のようなものがほしかったのだ。夫を喜んで迎える妻の顔、父に会いたがる子どもの顔を欲していたのだ。ところが、その晩は息子の気配さえもなく、寂しさはさらに募った。今更ながらではあったが、子どもの顔が見たくなったペ・スンテは、息子の部屋におそるおそる声をかけてみた。

「ガンシク、部屋にいるのか？　勉強してるのか？」

しかし、部屋からは何の返事もなかった。たしかに息子は机に座って勉強しているはずで、夜遅く外に出ているわけはなかった。

「父さんが帰ってきたのもわからないなんて、一体何してるんだ？」

ペ・スンテは優しい声でもう一度声をかけた。それでも何の返事もないので、ノブを握り、ドアを押してみた。ドアには鍵がかかっていた。ドアに鍵がかかっているということは、たしかに中にいるはずだ。なのに、一体どういうことなのか？

「ガンシク、寝たのか？」

今度はノックをしてみた。そのときだった。ドアがぐいっと開き、ガンシクのゆがんだ顔が父をにらみつけた。部屋のなかの空気が濁っている。タバコのにおいであった。

「なんでタバコの臭いがするんだ？」

何が何だかわからないペ・スンテはしきりに首をかしげた。そのとき、息子の冷ややかな言葉が発せられた。

「どうしてそんなに騒ぎ立てるのさ？」

はじめて聞く口ぶりだった。そのぶっきらぼうな話し方が、部屋のなかのタバコの臭いと混ざり合った瞬間、ペ・スンテはくらっとめまいがした。部屋がぐるぐる回った。これは俺の息子なのか、と思った。ガンシクがドアをバタンと閉めた。しばらくの間、そこに立ち尽くしていたが、すぐに気を取り戻した。ペ・スンテはもう一度ドアを開けた。ガンシクはじっと立って父親を見つめているだけだった。ペ・スンテははこみ上げる怒りを押し殺して静かにこう言った。

「何かあったのか？」

「……」

「お前、いつからタバコなんか吸ってるんだ？」

「……」

「これまでは、親の言うこともよく聞いて、勉強もよくしてたのに、なぜこんなことを？」

「話したくない。早く寝ろよ！」

ガンシクが大声を張り上げた。

「なんだと！　それが親父に対していう言葉か！」

ペ・スンテはガンシクの頬を殴り、怒鳴った。胸が震えて喉が渇いた。机を床にたたきつけて、へし折った脚を振り上げた。

「そうか、わかった。お前も母親のように好き勝手するっていうんだな？　父さんだってもうこんな生活はまっぴらだ。勝手にしろ」

「誰が母さんをあんなふうにしたのさ」

「なんだと！」

「僕らのことを家族だって思ったこと、一度だってあるのかよ。僕らは他人なのか、家族なのか？父さんの家族は北にいるんだろ」

ペ・スンテは椅子の脚を床に放り投げて怒鳴った。

「そうさ。北にいるのが俺の家族さ。お前らなんて他人だ。そうさ、そうとも」

「それなら、なぜ僕を叱るのさ？　僕がタバコを吸ったって、酒を飲んだって、父さんには関係ないだろ？　他人の子どもなんだろ？　北にいる子どものことでも考えてればいいだろ」

「そうさ、そうするさ」

ペ・スンテは部屋を出てドアを強く閉めた。まだ胸は高鳴っていた。何とも言えない思いで胸がいっぱいだった。ガンシクはなぜあんなことを？　なぜ突然反抗するんだ？　中学生のころ、一時的に両親のいうことをきかず、けんかしたこともあるにはあったが、高校の上級生になってからは心を決めて勉強に集中していたガンシクだ。つい先日まで父の言うことをよくきいたやさしい息子だったのに、どう考えてもドファが嗾(けしか)けたに違いなかった。

あいつは何かしでかすつもりなんだ。

ペ・スンテは再び息子の部屋に入った。ガンシクはまんじりともせずに椅子に座っていた。何か、しきりに考えているようであった。そばに近づいたペ・スンテはそっと息子の肩に手を置いて尋ねた。

「やさしいお前がどうしたんだ？　何があって突然、こんなことをしたんだ？」

「……」

「母さんから何か言われたのか？」

「……」

「正直に話してみろ。父さんが何かしたのか？」

「みんな嫌いだ。父さんも母さんもみんな嫌だ」

「一体、どうしたんだ？」

「二人とも僕を本当に息子だと思っているの？」

「何を言ってるんだ？　父さんが誰のために一生懸命働いてると思ってるんだ？　全部お前のためだろ？　もちろん北の家族は懐かしいが、そのことはお前も知ってるじゃないか。お前もそれくらいは理解できるぐらい分別がついたと思っていたが、そうじゃないのか？　それにお前の母さんだってお前のことだけを考えて生きてる。お前じゃなければ誰だっていうんだ？　母さんが外出するのはしばらくの間、憂さ晴らししてるだけだ。これまで苦労が多かったからな。それもお前がわかってやらないと」

「そんなことしらないよ。僕だって自分がよくわからないんだ」

　ガンシクの顔が石のように固まった。その顔には父はもちろんのこと、母に対する思いも混ざっていた。これまでガンシクは父に対し本心を隠していたのだった。母からその言葉を聞いた瞬間、ガンシクはどのように考えればいいのかわからず、頭がくらむようだった。生まれてはじめてきいた話であり、即座に判断がつかなかったのだった。

「お前も分別がつくんだから、母さんの気持ちもわかってくれなきゃね。父さんと母さんはもうお仕舞いにするわ。父さんは人間じゃなくて、冷たい鉄なのよ。百年経ったって、人間なんかにはなれないわ。そんな人と何が楽しくて暮らさなけりゃならないの。これまではお前のために我慢してきたけど、もう辛抱できない。これまでだって父さんが母さんのことを妻だと考えたことがあって？　お前にだって気持ちをまともに伝えたことがあるかい？　お前を肉親だと考えたことがある？　あの人から見ればお前や私は他人なのよ。あの人の家族は北にいる人たちだけなのよ。そうよ、私たちとは縁のない人間なのよ。だからお前も決心しなきゃいけないのよ、わかるでしょ」

ガンシクは俯いて母の話を聞いているしかなかったが、しかし、母の話を額面通りに受け入れることはできなかった。いつも酒に酔って、家のことをほったらかしにしたまま外出してばかりいる母。そんな母が父と別れるという。

浮気に違いなかった……。

ガンシクにはいまだに忘れられない出来事があった。中学三年生のガンシクは課外授業を終え、夜遅く家の近所の公園を歩いていた。防犯灯の灯りがかすかに反射した林のなかからヒソヒソと語り合う声が聞こえてきた。葉の繁る夏にはしばしば経験したことのある光景なので、そのまま通り過ぎようとするところであった。いつもは草むらに座って囁き合っているとか、せいぜいキスしているくらいだったが、その夜は艶(なま)めかしい声まで聞こえてきた。聞いたことのある声であった。ガンシクは反射的に体を隠した。肩を寄せ合った二人の男女が芝生の方に歩いてきて、頬ずりを一度交わした後に別れた。一人になった女性はふらつきながらアパートの方に向かって行った。間違いなく母の後ろ姿だった。

先に家に戻った母はそのあとに帰ってきた息子を見ても、まだ心ここにあらずといった様子で、ただ宙を眺めていているだけであった。いつもは夜遅くまで勉強して帰ってきた息子を優しく迎えてくれるのだが、今日はそんな普段の母ではなかった。夕食を食べたのかと聞くこともなかった。上の空のまま、早く寝なさいという言葉をかける程度であった。まるで気でも抜けているかのようであった。

その翌日、ガンシクは不良とよばれる学生たちと一緒に初めて酒を飲んで煙草を吸った。

「父さんはなんで母さんの気持ちがわからないんだ?」

しばらくの間考えに沈んでいたガンシクが俯いたまま父を罵った。ガンシクの目はいつのまにか涙で一杯であった。その叫びのなかに父に対する憐憫の情を感じ取ったペ・スンテは、息子が健気に思えて仕方がなかった。

「お前に母さんの気持ちがわかるのか?。母さんははじめっから父さんのことなんて好きじゃなかったのさ。父さんのことを夫だなんて思ってなんかなかったのさ」

「どうしてさ」

「愛してなんかないからさ」

「なぜ?」

「父さんのことを人間じゃないと思ってたんだろ。ゲリラだと。何もかもゲリラが悪いのさ。有害で、道理なんてわかっちゃいない人間。それに人を問い詰めるのが好きで、人を殺すのが好きで……。ガンシク、お前もそのように教えられてきただろ。共産主義者は戦闘的で民族を不幸にした悪魔――そんなふうに学校で教えられただろ? そんな父さんを母さんが心から愛していたとでもいうのか?」

「じゃ、どうして僕を生んだんだ?」

ペ・スンテの胸は高鳴った。どう答えればよいのか。しばらく考えたペ・スンテは、こう言葉を返した。

「だから、父さんはお前が哀れなんだ。哀れに思うからこそ愛しい。父さんの言うことがわかるか? 子どもへの愛ってのは夫婦の情とは違うじゃないか。子どもを愛さない親がどこにいるんだ」

「僕を愛しているって? 本当に愛している子どもは北にいるんじゃないの?」

「何だと? お前も母さんと同じことをいうのか? お前が俺の子どもじゃなくて何なんだ? そし

て父さんはお前をすごいと思っている。なぜそれがわからない？　答えてみろ。どこがすごいって言ってるか、わかるか」

「そんなこと言われたって……」

「ゲリラとゲリラ嫌いとの間に生まれた子どもだからさ。何とも無情な運命じゃないか。それがすごいってのさ」

「どうして無情な運命がすごいのさ？」

「お前ももう物事がわかる年なんだから、そんなふうに考えられるようにならなきゃな」

「父さん」

「なんだ、言ってみろ」

「母さんを愛してる？」

突然の質問にペ・スンテはしばらく沈黙していたが、愛情は別にしても同情心はあると答えた。ドファの嫌な面をそのまま言ってしまうことはどうしてもできなかった。考えのない女、頭がからっぽの女、忙しそうにしてるだけの女、世の中がなんなのかもわからず虚勢だけを張る女、何が幸せなのかわからないまま幸せを求めて飛び回る女——などとは……。

「お前の母さんはゲリラが何なのかわかってないから、自分の夫がどんな人間なのかもわからないんだ。だから見境もなくなるのさ。そんな女にどうして愛情が沸くんだ？　だが、同情ってのも愛情の一つじゃないか？　よくよく考えてみればそれがもっと大きな愛情なんだ」

「より大きな愛情って何？」

「集団を愛する……。父さんはそんな気持ちが強いんだよ」

ペ・スンテは姿勢をまっすぐ正した。

壁に掛けられた柱時計が新たな時を告げた。息子の部屋を出たペ・スンテは居間のソファに座り、一人で酒を飲んだ。酒がすすむにつれ急に憂鬱な気分になった。北に残した家族の姿が浮かんできたが、なんだかそれもうれしくはなかった。こんな感情は初めてだった。反逆、そうだ。これまで一度だって忘れたことなどない、いや、その懐かしさは歳月が流れるほどより一層強くなっていたのに。ペ・スンテはそのような反逆がおかしいというより何か恐ろしくも感じた。希望が消えたも同然であった。ペ・スンテにとって北の家族に対する懐かしさは、花であり、香りであり、眩しい朝の陽射しであり、幽玄な月の光であった。あらゆる美と純潔と価値はその家族に由来しており、その始原を探そうとする意志は彼の本能とでもいえるものであった。なのにそれが色褪せて感じられるとは――。こんなときだからこそ北の家族がより懐かしくなるはずなのに。なぜなんだ？　こちらが不幸だったら北の方が輝いて見えないのか？

しかし、彼はそんな疑念を深く追求したくはなかった。何も考えたくなかったのだ。ただ今のような気が抜けた状態を溶かしてくれる酒がほしいだけだった。ペ・スンテは何度も何度も盃を空けた。酒の味も忘れるほど酔っていたかった。ただ酔いたいだけで、理由や条理などは後回しでよかったのだ。

柱時計が二時を打った。ドファは今日も御前様らしい。ペ・スンテはまた台所に行って酒を持ってきた。一本の焼酎などすぐに空けてしまっていた。そのときだった。玄関の扉の開く音が聞こえ、泥酔したドファが入ってきた。服も髪も乱れ、顔は酒で赤いというより黒ずんでいた。深夜であったおかげで隣近所に見られなかったのが幸いであった。もっともいつも夜にしか帰ってこないので、そのあられもない姿を目にした者はいなくても、噂だけはすでに広まっていた。だが、ドファは町内を歩きまわって熱心に自己弁護をしたこともあり、町内の同情を十分に買っていたようだ。


今でも北に残してきた家族のことを考えるのですか？

そのことをドファさんはどう思っているとお思いですか。

それがもとで、あなたに対する反感も生まれるでしょう。

優しい女性を悪い妻にしないであげてください。

ドファさんのような人が浮気する気になったとすれば、それは一体誰のせいです？

結局、こちらの奥さんや子どもが最期を看取ってくれるのではありませんか？

北の奥さんはドファさんよりも年上なんでしょう？

お若いころに離れ離れになったので、想いは強いでしょうけど……。

もう、昔の奥さんではないでしょう。テレビで見ませんでした？　金日成だけを崇めているのを。


疑う余地もなく、すべて妻の話だけを聞いて判断した上での忠告であった。ペ・スンテは一人、笑みがこぼれた。自分とは何の関係もない風聞、誰かが自分に露骨に後ろ指を指したとしても何がどうなるわけでもないむなしい行為にすぎなかった。

「また酒を飲んでたのか？」

ペ・スンテはソファーにドサッと座り込んだドファにひと言声をかけた。それはいつも口につく言葉だった。単なる口癖みたいなものであった。そのまま知らんぷりするよりはマシだというだけで、妻が酔って帰ってくるごとに口から出る、歌のリフレインのようなものであった。

「見てわからない？　何で聞くの？」

ドファが堂々とした声で答えた。

「どうせ、カラオケとか、ばか騒ぎとかしてきたんだろ？」

「あなたはどうして嫌いなの？　最近、ダンスも習っているのよ。ジルバ、ブルース、トロット、タンゴ、なかでもタンゴはすごく体をねじるのよ。あなたも一回、出かけてみれば？　どれほど楽しいか行ってみればわかるわよ」

「ダンスを習ってるのか？」

「金を稼ぐんだったらその使い方もしらなきゃね。お金なんて年をとってしまったらどうしようもないじゃない。『遊ぼ、遊ぼ、若いんだから遊ぼうぜ』っていう歌、知らないの？」

「その『遊ぼ』っていうのはダンスのことじゃないだろ？」

「ダンスがダメなら、アジアの踊りはどう？」

「何もダンスが悪いってわけじゃ……」

「もう、ゲリラの鎧なんてきれいさっぱり脱いで、明るい……明るく暮らすのはどう？」

「なに？　ゲリラ？」

「ゲリラっていえば重いじゃない。地獄のように暗いからゲリラっていうんじゃないの？　私は明るく生きたいのよ」

「毎日浴びるほど酒くらって、男らとヘラヘラつるんでいるのが明るく生きるってことなのか？　そんなのを酒びたりの無駄な人生っていうんだ」

「やっぱり、ゲリラの口ぶりね。あんたと私は夫婦になるんじゃなかったのよ。早く縁を切らなくちゃね。こんなおかしなヤツ！」

ドファはぎゃあぎゃあと叫んだ。彼女は商売もすぐにやめると言って、夫をにらんだ。ペ・スンテはそんな妻をジッと見つめながら声を荒らげた。

「勝手にしろ。早く別れられるならそのほうが俺も気が楽でいい」

「子どものこともはやくケリをつけましょう。パッとやれば気楽でいいでしょうね。どうせガンシクを自分の子どもだと思ってないんだから。北の子どもほどには考えていないでしょう?」

ドファは口を開けて、ハハハッと笑った。その言葉を聞いたペ・スンテは、どうやら完全にドファは別れると決意したようだと思った。しかし、その別れは寂しくも、悲しくもなく、ただ単に淡々としたものであった。

2

ドンホに浦項での生活をあらまし打ち明けたペ・スンテはため息をついた。彼はドファと別れるまいとどれほど我慢していたかという話をする傍ら、自分が悪かったのだという話も付け加えた。それでもドファによくしようと努めたが、ドファはついに心を入れ替えることはなかったという。

「負けん気のようなものが出てきたのさ。もう心の底から叫んださ。勝手にしろと。お前がどんなにバカなことをしようが俺には関係ない。当然だろ。俺の気持ちは北の家族だけに向いてるんだからな。

そんなふうに気持ちを引き締めたかったんだ。気持ちを整理しないとおかしくなってしまいそうだったよ」

ペ・スンテは再び深いため息をつくと、窓の外を見やった。彼は何度か瞬きした後、海の方を向いたまま話を続けた。

「それでも家庭崩壊だけにはならないようにと、浦項の家と店を売り払って、ソウルに引っ越したのさ。浦項を離れて違う場所、それももっと都会に行って、広い気持ちで暮らせば、人も変わるだろうと考えたのさ。ところが、ソウルに来て何年か過ぎたら、また家を空けるようになったんだ。あの女はどうしようもなくズル賢い人間だ。情ってのがまったくわからない。人のことを利用価値があるかどうかってことだけで考えるのさ。ソウルへ行ったのはむしろ間違いだった。面の皮が厚く、ふてぶてしいから、口を挟むような隙もなかった。ほら、選挙のときごとにうまく立ち回って、首尾よくやるって感じさ。どこそこの会長、何とかという諮問委員、顧問、常務理事、世の中こんな有り様で、セミナーをするといっては男らとつきあい夜明かしするのがお決まりだった」

「それは社会活動であって……」

「社会活動？　何だそれ？　正しいことをするのが社会活動ってのじゃないのか？　社会を正しく発展させることを社会活動って言うんだろ。社会の歪みを正しく立て直して公益ってのを創出するのが目的じゃないか。制度的に弱いところを補い、労り、よくするってのが社会活動じゃねえのかい？　俺のことよりも先に他人様のことを考えるのが社会活動なのか？　仲間内できれい事を並び立てて利権を貪り、挙句に国家予算まで要領よくゆすりとるのが社会活動か？」

ペ・スンテの声はますます高まった。ドンホは黙って聞いていたが、話題を変えた。

「で、息子は今、何をしてるんだ？」

「息子が出て行きさえしなけりゃ、女房とは別れなかっただろうな」

「出て行ったって？」

「兵役義務を終えて、戻って家でふらふらしてたんだが、ある日こっそりいなくなった。もう七年になる。ツテを辿っていろいろ探してみたんだが、どこにいったかまったくわからず終いさ。女房もわからないという。死んだのかもしれない。あいつは、性質（たち）は悪くても心はきれいヤツだったんだが」

「ドファさんとは別れたのか？」

「そうさ」

「別れたことを後悔していないのか？」

「後悔ってなんだ？　ただガンシクのことを考えると胸がいっぱいになるだけさ」

「息子の心配はやめておけ。たぶんどこかで無事にひっそり暮らしているだろう。後になればきっと父親を訪ねてくるさ。それが肉親ってもんだ」

「そうか？　とにかく俺がだめだったのさ。毎日、女房に気を遣ってきたせいで、ガンシクを粗雑に扱ったからな」

　ペ・スンテは座りなおした。彼はドンホが注いだ酒を飲み、ガンシクの話を続けた。

　高校をやっと卒業したガンシクは、進学をあきらめたまま喧嘩ばかりしていた。二〇歳ぐらいになった頃は、遊び友達とつきあって酒を飲んだり、バイクで暴走したりするのが、日常茶飯事だった。ますます暴力的な性格になったガンシクは、バイクでの暴走だけじゃなく、女遊びにまで耽るようになった。それをまた親父の前でベラベラとしゃべるのだった。あるときなどは、田舎の人気のない小道で村の娘をバイクに乗せて、山の中でレイプしたなどと自慢げに話したりするなど、いつもそんなふうに親父を困らせていた。あるいは、大酒をくらったままバイクに乗り、他人の家の庭先を滅茶苦茶にしたり、大声でわめき散らしたりもした。

「ゲリラは女房も追い出すのか？」

そのときペ・スンテは怒りを抑えて何とか返事を返した。

「父さんが追い出したんじゃなくて、お前の母親が自分で出ていったんじゃないか？」

父のその言葉を聞いたガンシクは、何日か後に荷物をまとめて家を出て行った。しばらくは息子を待っていたペ・スンテも、次の年には財産を整理してソウルを離れた。

ドンホはペ・スンテの手をとった。海は闇に包まれていた。ドンホは海を眺めながら昔の夜の海を思い出していた。真っ暗な海、孤独でさびしい海、波音がだけがひっくり返っている海、それが六〇年代後半の夜の海の光景だった。

「俺に行くアテがあるだろうか？　考えてみたんだよ。そのとき思い出したのがここさ。なぜもっと早くに思い出さなかったのかが悔やまれたよ。俺が戦士として闘った場所、検挙された場所、ここは俺の血と夢が躍動していた場所だ。あんたは俺の気持ちがわかるか」

「もちろんわかるさ」

「そして、あんたと毎日会った留置場も懐かしい所さ。鉄格子を間に挟んで夜を明かして語り合ったよな」

「お前が話してくれた北での生活が今でも鮮やかに目に浮かぶよ。とくに恋愛時代の話をしてくれたときなんてのは、お前の体に花火が燃え上がるようだった。まるで何かにとりつかれたようだった」

「うっとりしたさ。今は北の生活を思い出してもあのときのようにはうっとりはしないがな」

「当然だろう。あのときは切迫した状況だったしな」

ドンホはある冬の夜の思い出を今も忘れることができない。ペ・スンテが上部機関で調査を受けて江陵警察署の留置場に収監されてからひと月ぐらい過ぎてからのことだった。その夜、ドンホはいつものように夜が深くなると、ペ・スンテが収監された一一号独房を訪ねた。すると、どういうことなのか、彼の顔には微笑が浮かんでいた。北に残してきた家族を思い出しているに違いなかった。北には若い妻と幼い息子が一人いるのだが、彼は幸せだった想い出話をことあるごとに自慢げに話してくれた。とくに妻のユン・ヒジョンのことになると顔がうす赤く熱くなっていた。

「月夜の下の集まりで踊りを踊るときなんてのは、俺の妻が誰よりもきれいだった」

ユン・ヒジョンは近所でも見映えのする美人で、大学も出た知性溢れる女性でもあり、また身元もよい幹部の娘だった。浦項で小学校までしか通えず農作業をしていた頃に義勇軍に入隊したペ・スンテからすれば、のちに北で大学に通わせてもらってはいたものの、過分な相手であった。しかし、南への派遣要員にはその程度の待遇を受けられる特権が与えられていた。北での大部分の男女は学校や職場、映画館のようなところで会ったり、本の貸し借りといったような口実で会ったりして、恋愛時代を過ごすのが一般的だったが、特殊要員の場合は選ばれた娘と人を介して出会う場合も多かった。

「はじめは手紙で気持ちを伝えたよ。そんなふうに付き合いはじめた後は、堤防や映画館で会ったりもした」

ペ・スンテはユン・ヒジョンとの逢瀬を思い出しては「狂う」という言葉を何度も繰り返した。単身で身寄りなく過ごしてきたペ・スンテは、妻に対する愛情が格別に深かったのだ。妻の息遣いと匂いを想像するだけで精気が漲ってくるのだった。妻はまさに自分の分身であった。ユン・ヒジョンがほんのちょっと家の外に出るだけでも早く帰ってほしいと催促したし、彼女がそばにいなければなぜだか不安でなんとなくさびしかったとも言った。ペ・スンテは今もユン・ヒジョンがくれたラブレターの一節を一字一句に至るまで覚えているほど、彼女に恋焦がれていた。ある夜、ペ・スンテはユン・ヒジョンのラブレターの最初の一節を紙に書き、口に出して読んでくれたのだが、声は震え、目にはまるで火花が散っているようだった。〈夢のように恋しいペ・スンテ同志へ〉から書きはじめられたユン・ヒジョンの手紙には戦闘に関わる言い回しが多かった。

今日も青葉の繁る訓練場を決戦場として、信川（シンチョン）（訳註：黄海道（ファンヘド）の信川郡の地名であり、農産物の集散地である）の丘と思い、偉大な革命偉業の大道の中に身を置き、山野を先導して駆け巡るペ・スンテ同志に、まるで昨日のように、いいえ、今しがたのように……。

あるときは、ペ・スンテは恋愛時代の想い出の一コマを打ち明けることもあった。

彼がユン・ヒジョンと初めて会った場所は、大きな堤防近くの径だった。その堤防は新しく整理された畑の堤防や小川の堤防のようになっていて、幅も広く、高いので、敵の戦車などの攻撃兵器が前進するのを防ぐ防護壁の役割もしていた。そんな場所ではあっても、青春時代の男女らにとってそのような静かで人里離れた場所は、格好のデートスポットでもあった。

飾りのついた黒い布靴を履いて、月明かりのなかを歩いてくる妻の姿はまるで仙女のようだった。黒い布靴を履いて十五夜の満月の光のなかにあらわれたユン・ヒジョンは、ペ・スンテの脳裏にもっとも思い出深い場面として刻印されていた。その光景はいくら歳月が流れようとも色褪せることはなかった。彼女の顔、キメの揃った髪、くびれた腰、歩く姿、声、足音、チマの裾をなびかせる音、白い線の入った黒い布靴、月明かりが深く差し込む堤防の径など、そのすべての色と音、香りはペ・スンテの体の一部と言ってもよかった。

彼らは並んで堤防の草むらに座った。ペ・スンテの目にはユン・ヒジョンのおとなしく座っている姿がこの上ないほど美しく見えた。彼は何から話しかければよいのか、話の糸口を探せず、胸を焦がすだけだった。もっとも美しい言葉、もっとも感動的な話からはじめなければならないのに、その言葉はなかなか見つからなかった。ユン・ヒジョンも同様であった。男が話しかけてくる言葉に、どのように答えればいいのかわからず、そわそわするのみであった。彼らは互いの息遣いのみを聞きながら、新芽が芽吹く青い野原と霧の立ち込める渓谷、キラキラと波打つ小川と星の光だけを順に眺めることしかできなかった。息がつまりそうだった。その沈黙を先にほどいたのはペ・スンテであった。

「ヒジョン同志の花模様のスカート、本当にきれいですね」

ペ・スンテは自分の最初の言葉がちょっとぎこちないとみたか、「お父上が党の事業をされていると聞きましたよ」とすばやく言葉を継いだ。

「上の伯父が党で仕事をしていて、父は職場長なんです」

ユン・ヒジョンの答えは淡々としていた。また、沈黙が流れた。ペ・スンテは口を閉ざすと顔を上げて空を眺めた。すると、ユン・ヒジョンが空を指差してこう言った。

「あれは何という星座ですか?」

「一番明るいところをみると、北斗七星のようですね」

「父が言っていました。スンテ同志はあのような星になるんだ、とか」

ペ・スンテはその言葉を聞くや否や胸がどきどきし、腕（かいな）には血管が浮き出た。緊張のせいか、体までもが震えた。ユン・ヒジョンは、そんなペ・スンテの手を握り、強くてしっかりした声でこうも言った。

「スンテ同志は首領様に感謝しなければなりませんね。中学校にも通えなかった同志を首領様が大学に行かせてくださったのですから。大学生のなかでももっとも輝いている学生に育ててくださったのですから。そして、人民の英雄にお育てくださったのですから。この空を見てください。スンテ同志をあの星のように育ててくださるのがまさに首領様ではありませんか。ねぇ、そうではありませんか？」

ペ・スンテは姿勢をしゃんと伸ばしてまるで兵士が上官に報告するような声で答えた。

「私は偉大な首領様の意志を敬い、英雄リ・スボク同志のような戦士になります。彼の忠誠の事績を胸に刻み、ひた走りに走って祖国統一の偉業を達成します。そして、その精神でヒジョン同志を愛します。ヒジョン同志は花のように、星のように美しいです」

ペ・スンテは胸が縮こまる思いをした。息さえもできないほどだった。空に向かって「首領様、ありがとうございます」と叫びたかった。彼の脳裏には麻の粗末な服を着て、背負子（しょいこ）を背負っていた幼い頃のことが浮かんでいた。故郷には田畑もなく、長利の貸与米を返すことさえ難しい貧しい家庭に育った彼であった。「今日、ヒジョン同志に出会えたのは父のおかげです」

ペ・スンテはユン・ヒジョンのきれいな手に自分の手を重ねて、震える声で語った。よくよく考えてみれば、ユン・ヒジョンのような美しい女性というだけでなく、大学出の女性と恋愛し、英雄の称号を得ることができる機会まで与えられたのも父あってのことであった。

彼らは毎日逢瀬を重ねた。初めて会ってから半年が過ぎたころに結婚式を挙げた。その一週間後にヒジョンの伯父宅で二人の結婚を祝う披露宴が開かれ、家族や親戚、友人らが集まって彼らの将来を祝福してくれた。

「本日、この会は姪の婿になったペ・スンテ同志のために党の秘書同志が特別に準備してくれました」

ユン・ヒジョンの伯父がまず口火を切り、大きな拍手が起こった。酒もほどよく入り雰囲気もより一層盛り上がっていった。あちこちで新婦をほめる声がした。出席者すべてがユン・ヒジョンのことをこの辺りでもっとも美しい女性だとほめるたびに、ペ・スンテの胸ははち切れんばかりにふくらんだ。この世で自分よりも幸せな男はいない。彼の目に突然涙が宿った。自分の幸福な姿を見せてやれる両親がそばに居なかったからだった。


「なのに自首なんてできるもんか?」

ペ・スンテは白い歯を見せて笑った。ドンホはペ・スンテが自首を否認した理由がわかるような気がした。

「これで隠していた話もすべて打ち明けたろ? 身に危険が及ぶかもしれないのに」

無論、このような昔話はドンホにだけ打ち明けたものであり、ドンホはその秘密を守ることで彼の信義に応えたのだが、そのころからペ・スンテをより一層信頼するようになっていった。ペ・スンテが留置場に入監された直後のことであった。就寝時間ごろになってドンホが監房を訪ねていったとき、ペ・スンテは鉛筆で何かを熱心に書いていた。北に残してきた妻子への手紙なんだといって、へへッと笑った。送ることのできない便りだと知りながらも書いたその手紙には、あきれるほどに次のような文章が記されていた。誇らしい人民の戦士として堂々と戦い死ぬ！

「酒も飲まずに何を夢中になって考えているんだ？」

ペ・スンテがドンホの表情を察して杯を差し出した。ドンホが杯を受け取るや、ペ・スンテは酒を注ぎいきなりまったく関係のない話を切り出した。

「あいつら、今、どこに住んでるのかもわからねえ」

「あいつらって？」

「誰って、あの漁師のことじゃねえか」

ドンホはそのときはじめてソン・ドゥムンとファン・オッペの話だと理解した。ドンホはなぜ急にペ・スンテが彼らのことを言い出したのかが気になった。そして、彼らが今、どのような良心の呵責を感じているのかを考えると、急にドンホは彼らに会ってみたいという思いに駆られた。今も捕縛したのだという主張にこだわっているのだろうか？　報賞金をどのように使ったのだろうか？　ドンホの脳裏にはさまざま疑問が浮かんだ。中でも彼らが今、ペ・スンテ事件についてどう考えているのか、それが一番気になった。なぜもっとはやく彼らに会おうと考えなかったのかと後悔の念さえ感じたのだった。

「あいつら、何て名前だったっけ？」

「ソン・ドゥムンとファン・オッペだ」

「ああ、そうだ、そうだった」

「ところで、なんで急に彼らのことを思い出したんだ？」

「裁判のことを思い出したから、そいつらのことを思い出したんだろう」

「裁判？　それって何故だ？」

「笑わせるじゃないか。俺が銃を撃ったと言い張った、あいつ、誰だったっけ？」

「ソン・ドゥムン」

「あいつは肝っ玉が座ってるさ。報賞金目当てだったんだろ？」

　ペ・スンテがケラケラ笑った。ドンホもそれに応ずるように笑った。ドンホの口からはペ・スンテよりもさらに愉快な笑い声が飛び出してきた。彼は腹をかかえて笑った。

「どうしたんだ？」

　笑いやめたペ・スンテが訝しげな表情をした。

「お前は知らなくてもいいんだ。そういえばあんなこともあったな」

　ドンホはまた腹をかかえて笑った。ソン・ドゥムンとファン・オッペの聞き覚えのある声が数十年経った今も耳に響いてくるようだ。判決の言い渡し公判が近付いた頃だった。待ちかねていた警備電話が沙川（サチョン）支署からかかってきたのだが、それは消息を絶っていたファン・オッペが廃屋に隠れていたという知らせだった。まずは遠くから動静のみを知ろうと考えたドンホは、すぐさまジープに飛び乗った。ファン・オッペに会えば、自分たちが捕まえたのだという主張に対する疑心も晴れるかもしれないと考えたからであった。

　ソン・ドゥムンの家に着いたときには太陽がまさに中天にのぼる頃であった。ドンホは港の入り口に車を止め、周囲を見回してソン・ドゥムンの家の方に近付いていった。藁ぶきの屋根の土間には黒い靴と古い運動靴が一足ずつ置かれていた。扉の中に入っていったドンホは足を止めて耳をそばだてた。ヒソヒソと話し合う声に混ざって時折金属の箸の音が聞こえてきた。どうやらマッコリ（訳註：韓国伝統のお酒であり、日本のどぶろくに相当する）を飲んでいるらしい。ドンホは耳を扉に近付けた。そのときだった。いきなりファン・オッペのしわがれた声が怒気を荒らげた。

「おい、こらっ！　何だ、その言い草は！　俺を追い出したお前の魂胆を知らないとでも思ってるのか？」

「お前が隠れてこそ話の条理が立つんだから隠れるといったくせに、なんでわめくんだ、おい！」

ソン・ドゥムンも声を荒らげた。

「何だって？　ほんとは報賞金をもらって一人だけいい暮らしをしようとたくらんでいたんだろ？　何言ってるんだ？」

「報賞金、その話はいいな。お前が勝手に要らんことを言ったせいで、すべてパァになった、あの報賞金のことだろ？」

「お前の口がズル賢く動かないことなんてないだろ、おい。全部、お前の言うとおりにしただろ？　共産ゲリラの手首をねじったと言えというからそのように適当に言い繕って証言したし、遠いところに隠れてろというから、忠清道（チュンチョンド）まで行って隠れもした。それなのに、なんでそんなに冷たく当たるんだ？　この最低野郎！」

「しゃらくせい。お前のせいでみんな感づいちまって、結局、自首だってことになってしまったんじゃねえか」

「こいつはまたとんでもないことを言い出すな。冗談も休み休みにしろ。また俺を騙すのか。この恥知らず、死んで地獄の業火に落ちちまえ。いくら金に目がくらんだっていっても、銃を撃ったなんてウソが通ると思ったのか？　いくらゲリラとはいってもよ、同じ民族なんだから首を絞めたといえばいいだけのことじゃないか」

「そうさ、お前は優しいよ。そうさ、飢え死にするのがいいのか、報賞金をもらうのがいいのかってな？」

「それなら、飢え死にしそうなら人を殺してもかまわねぇってことか？」

「おい、銃は撃たなかったけどよ、食べ残しのメシを竈に置いたままだってのは事実だろうよ」

「そんなことより銃を撃たなかったってのがもっと大事だろ？」

「とにかくよ、俺らがこんなふうに言い争って何か得なことがあるのかよ。今、お前に冷たくしたのは俺が悪かった。謝るさ。ただただ、貧乏っていうのが罪なのさ」

急に部屋の中が静かになった。ソン・ドゥムンが謝罪したのでファン・オッペの怒りはどうやら収まったようであった。ともに気が滅入ったドンホは今度は筵でつくった台所の戸の方に何の気なしに視線を向けた。使い古されて手垢のついた筵戸のみすぼらしさが涙ぐましく感じた。どうして自分のような貧しい家の飯を盗みに来たのかと、愚痴でもこぼすような筵の姿に胸を打たれたのだった。到底、連行する気など起こらなかった。ドンホはそのまま引き返すことにした。そしてちょうど枝折戸の方へ歩いていこうとした、まさにそのとき、部屋からまた話し声が聞こえてきたのだ。今度は一転して闊達な声であった。

「それはそうと、考えれば考えるほどおかしいよな。棒がまともにあたったわけでもないのに、自分の手で拳銃を抜いて俺らに渡したんだからさ。銃口をこっちに向けてきた時にゃ、間違いなく死ぬかと思ったぜ。なのに、二度三度息をしても銃が火を吹かなかったんだから」

「俺は最初から目なんて開けられなかった。もう、死んだと思ったからな」

「言わなくてもわかるさ。そこにいたところで死ぬし、逃げても死ぬし、本当に頭がイカレちまったぜ。俺らが二人がかりでそれぞれに殴ろうとしたけど、一度に駆け寄ったせいで棒がからまってしまってよ。そのせいで棒が背中の方にはずれたじゃねえか。あいつの首根っこじゃなくて、棒だけぶつかったんだから、まったく呆れた話さ」

「そうなんだが、なぜあいつは銃を俺らに渡したんだろ？　本当に鬼神も嘆くってほどありえない話だぜ。お前、おかしいと思わねえか？」

「俺だってもそうさ、わからねぇ。何かに化かされたとでもしかいえねぇな」

「それでもお前はホントに素早かったよ。あいつが俺に銃を渡そうとした瞬間に銃を奪ったじゃねえか。あんなに状況でよくそんなこと考えられたな」

「こう見えても俺は休戦ラインで鉄条網を守っていたんだ。とにかく鬼神のおかげなのか、先祖のおかげなのか、わからねえが」

「どっちにしろ、金は受け取れることは受け取れるとは思うがよ、狐のようなカン刑事のせいでコトがバレるかと思ってヒヤヒヤだよ。あいつの表情は狐より目ざといからな」

「あいつは俺らに何か恨みがあるってのかね。さっぱりわからねえ」

「ひょっとしてあいつもアカか？」

「そうだ、そうに違いねえ。だから、ゲリラの肩を持つんだな。ほんとうにあいつのせいで運のツキってもんだ」

「あるいは、あいつはおれらが報賞金を受け取るのを妬んであんなことをするんじぇねえか?」

「まさか、それはねえだろ。どう見たって、あいつが良心正しいヤツなのかどうかももわからねぇ。とにかく、ソウルから偉い人が来るっていうから、ハシタ金ではないはずだぜ」

「くそっ、金でもたんまりもらって、大金持ちにでもなれればいいんだがな」

「とにかく、酒でも飲もうぜ」

再度、金箸の音が聞こえ、その音にすぐ笑い声が重なった。ドンホは静かに庭の方に出ていった。枝折り戸の外でもう一度、筵戸の方をチラッと見てから、山裾に背を向けて出ていくと、やや離れたところの防波堤の方に止めたジープのボンネットが、乾いた葉っぱのような陽射しを燦々と浴びていた。ドンホはジープを走らせて、彼らが報賞金をもらえるよう黙認することが正しいのかをじっくり考えてみた。真実の内幕を知りながらも目を背ける、その寛容さを当局の思惑によって合理化させているのも事実であった。ちょうど二日前だった。課長がドンホをひそかに呼んで言い聞かせるようにこう言ったのだった。

「これ以上深入りするな。上の方では自首であれ逮捕であれ、そんな真偽を明らかにすることよりも、報賞自体に意味があると考えているようだ。一般人に反共意識と申告義務を鼓吹させることを、より重要に考えているんだろう。私の言ってることが分かるか?　それもあって中央のお偉方が来て直接報賞するらしいんだ」

「それでは、ペ・スンテはどうなるんですか?」

「情状酌量ってところだろうな。事実、その問題は法の条文とは関わりがないではないか。金新朝(キムシンジョ)の扱いを見れば、わかるだろう」

課長は話をしながら、微笑を浮かべながらドンホの肩をトントンと叩いた。ドンホは法とは関わりがないという言葉に少なからず安心しもしたが、その思惑に内心、寂しさを感じた。世の中すべてが操り人形の踊る舞台のように感じられたのだ。戦争しかり、反共しかり、自らの正義感もすべて人形劇の脚本にすぎないという気がした。ドンホは自分の判断が自らしたものではないような心持ちがした。

ペ・スンテに対する言い渡し公判当日、ドンホはわざと公判には出向かなかった。言わずもがなの判決が下されるであろうからだった。懲役一年であろうと一〇年であろうと意味のない判決だという思いがしていた。たとえ、死刑判決が下されるとしても執行までには至らないだろう。もしかしたら、ペ・スンテもまたそのような判決を望んでいるのかもしれない。

事実、ペ・スンテの表情は明るく見えた。監房を訪ねていったドンホに、彼は皮肉のような笑みさえ浮かべた。ドンホはその笑みが自分を嘲笑っているかのように感じた。機嫌を損ねたドンホはペ・スンテと話を交わしたくなくて、鉄格子から遠く離れて茫然と立っているだけであった。早くそこを出たかったが、これが彼との最後の夜となるかもしれず、とてもその場を離れることはできなかった。ドンホはゆっくりと鉄窓のそばに近づいた。しかし、口はたやすく開かなかった。そのとき、隣の監房で「へヘッ」という冷笑がした。ドンホは、そちらの方に目をやった。夜更けにもかかわらず、いまだ監房はミミズがうごめいているかのようだった。ゲホッ、ゲホッと空咳をする者、痩せた胸をさする者、眼の玉をギョロギョロさせながら手でなにやらしている者、訳のわからないことをまくしたてている者……。

「そいつのことをバッサリ切り捨ててせいせいしただろう」

「サッパリだろうぜ、ヒッヒッヒッ」

声がするのはこっちの壁の隅だった。彼らは自分たちの雑談にかまけてドンホの体の動きまでは感づいていないようだ。

「それで、お前の女のことはどうなったんだ?」

「アソコを切り裂いてやろうかとも思ったんだが……」

「じゃ何かい? お前の方はバッサリ切って、女の方はそのままだって? 自分の女が別の男のモンになるって考えただけでもはらわたが煮えくりかえるってのによ?」

「そんなことといってもどうしたらいいのさ。ガキのためにもこらえなけりゃ」

「あぁ、いくらガキが大事でも浮気な女房のアソコをそのままにしてくるってか? おいお前、まったくのボンクラ野郎だぜ」

「ボンクラ? ホントのボンクラはお前じゃねえか?」

へらへらした軽い口に、今度非常にゆっくりした声が受け答えした。

「それはどういう意味で?」

「お前は本当にマヌケだってことさ」

「なんだって?」

「賭博をするならウデってもんがいるだろ。負けん気だけで勝てるってか? それに金が失くなったら止めるしかねえ。なんで刃物を振り回したりしたんだ?」

「そんなことはわかってるさ。だが、目が血走ってしまったんだからどうしようもねえ。コソドロのようなヤツの手に嵌ったんだから、とんでもねえさ。それにもっととんでもねえのは、カードならオレのモンなのによ、そいつがなぜか博打をしようってんでよ。そのせいで牛を売った金、全部スっちまった」

非常にゆっくりした声を最後に、彼らは即座に静かになった。看守の靴音が聞こえてきたのだ。人の気配に驚いたカエルのように、彼らの声が静まると、囚人らは体をモゴモゴさせて、白くつややかな床に寝そべった。ごそごそしていた監房に再度静寂が訪れた。

「おもしろいですか?」

ペ・スンテの声だった。その時はじめてドンホは自分が笑みを浮かべていることに気がついた。恥ずかしくなった彼は笑みを浮かべたままペ・スンテの言葉に応答した。

「ゲリラでもさっきのような話がおもしろいのか?」

「ゲリラだって人間さ」

彼がはじめてドンホにぞんざいな言い方をした。親しみの表れであった。すでに言い渡し公判も終わったので、ことさらに気を遣う必要もないというだけでなく、移送される前に友情でも結んでおこうかということのようであった。ドンホもまた、あらためて彼と別れるんだと思うと、なんとなく寂しさを感じずにはいられなかった。彼がいなくなれば、この留置場を訪ねてくることもないなと思うと、囚人たちでさえ、目新しく見えたのだ。

「率直に言ってくれ。この間、私のことをどんな人間だと思っていたんだ?」

ドンホは冗談のように軽く言葉を投げた。

「おかしなやつだと思ったさ。マヌケなバカのような……」

「それは光栄だな」

「バカっていったのに、光栄だって?」

「お前よりはいいっていうことじゃないのか?」

「何だって?」

「お前は操り人形だからさ」

「それはどんな意味だ? 俺をバカにしてるのか?」

すぐにペ・スンテの顔がゆがんだ。

「一度ぐらいは軽口を叩いてもいいだろ?」

「何、言ってるんだ?」

「お前は私の敵だってことさ」

「そうか? それなら、もっとひどいことをするだろ。俺を銃で撃つとか」

「本当に銃で撃てればいいだろうな」

「カン刑事は俺のことを撃てないさ。そんなことはわかってらぁ。だから、カン刑事はバカだっていうんだ。そのバカが怖いのさ」

「バカだから怖いって?」

「そうさ、あんたのようなバカは本当に嫌いさ。あんたは麻薬だからな」

「麻薬……」

「ものすごい麻薬さ。だからこれからは俺たちは会わないようにしなけりゃ」

口を閉じたペ・スンテはボヤっとした蛍光灯を眺めた。ドンホが窓格子に手をやると、両手で手を握りしめ、スッと背を向けた。惜別の情をペ・スンテはそのようやり方で殊更に鎮めたようであった。それが別れの表現であった。ドンホは彼のうしろ姿を眺めながら静かにその場を立ち去った。

3

「君は覚えているか？」

ドンホは盃を置いてペ・スンテに突然尋ねた。

「何のことだ？」

「最後に別れた夜のことさ」

「勿論、覚えているさ。俺もちょうど今その時のことを思い出していた」

波音がより一層近くに聞こえてきた。ドンホは座ったまま窓を開け、真っ暗な水平線を眺めていた。急にポンポンポンという音が近くから聞こえてくると、一艘の漁船が後方の島をかすめて過ぎ去っていった。かつては帆船が多かったが、今は漁船もすべて動力船であった。ドンホは昔の島の光景を思い出していた。今はその岩の島が砂浜と一続きになっているが、以前は海の中にある離れ島であった。その岩にはときおりオットセイが現れたりもしたが、ドンホは空いた時間があれば、その岩のてっぺんに座って本を読んだり、水につかった岩の間にいるナマコやホヤを捕ったりしていた。嶺東（ヨンドン）高速道路ができる前なので、ソウルからの海水浴客もほとんどいなかった頃で、その美しい浜辺は波音のみが響く、さびしい感じがする、とても静かな場所であった。

「ここで過ごした時が私の人生の黄金期だった」

「そうともさ。あんたもあの時がよかったのか？　なら、今ここで暮らす俺のことを考えてみてくれ。何のために俺が生きているのか、その理由をさ。思い出の一つだってねえさ。昔、死を覚悟して立ち向かった場所がここだってぐらいさ。真っ暗な絶壁をよじ登った時や死体をかついで運ぶ輿の下に横になったとき、どんな思いがしたのか、わかるか？『祖国統一』俺の家族がひと抱えに抱く統一さ」

「家族がひと抱えに抱く？」

「物を知らねえな。あんたは統一ってのをどう考えているんだ？」

「……」

「まさか花束ではねえだろ？」

「……」

「わからないなら、よく考えてみろよ。とにかく、それで葬式の輿小屋とあばら家が頭に浮かんだんだよ。毎日この港に来て、生きようと思ったのさ。その時、ある女と出会ったのさ。刺身屋で働いていていたんだが、とてもきれいで優しかった。一目ぼれってやつさ」

　いきなりペ・スンテの声が震えた。ドンホがすばやく酒をついでやると一気に飲み干して話を続けた。

「すぐにあばら家があった場所を買って、入り江の刺身屋を開いた。その跡には輿小屋を移してそこに倉庫を作った」

「一緒に暮らしたくてか？」

「そうさ」

「もう一度嫁さんをもらわなけりゃな、これ以上年をとらないうちにな」

「女房？　それがなんで必要なんだ？　それに俺が女房をもらう？　この俺が幸せな人生だっていって、女房をもらって暮らすってのか？　苦しみながら這いつくばって生きて、コロッと死んじまうのが一番輝くっていうもんさ」

「輝くってのは？」

「生きる意味ってんじゃないだろ？」

「変だよ」

「そういうなら、おかしくなったのさ。それはおかしくもなるさ。それがどれほどすばらしいことか」

ペ・スンテがハハハと笑い飛ばした。

「さ、もう一杯」

ドンホが盃を差し出すと、ペ・スンテは顔をそむけたまま腕だけを差しだした。盃に酒を注ぐとサッと飲み干してまたすぐに腕を伸ばした。早く注いでくれ、そんなやせ我慢だった。そのやせ我慢が痛ましかった。ドンホは彼の盃を差し出した手を片手で包み込んで、もう一つの手で酒を注いだ。

「カン刑事は幸せなんだろうな。出世したんだろ？　顔が裕福そうに見える」

ペ・スンテが盃を空けたまま、また注いでくれというように腕を差し出した。その空の盃をドンホが奪い取った。

「会いたいだろうな」

「誰に？　ヨンジュのことか？」

ペ・スンテの口から初めてヨンジュという名が飛び出した。

「その人とどれくらい一緒に暮らしたんだ？」

「夢さ。俺は六年間夢を見ていたんだ」

「それほどに愛したのか？」

「愛？　そんなもんじゃない。お互い狂ってただけさ」

ぺ・スンテの目の周りが赤くなった。ドンホは俯いた。とてもじゃないが、ぺ・スンテの顔をまともに見ることなどできなかった。どんな言葉で彼の魂を慰めればいいのか？

「今、俺に同情してるのか？　同情なんか、絶対にするな。俺はまだ統一戦士だ。わかるか？　今だってあんたの首を刺すことだってできるんだ、わかってるのか？」

「そんなに興奮せずに、酒でも入れてくれ！」

ドンホは盃を差し出して大声を張り上げた。ぺ・スンテが酒を注いでくれると、ドンホは盃を口に持っていったがすぐにやめて、盃の中に注がれた酒を茫然と見つめた。酒がまるでヨンジュの涙のように見えて、その澄み切った液体で全身を濡らしたくなった。そのような勇気を振り絞ってみたかった。勇気、そうだ。そんな馬鹿な勇気ででも彼は自己の罪業を許されたかったのだ。

「なんだ？　その泣きそうな顔は？」

突然、ぺ・スンテが大声を出した。

「何が悲しいんだ？　あんたのような野郎に悲しみが何なのかわかるもんか。こんなに太っておいて、そんなヤツの悲しみなんてわかるわけがないだろ？　どうせ何かセンチになったってだけだろ？」

ドンホはぺ・スンテの怒りがむしろ有り難かった。頬っぺたでも殴られればいいとさえ思った。

「ロマンじゃなく、因縁さ」

「因縁？　あんたのような人にどんな因縁があるってんだ？」

「俺にだって悲しい因縁が一つぐらいあってもいいんじゃないか？」

「贅沢なこと言うな。あんたのようなやつに悲しみの何がわかるというのさ」

　ペ・スンテは唾を吐くように言葉を吐きだした。その言葉がドンホの胸を突き刺した。事実、ヨンジュに対する罪悪感もまた自ら慰めるための一人芝居にすぎないかもしれなかった。ドンホはそれとなく目を閉じた。風呂敷包みを抱きしめて歩いてくるヨンジュの姿を想像し、彼女のその後に思いをめぐらせてみた。母が亡くなった一九七〇年に家を出て行ったあとから今まで行方不明だったようなものだった。さっきの女性の言葉通り、七年前にここに来たとするなら、自分を探しにソウルで過ごした一年を差し引いても二〇年余りの間、どこで何をして過ごしていたというのか――。

第四章　見慣れぬ世界

1

　ヨンジュの容態がよくなったころ、ドンホは瑞草（ソチョ）警察署に勤務する後輩のグ刑事に電話をかけた。ソン・ドゥムンとファン・オッペの居所を知りたかったのだ。翌朝、グ刑事から電話がかかってきた。見つかったのは見つかったのだが、非常に骨を折ったと大げさに騒いだ。

「次からはもっと簡単な依頼にしてください」

「簡単に済むことだったら、警察になんて頼まないさ」

　ドンホは労をねぎらう言葉を付け加えた。

「ソン・ドゥムンは現在ソウルに住んでいて、ファン・オッペは公州（コンジュ）近辺に暮らしているとのことです」

「二人の職業は？」

「現住所だけを調べてほしいといったじゃないですか」

「そんなに鈍くて刑事が務まるのか？　もっと調べてからじゃないと人に言えないのか？　かつては先輩が一を訊けば一〇を答えたもんだ。近ごろは職員のようになっているとか聞くが、近ごろのヤツは単純で困ったもんだ」

ドンホは彼ともっと話がしたかったのでわざわざ文句をつけた。

「当たり前のことをおっしゃらないでくださいよ。先輩の頃より近ごろは職員たちの方がはるかに賢いんですよ。その頃にはみんなが居眠りしたり、手探りだったじゃないですか」

「手探り？」

「よく調べもせずに手探りし、手探りしろというから手探りし、それが好きだからそうして……」

「何の話をしているのかわからないようだな。探ったというからてっきり女の股ぐらを考えたさ。とにかくお前は賢くなったよ。この頃のヤツらたちは賢いのが好きなんだってな？」

「何の話でしょう？」

「お互いさまってことさ。難しい話は難しく受け取るしか……」

「賢い社会なんだから賢くなければならないですよね」

グ刑事がいきなりひと言言った。

「それでは私もひと言言わせてもらおう。以前はおろかな社会だったからおろかだったんだ」

あちこちでケラケラ笑う声が聞こえてきた。並はずれて優秀な後輩、名門大哲学科を出た彼は、学問に精進せず、卒業と同時に警察官となったのだが、警察生活ちょうど五年になったころ、大学院の博士課程に行くといって、もうすでに三〇年を越えている。

ドンホはグ刑事を「ミスター・グ」と呼んでいたが、のちには「グピョン」と呼んだ。もともとの名は「グ・ジョピョン」であり、「ジョ」をとって「グピョン」と呼んだのだが、名前に階級を付けて呼びたくなかったので、そのまま「グピョン」と略していたのであった。社会的な看板のない純粋な個人と考えていたからこそ、彼とは気軽に接することができた。合気道三段の彼は本来ソウル機動隊に所属していたのだが、デモの鎮圧が嫌で地方勤務を自ら志願した人物だった。田舎からソウル異動の発令が出るのは星をつかむよりも大変な状況であり、しかも機動隊勤務を終えればソウルの一流警察署に配置されるはずなのに、それを拒んで左遷の道を選び、江原道(カンウォンド)のなかでも春川(チュンチョン)や原州(ウォンジュ)を断って、どうせなら潮風にでも当たろうと人里離れた東海岸勤務を志願した人物、彼こそ変わり者であった。

ドンホがグピョンにはじめて会ったのは、江陵(カンヌン)警察署で勤務していた一九七〇年代後半のことであった。彼とは年齢と階級に関係なく友人のように過ごした間柄であった。それは、親しく付き合ってから一年ほどが過ぎたある年の春であった。退勤後に校洞(キョドン)で同僚たちと酒を飲んでいたドンホは、深夜一二時を過ぎると宿直室で仮眠するために警察署の方へと歩いていった。通行禁止時間になっていたアスファルトの道は彼自身の足音が響くほど静かであった。道路の両側に広がった野原には五、六個の防犯灯が闇を照らしており、その残影が派出所の建物をかすかに浮かび上がらせていた。なぜ派出所の灯りが消えているのか？　そんな考えをめぐらせながら、とぼとぼと歩いていくと、闇のなかから不吉な声が聞こえてきた。ある草深い田舎道で聞こえたのであれば、鳥肌がたつほど陰気な声であった。

「グピョンか？」

ドンホは闇のなかに向かって大声を張り上げた。

「ええ、私です。飲まれてきたのですね」

「ああ、それもしこたまな」

「中で少しお休みになりますか」

「また人生論講義でもしろってのか？」

「ここにタコとチョジャンがありますよ」

「酒もあるんだろう」

近付くとグピョンの姿が現れた。彼は出入り口の外の庭に置いてあるテーブルとイスに腰掛け、一人で酒を飲んでいた。出入り口はすっかり開いていて中の勤務席で軽く揺れる柿の種ほどのろうそく一つが壁と机の上に暗くてジメジメとした幻影を描いていた。

「君を早く罷免させようと思ってるんだが」

「自分の意思で離れさせることができないので、他の人の意思で駆除してもらおうと思います」

「なぜ灯りを消してろうそくを点けたんだ？　電話の音が聞こえるようにドアを開けてあるんだから、勤務状態として認めねばならんな」

「うんざりして死にそうです。人の声はもちろん、鳥の鳴き声さえも聞こえてきません。公然と田舎勤務を志願したんですよ。ソウルだったらば、今頃は派出所が混雑しているはずなのに……」

「騒々しいのがいいのか？」

「そうではなくて、ここがとても静かだということですよ」

「静かだと？　浜辺に張り巡らされた鉄条網を見てみろ。そんなことがいえるか？　中央では兵力をしばしば増員しているんだ。君も徹底した反共主義者となれ。これは現実的問題なんだから。現実より大きなものなんて何があるんだ」

「そうおっしゃる方がペ・スンテ事件を非現実的に扱ったんですか?」

「非現実的だって? それとは話が違うだろう。敵は敵で、良心は良心」

「正義は正義……。正義くそったれ!」

「また愚痴か?」

「どうぞ」

ことさらに拒むドンホの手首をギュッと摑み、彼が焼酎を注いだ。

「コーリン・ウィルソンという人が言ってました。実存主義は宗教と同じで堕落した人間という概念から出発するんだと」

「おれはもう行くぞ。頭がガンガンする人間にさらに頭が痛くなるような話をするのか? 私は無学だからそんな話はわからない」

「だから、先輩を堕落という秤で裁断しなければならないんでしょう?」

グピョンはドンホの手首をつかんだまま、まくし立てるように話を続けた。

「僕はたびたび自分の皮を引っぺがしたくなるんです。タマネギのように皮をむいて、中が見えるまでひんむけば……くそ! もう死んでしまいたいんです。いったい自分がどんな人間なのかわからないんです。なぜ突拍子もない考えしかできないのか、わかりません。他の人は明るい世界を求めているのに、僕はなぜたびたび洞窟のなかに入っていってしまうのかわかりません」

「宝石を掘ろうというなら、洞窟のなかに入らなければいけないんじゃないか?」

「なるほど、ああ！　やっぱり先輩はすばらしい人だ」

「あらましを察してくれた言葉だな。君への諂いもほどほどにしただろ。ともかくソウルでは大騒ぎだよ」

「こいつの国は毎日……」

「君や私も給料をもらうことだけを考えて生きよう。それ以上考えるのは……」

「それ以上考えるのは、何でしょう？」

「……」

「お話しできないようですね」

「もう一杯飲もう」

グピョンはドンホの空っぽの盃に酒を注いだ。

「さ、これだけ飲んだら、お仕舞いにしましょう」

「諂うのか？」

「はい」

「おべんちゃらは嫌いだ。君はどこまでも私に是非を問わなければならないのさ」

「肝に銘じておきます」

「では、酒を片付けよう。ちょっと酒を飲んだからといって、勤務を粗雑にしてはいけない。落ち着かない時局だから注文津(チュムンジン)事件のようなことが起こらないとも限らないからな」

注文津事件とは武装ゲリラが国軍の服装をして注文津港臨検所を襲撃し、臨検警察官を殺し、住民登録証を奪った挙げ句、射殺された事件である。その当時、ドンホを従えたヨム巡査長が背中を刃物で刺されて殉職したのだが、刃物の傷跡にはパルチザンの標(しるし)が精巧につけられていた。

夜も更けたころだった。勤務交替が終わった臨検所にはヨム巡査長と巡査一人、そして十代ぐらいの用務員が残って夜間勤務をしていた。夜が更けると漁船がぎっしりと停泊していた港には重苦しい寂寞が漂っていた。埠頭の巡回をするために巡査が外に出たときであった。国軍の軍服を着た将校と兵士の六名が突如、臨検所に入ってきて理由もなく警察官を怒鳴りつけた。

「貴様ら、こんなふうに勤務しているのか！」

「われわれの勤務態度がどうしたのですか？」

「上官がこんなふうに勤務させるわけがないではないか！」

いきなり投げつけられた侮辱であったため、ヨム巡査長は筋道立てて反論する余裕すらなかたった。軍人が警察業務を云々するなどと、自尊心が傷つけられたヨム巡査長は息を整えてから将校に対し抗議調で立ち向かった。そのときだった。ヨム巡査長の後ろにいた下士官が短刀でヨム巡査長の背中を突き刺した。ヨム巡査長が倒れるとすぐに暴漢らは机の脚に用務員を縛り付け、住民登録証だけを奪って逃亡した。用務員は恐怖を感じるよりもはやく、まずはゲリラ襲撃事件を知らせなければという考え、後ろ手に縛られた縄を机の脚の角にこすりまくった。血が出るのも構わずこすり続けて縄を切った用務員は直ちに支署に駆け込み襲撃事件を知らせたため、あっという間に非常事態となった。

警察と予備軍が出動し港を探索したが、暴漢を見つけることはできなかった。そのとき、防波堤に隠れて海を凝視していた監視勤務者の目に、闇の立ち込める海水の上で何かがちらつくのが見えた。そこに向かって一斉に弾丸が降り注がれた。するとあちらからも応射してきた。銃撃戦が終わり、ちらついた影も消えた。夜が明けるとそこにはゴムボート一艘がふわふわ浮いているだけだった。指揮官らは顔を突き合わせて状況分析に没頭した。そのときだった。一人の警察指揮官が部下に命令した。

「弾痕をすべて塞いでみろ。そしてボートの上に若い男五人ぐらいの砂袋を載せて集中射撃した場所に浮かべてみろ」

作業が終わると、彼は再度命令を下した。

「今度は防波堤に射撃手をやって、昨日の晩に射撃した位置からもう一度銃を撃ってみろ」

弾丸を受けたボートはくるくると回って横に傾きながら砂袋が海の中に沈んでいった。

「これだ！」

指揮官は叫んだ。直ちに注文津管内にある底引網漁船と漁師がすべて集められた。潜水服を着た漁師が空気ホースをぶら下げて海中に潜水すると、漁船によるピストン作業で騒々しくなった。休む暇もなく作業は行われたので呼吸を維持し作業が継続できるよう、そして漁師たちの士気を掻きたてるためにマッコリが準備された。

「作戦をうまくやろうとするなら、酒だって武器になるさ」

「おうさ、おうさ。酒は銃よりもすげえ」

「いやいや、大砲よりもさらにすげえのが酒さ」

緊張を解きほぐしたいのか、あちこちで冗談話が沸いた。すると埠頭に鵜の目鷹の目で集まった人波のなかのある年配の女性が、底引網漁船に手を振りながら大きな声で叫んだ。

「あそこでポンピングしてる酔っ払いがあたしたちの夫だよ。本当にうまいだろ？」

女たちのその言葉がドンホにはよく理解できた。彼女の言葉は大多数の漁民たちの心情を代弁しているのであった。事実、漁民たちは共産ゲリラの侵入や討伐作戦といった時局事件よりも漁獲のほうが切実な問題であった。事件を嫌うのも国家的な防衛概念からというよりも魚を獲るのに支障があるからであった。あまりに頻繁に出港禁止だ、出港統制だとかいって、船を縛っておかねばならず、でなければ船を砂浜に上げろだの、船を先端で縛っておけだのという、面倒な苦労をしなければならなかったからであった。漁民たちには本当にうんざりする指示でしかなかったのだ。その災難をそれとなく冗談で解きほぐしたのであった。

半日が過ぎると、いよいよ死体をひっぱり上げはじめた。五人であった。死体にはすでにサザエがたわわについていた。

「あれれ、このサザエは売れないだろうな」

漁民である自分たちが共産ゲリラの死体を発見したことに自負心を感じた彼らは、そんなふうに自慢話を並べ立てた。たとえ魚介類販売に支障をきたすとはいっても、その程度の損害ぐらいで愛国心が傷つくようなことはない、そんな自負心が秘められていた。

グピョンに留置場看守の発令が出て以降は、さらに頻繁に会うようになった。犯罪心理を研究するのだといって看守勤務を志望したグピョンは、酒を思い出すたびにドンホを喫茶店や酒場に呼び出したりした。その当時は、喫茶店でウィスキーを売っており、軽く一、二杯は喫茶店で飲んだものであった。とくに冬にはおがくずをくべて焚く暖炉のそばで、煙たい煙の臭いをかぎながらウィティーを傾ける楽しさは一種の粋であった。当時はやっていたウィティーとはウィスキーにコーヒーを入れた酒で、お茶代よりもはるかに高い酒なので、マダムらは客が来たら、一杯でもより多く売るため客のそばにピタッとくっついて座り、香水のにおいを漂わせたりしていた。

グピョンが看守勤務を始めてから一年近くになる頃であった。その日も帰り路でばったり出会ったドンホとグピョンは喫茶店に入り、ウィスキーの水割りをまず注文した。

深夜一二時までウィスキーの水割り五、六杯ずつを飲み、話を交わした彼らは、喫茶店の店じまいの時間に外へ出た。通りは静かだった。ちょうど通行禁止のサイレンが鳴るころなので、街の人びとは急いで家に帰ったようであった。ドンホはグピョンの誘いに勝てずに駅前通りに立ち寄った。グピョンは酒好きな方で、必ず二次会に行かなければ気がすまなかった。酒場という酒場にはカーテンが下ろされていて、通りは薄暗かった。だが、見るまでもなく部屋のなかで酒宴が繰り広げられているのは明らかだった。営業違反を取り締まらなければならない警察官の立場からすれば取り締まり対象の路地を歩くのがきまり悪くても、自然に足が向いてしまう二人であった。ドンホはなじみの店のドアをノックした。カーテンが開き、マダムの顔がひょいっと現れた。

「まあ、通行禁止だというのにどんなご用事で？」

ホンママがうれしそうな顔で二人を迎えた。

「てっきり他になじみの店が出来て、ご無沙汰なんだと思っていたら……それでもまだ義理というのが残っていたのかしら？」

「久しぶりにママの顔が見たくてね」

グピョンが冗談めかして言った。

「本心は違うんでしょ？　もう」

「女の子でも早く呼んでよ」

部屋を片付けるホンママに、グピョンは二本の指を立ててそう言った。

「まったく、せっかちなんだから。警察の目を誤魔化すには、時間がたくさんかかるっていうのに」

店の女の子はすでに常連客を連れて簡易旅館に行ったようで、コトを終わらせて帰ってくるには時間がかなりかかるという話だった。

「雉の代わりの鶏ってわけだね」

ドンホが雰囲気を察してくれた。早くても四時の通行禁止時間が終わらなければ帰れないのに、わけもなく未練を残す必要などなかった。

「同じ刑事さんなのに好みがだいぶ違うわよね？　一人は若い子がよくて、もう一人は年いったのが好きなの？　だからカン刑事さんって好きよ」

彼女はフフッと笑った。その笑みが大げさに見えた。この酒場通りはやや流行はずれの雰囲気がある方だが、彼女の笑いのように素朴でよかった。酒代と花代もまた非常に安かった。女たちも狡賢くなく、態度も無愛想で性格も荒っぽかった。ホンママはここで店を開いてからようやく半年がすぎた程度だったが、すでに姉御のような役割をしていた。それくらい世話好きな女であった。

「ところで、忠清道（チュンチョンド）の人がなぜこんな遠いところまでやってきたんだい？」

ドンホはひさびさにホンママに冗談を言った。何度も酒席をともにしたが、彼女からは大人びている人の扱いを受けてきた彼であった。

「なぜかって、何さ」

「ああ、気になるから訊いたのさ」

「ほかでもなく、私のあそこは醤油の壺ぐらいいったって、情夫（おとこ）だけじゃ満たせないじゃない。江原道（カンウォンド）の船乗りを全部吸い込んじまったら、ソウルへでも行って、一旗あげてみようかと思って」

「何をやるつもりなんだい?」

「ソウルのヤツらには私のようなすかすかしているのが好きな物好きなヤツだって多いわ。まだまだ四一歳なんだから、まだ使えるわよ」

「この前、とてもじゃないけど無理だったじゃないか。もうそろそろ器械を休ませなけりゃ」

「まあ、今にみててよ。カン刑事さんもそんな軽口をたたくのね。私、こんなふうに見えても無理だったことはなくてよ」

「それはそうさ。えり好みばかりするんだから」

グピョンが割り込んだ。

「なにバカなこと言って。もしかして栄光の星のことを言ってるの?」

ホンママが横目でにらんだ。グピョンは頭をかしげた。栄光の星? 聞き覚えのある話だった。

グピョンの留置場勤務初日のことだった。まずは事情を把握するために一号監房から順に巡察しようと、勤務デスクがある中央部を過ぎて、一番最後の部屋である二〇号の方に歩いていくときだった。二つの女性監房のうち最初の部屋である一九号の前を過ぎようとしたとき、鉄柵の中から垢ぬけた挨拶が聞こえてきた。

「いらっしゃいませ。やもめの旦那様」

やもめだと? そんなこと、なぜわかったんだ? グピョンは驚いた。囚人らは看守の身の上をまるで鬼神のように知るというけど、一体全体どのようにして身の上を調べたのか、舌を巻くほどだった。グピョンは勤務デスクに戻るや、ホンママの身元から調べた。

姦通犯である彼女は大田(テジョン)で喫茶店のママをしていたとき、横領にあって入監した前科があり、星は二つめだった。だが、彼女は星一つだと言い張った。横領は前科として納得がいくが、姦通は犯罪ではないというのだった。横領の星は恥ずかしい星だが、姦通の星は栄光の星だというのが彼女の主張であった。言い換えるなれば、法よりも拘束力の強い、愛の痕跡なのだということらしい。姦通罪は数値や懲罰の苦痛を超越する殉教者的な犠牲であると自慢するふうであった。

「愛し合う間柄なのにってことよ。なぜ愛を交わすことを罵倒するのかわからないわ」

ホンママはそのようにああだ、こうだと話したことがあるが、数日のうちに示談が成立するはずで、釈放されるまでのその数日が、何カ月になってもなぜか放免されず、今では古手の女囚となり、牢名主のようにまでなっていた。彼女は漁具屋をしている、ある妻帯者と関係を持ち、隠れて同棲生活をしていたのだが、男の妻にばれてしまったのだった。

「ねえ、ちょっと洗濯したいの」

グピョンが監視勤務をするために再度一九号の前を過ぎようとしたとき、ホンママが舌をだしながら媚びた声を出した。

「洗濯は決められた時間にするように」

「それはそうなんだけど……」

「それは何ですか?」

「これ、見てよ。結婚していたのにこんなことも知らないの?」

ホンママが何か白いものを取り出して笑った。

「私は生理中の女性と暮らしたことはありません。とにかく後で、勤務交替直前に時間を作りますから、その時に洗ってください」

グピョンは引き返した。その時、安東（アンドン）出身だという窃盗犯の若い女性が女牢名主に取り入ろうして、声を上げた。ホステス出身の彼女は三陟（サムチョク）の炭鉱地帯でぶらぶらしていたとき、客の金の指輪を盗んで捕まったのであった。

「ちょっと後じゃなくて今すぐにドアを開けてあげてくださいよ。姐さんがどれほどきれいか。気立てだって葦の花のように柔らかくてさ」

「ちょっと、割り込んでくるんじゃないわよ。誰があんたに褒めてくれって頼んだのさ？」

ホンママが目尻をあげた。たいていの古参は新参者が看守と話をするのをそれとなく嫌うのだ。

「姐さん、なんで怒るのよ？」

「何だって？　ふざけるんじゃないわよ？　ふざけてたら、承知しないよ」

「姐さんの味方になってひと言言っただけなのに、なぜそんな言い方をするんです？」

「この女（アマ）、死にたいの？　誰に対してはむかってるのかわかってんの？」

「何よ、何でそんなこと言うんです？　姐さんと私とのどこが違うっていうんですか？　こんな鳥籠に閉じ込められているのは同じなのに、なぜあとから入ってきた私をいじめるんですか？」

「このアマ！」

看守の前では殴ることもできず、ホンママは体をわなわな震わせた。

「二人とももうやめて、静かにしてください」

グピョンは静かに言い聞かせた。

「こんな泥棒女が生まれたってのに、安東が学識の高い儒者の故郷だって？　ちゃんちゃら笑わせるわよ」

「何さ？　あんたは忠清道の両班だから、どこそこの女房持ちとくっついたんでしょ？」

「ほら、このおんな。勝手なこといいやがって。いいわ。今は我慢してやるわ。その代わり、あとで覚えておいで！」

ホンママは歯ぎしりした。その言葉に窃盗犯の女性は即座に顔を青ざめさせ、手をすり合わせて祈った。牢名主の勢いをあらためて悟ったのだ。髪の毛を切られるのは明らかであった。新参者は古参の囚人に好きなようにされたとしても、看守に言い付けることは恐ろしくてできなかった。事実、彼女たちはその程度の被害で希望なんてものを抱かない。彼女らはそれほどまでに諦めという生活習慣を身につけていくのであった。彼女らはますます幸福という言葉から縁遠くなっていくというのが普通であった。彼女らは殴り合いながらもうっとおしい夜ならば、足を合わせて座り歌を口ずさんだ。

草の葉を触って愛したけれど
今はもう鉄杖の境遇、悲運の女性収監者
誰が来いといってここに来たのか、誰が行けといってここに来たのか
一九号よ、二〇号よ、白い我が家、女監房

「殴らないようにして言い聞かせてくれ」

グピョンはホンママを洗濯場に行かせ、窃盗犯の女性を殴打しないことを確約させて隣の部屋に向かった。

2

ソンミは毎日病院を訪ね、ヨンジュを見舞った。ソンミは看病人を別に用意しつつもヨンジュをこの上ない誠意で見守ってくれた。栄養食の選択から患者の衛生と身繕いにいたるまで本当の姉妹以上に愛情を持って看病に気を遣った。そのような親身な世話を受けて一人部屋でゆっくりと過ごしたからなのか、ヨンジュの病気は日ごとによくなっていった。顔に血色が戻り、自分で身繕いを新たにできるようになってからは、彼女の体には高貴な態度までが漂った。

容貌だけではなかった。たどたどしかった言葉は徐々になめらかになり、不安感で焦点の覚束なかった目は安定を取り戻していった。あたかも終わることのない長い夢から目覚めた者であるかのように、ヨンジュはすべての物事を不思議そうな目つきで眺めていた。窓の外に見える都市の風景や遠くの山を眺める視線もまた、感情の違いによってその繊細さが異なるようにみえた。

ヨンジュは、ドンホとソンミをどのように呼んだら親密で品位があるのかを苦心している表情をしていた。ソンミに対しては「奥さま」と呼びながらも、ドンホには「社長」とは呼ばなかった。昔のように「ドンホさん」という呼び方もしなかった。もちろん、オッパ（兄さん）と呼ぶのが自然ではあったが、その呼び方はうまく口から出てこないようであった。

妻には「奥さま」なんて呼ばずに、「姉さん」と呼んでやってくれ。そして僕には兄さんと言えばいい。

ドンホがわざと口火をきると、その時はじめてヨンジュはにっこり笑って首を縦に振った。ヨンジュのこのような態度も、やはり見慣れないものに見えた。こくんと頷いたり、笑ったりする姿は、昔の姿とまったく異なって見えた。かつての彼女の行動にはどんな意思も介入していないようで、ただ流れに任せるような態度だったが、今は生き生きした顔つきだった。また、かつての行動が真似事のように機械的だったなら、今は首を振ったり、笑ったりする姿さえも自らの意思でやっているようにみえた。

「心が平生に戻ったようね」

ソンミはドンホと同じ考えをしていた。

「君が面倒を見てくれたおかげだ。君は素晴らしい女だ。病んだ心までも変えたのだからな」

「こんな時だからこそさらに気をつけなければならないわ。この機会にちゃんと直してあげなきゃね」

「病気を完治させるのは難しいが努力してみなければな」

ドンホはソンミの手を握った。愛情以上の、畏敬心というか、そんな感情までをも感じられる女、ソンミのそんな姿は、かつて母の言葉からも予見されていたことであった。賢い女性だろうね。母はソンミに会ったことはなくてもドンホの説明だけを訊いてそんな話をしたことがあった。

ドンホがソンミにはじめて会った場所は津里浦（ジンリポ）だった。そこで臨検所長として勤務したのち、情報担当刑事としての辞令が下りたドンホは、沙川地域を含む近隣の支署管内の情報業務を担当していたのだが、そのころに襲った台風で津波が起こったためにソンミと出会うことになったのだった。

台風による津波は数十年ぶりの災害をもたらした。海辺の家屋と避難できなかった漁船を根こそぎ呑み込んだ大波は台風が過ぎ去ったあとも砂浜を荒っぽくなめまわっていた。海辺には波によって運ばれてきた死体がつぶれた漁船の破片とからまってゆらゆら揺れていたが、何らの対策も立てることができず、やっとのことで鉤にひもを結んで釣りをするように死体を取り上げるしかなかったのだった。

其処此処に散在している死体をそのような形で一体一体集め、共同で葬儀を行うときだった。ひときわ悲しげに泣く一人の若い女性がドンホの視線を引き付けた。たった一人の肉親である父親の遺体を抱きしめて慟哭していた彼女は、ほとんど放心状態であった。父親を失った悲しみとこの先の暗澹たる生活に対する心労が重なったのだった。

葬儀が終わると他の遭難者の遺族たちはすべて車に身内の死体を載せて各々その場を後にしたが、彼女は辺りが闇で敷きつめられても、その場にそのまま取り残されていた。運送する車代がなかったのだ。郡では臨時に麻布と木綿、そして供え物と棺を貸し出しただけで、そこまでは手が回らないでいた。

「お連れするところはどこですか?」

ドンホは泣いている彼女をなだめながら尋ねてみた。

「巨鎮（コジン）です」

「巨鎮?」

おそらく遭難船が巨鎮の船舶か、あるいはその近所の港所属の漁船だったのだろうが、ドンホはそんなこと訊く前にすでに胸が溢れそうであった。百里をはるかに超える舗装もされていない道路を運搬して埋葬するとすれば、一カ月分の給料ではまったく足らないほどであった。わけもなく同情心を表したことに後悔したが、だとしても、このまま放っておくこともできない状況であった。まずは江陵にある運送会社に連絡してトラック一台を呼ぶことにした。

車が到着するとドンホは積み台にお棺を載せて、彼女と並んで助手席に座った。運転席に乗った運転手はお棺の運搬は初めてだとかいってぎこちなく笑って舗装されていない道路を走りはじめた。壊れたガラスから吹き込んでくる夜風に寒気を感じた彼女は体をすぼめたままただ涙を流しつづけるだけであった。

ドンホが制服の上に羽織ったジャンパーを脱いで肩にかけてあげると、すぐに泣きやみ、「ありがとう」と礼を言った。

「ソンミさんは他のご家族やご親族がいらっしゃらないのですか?」

ドンホは死体の身元を調査する過程で、すでに彼女の名前と家庭の事情のあらましを把握してはいたが、詳しいことが知りたかった。

「父は満洲で生まれました。解放になると母と二人で帰国し、あてもなくさまよっていたのですが、ようやく蔚珍港で船に乗ることにしたそうです」

「お母さんはいつ亡くなられたのですか?」

「戦争中に爆撃を受けて亡くなったそうです。私が二歳のときでした。その後、休戦になると、父は私を連れて巨鎮に仕事を移しました。巨鎮はタラが多く取れるので、少しは生活も楽になったそうです」

ドンホはソンミの話が終わると、すぐに車上から闇が敷き詰められた海を眺めた。砂浜で波がつぶれて白い肌を見せたりしていた。この真っ暗な海を見てソンミは何を考えているのか？　しかし、彼女はいつのまにか頭をうなだれたままウトウトとしていた。

巨鎮に到着したのは深夜の一二時になるかというころだった。路上ではまだ酒に酔った漁師らが時折目に触れるような時間だ。車は幾度か路地を曲がり、山の村に入っていったが、電気も通っていない、人里離れた板張りの家の前で止まった。家といっても部屋一つとそこにくっついた台所がすべてであった。木の枝で作られた戸もない粗雑な垣根のなかに入ると、すぐにドアノブが手に触れたが、それが出入り口だという体（てい）だった。まずソンミが家のなかに入り、ランプに灯りを点けている間、ドンホは運転手と一緒にトラックから棺を下ろして部屋のなかに入れた。

車が江陵に戻っていくと、ドンホはソンミを連れて市内に出て、供え物を整えた。お供えといっても、店で購入した干しタラとリンゴ数個、鏡月焼酎一本、これですべてだった。漁師たちのほとんどは商標もないヤミ焼酎を飲んでいたが、これを最後に世を離れるというのにヤミ焼酎を供えることなどできなかった。祭壇をあらまし整えて、格式も無視したままソンミと並んで立ち、礼をした。まるで夫婦であるかのよう心地がしたので、ぎこちなくはあったが、いったん手助けしようとしたのだったら、最後まで付き合おうと思った。

祭祀を終えたドンホは店で買ってきたそばをゆでて夕食にし、亡骸のそばに座って酒を飲んだ。ソンミには祭壇にささげた酒を一杯飲ませた。

「息をつかずに一気にぐっと飲みなさい」

ドンホはわざと盃を空にするようにと言った。そうしてこそ緊張が緩み、恐ろしさも消えるからだった。

人の目というのは本当に不思議なものだった。同じ死体なのに、置かれた場所によって随分と印象が異なる。昼間に海辺に寝かされていたときは哀れに感じられた死体が、車で運んでいる間はあたかも引っ越しの荷物ように見え、薄暗い部屋に安置してみると、何か死体が棺を壊してむくっと起きてくるかのような恐ろしさが感じられた。

ランプの明かりに照らされた彼女の顔に酒気がほんのりと赤く広がりはじめた。疲労が緩んだ瞳にも生気が戻りはじめた。腕時計をみると、深夜の一二時をはるかに越えた時刻となっていた。市内から聞こえてきた騒音が静かになるや、防波堤の方から聞こえてくる波の音がますます鮮明に聞こえてきた。薄暗い部屋には不吉な予感のする寂寞がとどまっており、酒を飲まずにはいられなかった。巨鎮で聞く波の音はいつも陰鬱で湿っぽかった。実はドンホはしばらく巨鎮港で臨検所長として勤務したことがあったのだが、波の音に一度もロマンを感じたことはなかったのだ。漁船が北に拉致されれば涙の海となり、漁船が帰還したときは笑いの海になる巨鎮港。それだから巨鎮の波の音は色と音響が異なったのだ。

北に拉致された漁師が巨鎮に多いのは、北にもっとも近い漁港であるせいだった。漁師たちは北に拉致されたくてわざと北に向かったのではなく、北側の海に行くほどタラが溢れているからであった。巨鎮近海からの一日の漁獲量を挙げるのに元山近海では半日もかからないため、少しでも北に行きたいというのが漁民たちの心情であったのだ。しかも、海上では距離感覚がどうしても鈍ってしまうため、陸地で一〇里であっても海ではすぐ目の前に感じられるくらいに距離を察するのは難しかった。その上に魚がよく獲れるし、また、漁労阻止線に縄が張られているわけでもないため、拉致事件が頻発した。魚が多い場所に船首を回すのは漁師たちの本能といえる。そこにはただ、そうした漁師の本能と空回りする規制があるのみであった。漁師たちは、漁獲高が増えれば暮らし向きが良くなり、逆に少なければ生活できないため、他のことを考える余裕がなかったのである。

あちらからみればあきれた話でしょう。トントンと音を出しながら上がってくる釣り船を想像してみてくださいよ。北の軍艦もあきれているのか、鉤で何艘かだけを引っ張っていくんですよ。それでもって招待所のような場所でぜいたくな暮らしをさせれば、仮に元々共産主義者でなくてもそうなりますよ。そのあと、鉄窓に閉じ込められるんですよ。けれど、鉄窓のなかに閉じ込められれば、かえって本当の共産主義者になってしまうってことですよ。

ドンホはある船主の話を思い出しながら、ソンミが注いでくれた盃をとった。

最後の酒であった。ソンミは酒瓶が空くと台所へ行って、食器棚から栓が抜かれた酒瓶を持ってきた。どうやら父が飲み残した酒であるようだった。彼女は床の上に酒瓶を置いて申し訳なさそうに口を開いた。

「お酒をすべて召しあがったら、旅館にお泊まりください。市内に行けば、旅館が何箇所かありますから。私が父のそばで寝ますから」

ソンミの言葉に他意はなく、礼儀上のことにすぎないとわかっていた。

しかし、いくら親だとはいっても、か弱い娘を亡骸の横で独りで寝かせるというわけにはいかなかった。

「しかし、この辺は人情の薄いところだ。仮にも葬式を出したというのに、一人もやってこないというのは」

ドンホはいきなり声を高めた。それはこうなったら腹を据えようという気持ちから出た言葉だった。今、この部屋に沈黙が流れてはいけない。どんな話であろうと賑やかにしなければ。

「ここら辺りの人たちはすべてどこからか流れてきた人たちばかりなんです。延坪島(ヨンピョンド)や黒山島(フクサンド)なんかから来た人たちもいます。渡り鳥の暮らしみたいですよね」

「いくらよくは知らない間柄だとはいっても、それでもご近所でしょう? お父さんと同じ船に乗ってた人もいるでしょう」

「誰も父が亡くなったことを知らないんです。父は束草(ソクチョ)の港の船に乗ったんです。私も支署の職員さんから連絡をもらってはじめて知りました。それに父を迎えたのも誰も見ていませんし。連絡する人もいないし、連絡したい人もいません。たしかに人情が厚いという場所ではありませんが」

「拉致漁民が多い場所だからそうなんでしょうね。素朴な漁民たちに思想的な荷物まで背負いこませてるんですから、そうなるのも当たり前ですね。私がここで臨検所長として勤務していた時のことなのですが、拉致漁民らが帰還したことがありました。船が港に到着すると万歳を叫ぶ興奮した彼らのうちの船員の一人が私にこんな話をしました。北で『所長さんは元気か』と尋ねられたとのことです。本当の話なのか、ウソなのかはわかりませんが、おそらく私の身元を把握しているのでしょう。巨鎮は南北ともに神経をとがらせている場所ですから」

「父と親しくつきあってきた人がいらっしゃったんですが、その方も拉致されて……。今は留置場に収監されています」

徐々にソンミの声に力が入った。ドンホが無理に酒を飲ませたせいだった。ドンホは続けざまに盃を空けた。ソンミはドンホが続けて飲んでくれることを待っているかのような表情をしていた。酒を飲む行動までが彼女の力となるようなさまであった。ソンミが酒瓶を取って盃に注げば、ドンホが盃を口に持っていき、そして飲み干した空の盃を部屋の床に置いて手で干しタラを摑んで、それをちぎってむしゃむしゃと嚙む、そんなすべての動作が彼女に力を与えているようであった。

沈黙が流れた。

どんな話をを切り出して、この沈黙を破ろうか？　そうした考えが脳裡を掠めたとき、遠くから鶏の鳴く声が聞こえた。朝を告げるその声が陰鬱とした部屋のなかに明るい雰囲気を感じさせてくれた。夜中に霊魂が彷徨うのも鶏さえ鳴けば止まるというのは祭祀のたびごとに聞かされる話だが、その話が今、心に安らぎを与えてくれたのだ。鶏が鳴いたので、上座に安置された亡骸も石や木の一部分のように固まってしまうだろう。そして、夜が明ければ悲しみもある程度は土深く埋めてしまえるだろう。

「少しだけでも休みましょう。疲れていらっしゃるでしょうから」

ソンミは席を立ち、古い衣装簞笥から布団を取りだした。

「ソンミさんも少しの間、横になってください。そうしないと葬儀をちゃんと行えませんよ」

ドンホは彼女に下座の方の机のそばに横になるように言い、自分は棺の横でエビのように体を丸めた。

二日目にもドンホは業務を放棄して葬儀に付き合うほかなかった。人を雇い、棺を運ぶ車を依頼するなど、葬儀準備に余念がなかった。昼食時が過ぎ、共同墓地で埋葬を済ませ、喪服も支度できなかった娘と並んで土葬墓に礼をした。そして漁業組合で借りてきた金で人夫らの労賃と交通費を支払い、ようやく巨鎮を離れた。

　ソンミが江陵にドンホを尋ねてきたのは葬儀を行ってから一カ月ほどが経ってからのことであった。その頃のドンホは情報課に勤務先が異動となり、対北業務を担当していた。久しぶりに会った彼女の顔には温和な表情が戻り、見違えるほどきれいに見えた。少しきつい香水の香りがした。そういえば、口元に咲いた微笑みが何となく派手で、けばけばしいと感じるようでもあった。ドンホはソンミを裏庭に連れていき、簡易イスに腰掛けた。ソンミはイスに座るや否や金を儲けて借金を返すと切り出してきた。ドンホは彼女のその言葉に何となく居心地が悪い思いがした。彼女には純潔という印象を持っていたこともあり、また手を貸したというより、言葉は悪いが意味のある暇つぶし程度に考えていたのだが、それがかえって世話になったと思われたとは。

「喫茶店で働くことにしたんです」

　ソンミがいきなり切り出した話にドンホは体を大きく揺さぶられた。

「喫茶店の従業員になられたのですか？」

「はい」

「では、あなたの好きになさったらいい」

　ドンホはポケットをまさぐり、金を渡してやった。彼女ははばかることもなく金を受け取り、堂々とした声で言った。

「巨鎮には戻らず、ここで働く店を探してみようと思って」

「何ですって？」

「時折、カン刑事にお会いできるように江陵にいようと思います」

「私と付き合いたいってことですか？」

「恋愛はもうすでに始まっているのですから、次は婚約ではありませんか」

「何を言うんです！　いや、あなたは恐ろしい女性ですね」

「私を無視するってことですか？」

「そうではありませんが……」

ドンホは正気にもどって姿勢を正して座り直した。ソンミの顔の表情を見ると、冗談などで誤魔化せるような女性ではなかった。ややもすれば、罠にはめられてしまうかもしれない勢いだった。

「私には結婚を約束した女性がいます」

ドンホは嘘をついてソンミの気持ちを変えようとした。だが、ソンミは彼の真剣な説得もおかまいなしに、話を続けた。

「そんなことは関係ありません。私が茶房の女性にならないようにしたいなら、すぐに住み処(か)を用意してください」

開いた口がふさがらなかった。こんな女性がいるのか。そんな言葉がすんでのところで出そうだった。ひょっとして娼婦ではないかという疑いすら浮かんだほどだ。純真に見えた女性の本性がこんなにまで醜いなんて、彼は裏切りだとすら感じた。一瞬ではあるが、彼女に純潔な印象を持った自分の見識に怒りさえも覚えた。酒場のようなところで卑屈に暮らしているよりもはるかに卑しい女のようだった。だとしてもドンホは露骨に過去を問い詰められない性分だった。

「なぜ急に黙ってしまわれたの？」

「考えるところがあって……」

「私が悪い女に見えるんでしょう？　それでご心配になられたんでしょう？」

「……」

「そのように思われるのも当然です。だけど、仕方がないんです。私も最初はお姉さんたちの話を聞いて胸がドキドキして怖くなったんです……」

「お姉さんって？」

「高校の先輩なんですが、そのお姉さんが教えてくれたんです。私に対して好意がないようだったら、こんなようなやりかたで駄々をこねてみろって」

「駄々をこねる？」

「ええ」

「……いっそ私を拉致したらどうです？」

ドンホは笑いがこみ上げて仕方がなかった。しかし、ソンミは返事を飲み込んだままジッと座ってままで、そのうち急に俯いた。すぐに彼女の肩が揺れ、前裾に涙がこぼれ落ちた。無邪気な女性、彼は崩れそうなソンミを可愛いと思った。おそらく自分に対する感謝の気持ちが恋心に変わり、その胸の内をどうすることもできないのだと思った。そんな女性を不純に感じたことに対し申し訳なく思ったが、それでも謝ろうという気は起こらなかった。その代わりにソンミの気分を変えようと、趣味は何かなどと話しかけてみた。彼女は俯いたまましばらくの間返事をしなかったが、しばらくして自分には趣味なんて考える余裕はないと応えた。

ドンホは斜めにして腰掛け、何度も煙草をふかすしかなかった。そのとき、ソンミの口から突然質問が吹き出した。

「なぜあえて警察官になられたのですか？」

「急にどうしたんですか？」

　ドンホは笑みを浮かべながらソンミの顔をみつめた。

「警察官というのは特別な職業ではありませんか？」

「特別というのが悪いという意味ですか？」

「悪いというのではなくて……」

「事実、私は批難されたくてこの職業を選んだんです。非難されればされるほど哲学者になれるというのが世の常です」

「悪口にも、いい悪口とよくない悪口があるでしょう」

「そうです。原則を守ることで受ける悪口のことを言っているんです。そんなような批難を数多く受ければ受けるほど、さらに孤独になれるのです。それでこそ、世の中をより深く見られるのです」

　その日、ドンホは郊外の校洞（キョドン）に空き部屋を探してやった。台所と庭が別についたこぢんまりとした部屋であった。母屋とは別の出入り口があるだけでなく、中庭と出入り口とのあいだにイブキの木が垣根のように植えられていて、離れ座敷のような形になっていた。

「とにかく職場は徐々に探してみますから、食べることの心配はしないでください」

　月給をもらっても、ほとんど一人で使っている状態で、一人ぐらいの食いぶちは心配することではなかった。母には小遣い程度の金を渡していた。注文津の家には母屋ではないけれど店が三つほどついた離れ座敷があり、そこからの家賃で母とヨンジュは不自由なく暮らしていける状態であった。

ソンミはまず壁紙を張り替えて、それから巨鎮の所帯道具を運んできた。所帯道具とはいっても服や古くなった教科書だけであった。他のものはほとんど捨てることにして、バスに乗せられる分だけを取りまとめてきた。すぐに必要な家具と布団、食器はドンホが市場で買い揃えた。

ソンミはひたすら楽しかった。エプロンをつけた彼女の姿は紛うことなく新妻の姿であった。ソンミは庭と部屋を花畑のように整えた。そして庭の隅には花壇を作り、多種多様な花を植えた。部屋の片方の隅に服と布団を整理しておく整理ダンスを、そして窓側の隅には机と化粧台を並べ、机の上には淡緑色の小さなスタンドを置き、静かでやすらかな雰囲気を醸し出した。狭い部屋を趣向に合わせて効率的に整理したようであった。ドンホは周囲を美しく整える彼女の優れた手際にあらためて驚いた。そしてその驚きはすぐに愛情にとってかわっていった。しかも整理ダンスの上に載せた布団はレースがついた白い布団カバーで被われており、その安らかな癒しは彼女に母性をも感じさせるほどであった。ふところに抱きあげたい女ではなく、ふところに抱かれたい女、母から細やかな愛情を感じることができないドンホは、そのような情にいつも飢えていたのだった。

その日の夜、ドンホはソンミとはじめて一つの部屋で過ごした。しかし、同じ布団に横たわることはできなかった。それよりも先にソンミに告白することがあったからだった。ドンホはヨンジュとの関係を隠すことなく打ち明けた。子どもまでいることも告白した。

「結婚を約束した方がいるというのは本当だったんですね」

「いいや、その女性とは結婚できないんだ」

「なぜ？」

「それは聞かないでくれ」

「お子さんはおいくつなの？」

「ちょうど二つになったくらいだ」

「男の子？」

「ああ」

ドンホは自分の乱暴な言葉がきまり悪いのか、親しみのある声で息子の名前を打ち明けた。ソンミはミヌという名は本当に美しいといい、ドンホはそれとなく体を捻り、月の光にぼぅっと照らされている曇りガラスを眺めた。

するとソンミが腕を伸ばしてドンホの手を握ってこう言った。

「お布団がとても心地良すぎて眠れそうにありませんわ」

そしてすぐにドンホの布団のなかに入ってきて唇を重ねてきた。いつのまにかソンミの体が波を打ちはじめた。月の光がかすむように見えると、すぐに曇りガラスは暗くなった。どうやら雲がかかったようだった。

「私は本当に悪い女です」

ドンホが体をほどくや否や、ソンミの口から疲れたような声が流れ出た。

「カン刑事をもっともらしく騙していました。実は、私、学校を卒業してすぐ、茶房でレジを打っていたのです。身ごもったこともありました。そのときの手術のせいで不具になったんです」

「不具？」

ソンミは布団のはじっこを引っ張ってかぶり、横に寝がえりを打った。

「子どもを産めない体なんです。手術後の処置が悪くて……告白をしようかどうか迷っていて、今まで言えなかったの。ごめんなさい」

「それでは先輩が手ほどきをしたというのも作り話ですか？」

「ええ」

「完全に騙されたな」

「どんな方法を使おうともカン刑事のそばにいたかったんです。いいえ、一生なんて言いません。こうでもしなければ変になってしまいそうだった。だけど心配しないでください。カン刑事とこうしてしばらくの間だけでも一緒にいられて幸せです」

「心配するなって？」

「遊び程度に考えてください。いつでもお別れしますから」

「君の好きなようにしたらいい。しかし、いい就職先が見つかるまではここを一歩も離れるんじゃない。私の指示に従わないなら留置場に放り込むから」

「私のようなものに、いついい就職先が見つかるんです？」

「一年かかろうと、一〇年かかろうと……いや、百年かかってもといいから僕のそばを離れるなということさ」

「……」

「言ってる意味、わかるかい？」

「はい」

「じゃ、はやく寝なさい」

ドンホはおもむろに起き、座って煙草をくゆらせはじめた。

3

公州から三〇分余り車を走らせ、所在地に到着したドンホは、車窓から周囲の景色を窺ってみた。山険しい渓谷の方に向かってセメント道が伸びていた。そちらに車を向けた。渓谷を過ぎてから一〇分ほど行くと、陽射しがよく当たる山の斜面に一〇戸ほどの大小の家が集住する部落が現れた。ドンホは村の入り口に車を止めるように運転手のパクに指示し、一人でゆっくりと狭い小道を歩いていった。

灼きつける陽射しのせいなのか、小道には行き交う人もいなかった。村の境界の石垣を越えて百数メートルほどなかに入っていくと、道端に植えられた柿の木の陰に座ってマンガを読んでいる一二、三歳ぐらいの女の子が目に入ってきた。

「あの、ちょっと訊きたいんだけど」

「何ですか?」

女の子はマンガ本に目を落としながら上の空で訊き返した。

「ファン・オッペ氏のお宅はどこでしょう」

「ファン・オッペって誰ですか? ああ、ビョングんとこのおじいさんのことですね?」

「そう。ビョングのおじいさん」

ドンホはファン・オッペの家族のことはまったく知らなかったのだが、あたかもビョングのことを知っているふりをした。

「ここをずっと上がって行けば、一番最後に家があるんですけど、その家がビョングの家よ」

ゆっくりとした話し方ではあったが、とても力強い声だった。この子からもっと情報をもらわないと——。そんな考えがよぎったドンホは、まずは子どもから好感を得ようとしてビョングとは親しいのかと問うてみた。ところがその問いが間違いだった。女の子は目を丸くして「なんで私があんなゲスみたいなと子と友だちなのよ？」ときつい口調で言い返してきた。

「ゲス？」

「あの子ったら毎日物乞いにあちこち回り歩くんですって」

最近でも物乞いの子どもがいるのか？　ドンホは好奇心を押さえきれなかった。

「どの辺りを回り歩いているんだい？」

「村中あちこちよ。あっちに行くこともあるし、こっちに来ることもあるわね」

「そこでどんなことをして何をもらうんだい？」

「やってくれるなんてことは何もないわ。なのに御飯だけは持っていくから村中の嫌われ者よ。誰が何を言っても聞くふりさえもしなくて、自分勝手な文句ばかり言うのよ。あの子のせいで本当に気疲れして死んでしまいそうよ」

「なぜ？　どんなことがあったんだい？」

「今日もさっきうちの家でお昼ごはんを食べていったんだけど、そうね、私のラブラブ人形が無くなったわ。あの子が持っていったにちがいないの」

「ビョングのお父さんは何をしてるんだい？」

「お父さんはいないわ」

「お母さんは？」

「お母さんもいない。どこかで拾われてきた子どもだって。だから礼儀を知らないってことらしいの」

「ビョングのおじいさんは今なにをしているんだい？」

「知らないわ」

「ありがとう。ビョングが君の人形を持っていたら返すように言っておくからね」

ドンホは女の子と別れ、すぐに歩いていった。三つか四つほど家を過ぎ、パッと視野が開けたと思ったら、やや緩慢な山の斜面が現れて、その丘の上に土壁の家のような古い家が見えた。近頃、農村でよく見かける廃屋のような家であった。垣根もない家のなかには草が生い茂っていて、寂寞感にさらに拍車を掛けていた。到底、人が住んでいる家のようには思えなかった。暑さのせいなのか、部屋の戸は開いていて、戸の前には長い木の縁台が置かれていたが、ご飯粒が落ちた縁台の下にはハエが真っ黒にたかっていた。

土間に近寄ったドンホは部屋のなかを覗き込んだ。大きな図体の老人が木枕を使って横になっていたが、すっかり寝付いてしまっているのか人の気配がしても見向きもしなかった。ドンホは庭の入り口の方へ向かい、「ごめんください」と声をかけた。しかし、部屋からは相変わらず返事がなかった。ひょっとして耳が遠いのではないかと思い、部屋の戸口に近付いて声を高めると、ようやく老人の体が動き、上体を起こしてこちらを見た。二三年ぶりに見る顔ではあったが、ファン・オッペに間違いなかった。彼は戸の方に這って出てきて、顔をしかめた。陽射しがまぶしくて目がくらむといった様子であった。

「どちらさんですか？」

「ファン・オッペさんですね」

「そうですが？」

部屋から這い出てきたファン・オッペは縁台に腰を掛け、ドンホの顔をジロジロと見回した。家の様子とは異なり、顔には赤みがかった表情がもどった。

「私がわからないのか？」

ドンホは自分でもわからないうちに昔の言葉使いをしていた。しかし、一〇歳も年上であることを思い出し、すぐに申し訳ない気がして尊称を使わねばと思った。

「ご老人はお若いときに江陵近辺にいらっしゃったことがあるでしょう？」

ファン・オッペはしばらくのあいだ目をパチパチさせていたが、首を縦に振った。ドンホを警戒する目つきだった。実は、ドンホはあらかじめ電話をしてからファン・オッペに訪ねようかとも考えたのだが、もしかしたら何かと理由をつけて会ってくれないのではないかと思い、こんなふうにいきなり訪ねてきたのだった。そしてソン・ドゥムンとファン・オッペの二人のうちのどちらを先に訪ねるべきかと思案したが、ずる賢いソン・ドゥムンに先に会ったら、あらかじめファン・オッペに連絡して気を付けるようにと脅すことは明らかだった。

「私の顔をよく見てください。ほら、わかりますか？」

ドンホはファン・オッペの前に顔を近づけた。ソン・ドゥムンの名を出せば簡単に思い出すだろうが、純粋にファン・オッペと一対一で話したかった。そうできれば、あの時「実は……」といって真実をありのままに吐露しようとした彼の気持ちのすべてがわかる。ここを訪ねてきたのはそれほどに純粋な気持ちから出たものであった。今、彼らに会ったらどのように処するだろうか。ペ・スンテとの偶然の出会いがかつての武装ゲリラ事件を思い起こすきっかけとなり、そしてそうこうするうちに彼らの現在の様子が気になっただけではあったが、ここを訪ねた苦労の対価は、まさに若いころの思い出の一コマを、それももっとも躍動的だった生の急流を思い出したかったからにほかならなかった。

「そうですね。目がすごくかすんでいるわけではないんだが、まったく見覚えがないんですけど。失礼ですが、お名前は何とおっしゃいましたっけ？」

「津里浦にいらっしゃったときに武装ゲリラを捕まえて功績を挙げられましたよね？」

「ああ？　武装ゲリラ？」

彼は火で焙られたように尻を上げた。

「その事件を扱った刑事のカン・ドンホです。もうおわかりになられましたか？」

「ハハハ、私の目もとうとう見えなくなったか！　こんなに会えてうれしい方をすぐにわからないとはな！」

彼は直ちにドンホの手を握った。少し誇張しすぎではとも思える、彼の口ぶりには明らかに過去の弱点は見逃してくれというような大袈裟な態度がみてとれた。ドンホは彼の不安な気持ちをなだめようと親しく手を握り返し、「お会いできてとてもうれしいです」「お元気そうですね」「明るいお顔をしていらっしゃいますね」「この辺りは静かで安らかで、いいところですね」などといった言葉を掛け、親しみあふれる態度をとった。ファン・オッペはドンホが今も刑事をやっているのかと尋ね、すでに辞めて今は事業を経営しているという話をしてはじめて、安心したのか、明るい顔の表情となった。

「私は根っから愚鈍で……考えてみれば風采も良く、途方もない事業をなされるようですね。このように人間ってのは長生きしてみての物種ですね。長生きしさえすれば、こんなめずらしい方にも会えるんですよね。ところで、どうしてそんなにもお若いんですか？　カン刑事、いやカン社長はもともと気が柔和だから、天が大きな福を与えてくれたんですね。まあまあ、むさ苦しいところですが、縁台にでも腰掛けてください」

ファン・オッペという人間は、いつこんなふうに変わったのか？　表情も柔らかく、おべんちゃらまで言えるし、心とは異なる態度もうまく取れる彼の姿はとても見慣れないものだった。昔の素朴なファン・オッペではなかった。歳月がこんなふうに人を変えたのか、でなければ生活のせいなのか、ドンホはファン・オッペの変わってしまった姿に心の片隅に言葉にならない寂しさを覚えた。「実は……」といって胸の内を打ち明けようとする暗い表情をした、かつてのファン・オッペが懐かしかった。

「ずっと、こちらでお住まいに？　ここが故郷なのですか？」

「ここは故郷っていえば故郷なんですが、ほんのちょっとしか住んでませんでした」

「それでは、ソウルに？」

「ソウルにも住んではいたんだが、ほとんどは大田に住んでましたよ。ところで、この縁台、なんでこんなにガタガタするんだ」

ファン・オッペは話を変えた。彼の顔色は即座に暗くなった。靴を履いたまま縁台に腰掛けたドンホは土間に降りたって話を続けた。

「近所に飲み屋か、食堂があるでしょう？」

「もちろんあるさ。ここらのような田舎も今ではとても発展してさ、スーパーってのもできて。あそこの山裾をぐるっと行けば、防波堤があるんだが、防波堤の近くには大きな食堂なんかもあってさ。夜にでもなればあの辺りはぜんぶ花畑みたくなるのさ。だから、俺のようなやつでも飯にありつけるんだ」

「では、お供しましょう」

ドンホは縁台から降りたファン・オッペを先に立たせて庭の外に出た。太陽が西の山に傾いてはいるものの、熱気はよりいっそう猛威を奮っていた。背中に汗が流れた。ファン・オッペは部屋のなかにいたときのモソモソした動作とは異なり、シャキッと歩いているように見えた。若いころに鈍くさかった人間が年をとって敏捷になるとは？　おそらくソウルや大田のような大都市で苦しめられるだけ苦しめられ、その後、故郷に戻ってきはしたが、何もかも無くした身の上になったのだろう。農作業にもありつけず、それに加えて遊園地が出来て、その客を目当てにした食堂などに媚びておこぼれにあずかって生きてきたせいで、人間が変わってしまっただろう。ところで、ビョングはどうしたのだろう？

パク運転手を待機させておいた車の後部座席に先に乗ったドンホはファン・オッペと並んで座った。車がゆっくりとセメント道を走りはじめると、ファン・オッペはまた軽口を叩いた。

「こんな見物すらもできない車、雲にでも乗った気分だね」

「よくある車ですよ。エクウスという国産車です。お客さんの接待のために仕方なく大きな車に乗るしかないのですが、どうも燃費が悪くてね」

「また、謙遜して。こんな人生は他の人には送れないのに。カン社長のように重大な仕事をしてらっしゃる方だったら、乗って当然ですよ。あ、そうだ、こんな村だって外車がしばしば出入りするんですよ。ベンツやＢＭＷのようなのもね」

そのとき、小ぶりな、ずんぐりした背の、二、三歳になるとみられる男の子がこちらのほうに歩いてきた。

「あんな小ネズミのようなヤツ、あいつ、どこから帰って来たんだ？」

ファン・オッペは当惑を隠せないかのように独り言を呟いた。ドンホがパク運転手に車を止めるように言うと、ファン・オッペはさっさと車のドアを開けて車を降り、げんこつで子どもの頭を叩いた。

「お前は一生こんな恰好で生きていくのか？　気を入れ替えて落ち着いて家にいろといったじゃないか。この欲張りめ。早く家に戻れ。じいさんは少し遅くなるから、夕飯の支度をして早く寝ろ。わかったな」

「はい」

「それと、ビョング、この方にちゃんと挨拶しなさい。えらい方なんだから、腰を大きく屈めて、礼儀正しくお辞儀をするんだよ」

ドアを開けて出てきたドンホにビョングが深々と頭を下げた。ドンホが手首をつかんで肩を二、三回叩いてやるとすぐにビョングは村の方へと矢のように走り去っていった。

「お孫さんなんですね」

ドンホはしらばっくれて彼の返事を待った。だれが生んだ子どもなのかが気になった。ファン・オッペが後頭部を掻きながら、仕方ないというように口を開いた。

「本当に昔のことです」

ファン・オッペはしばらく外を見ながら話を続けた。

「ソン・ドゥムンと報賞金を分け合ってから夜逃げするかののように大田に行きました。家族もない一人身ですから、鳥のように飛び回ってみたかったんです。それで大田に行くやいなや憧れの都市生活ってのを始めたのですが、金を使うのが下手で、四、五年で賞金の大半を使いきってしまいました」

大金を持っていたときに小さな家でも買って、慎ましやかに生活すればよかったのだが、貸間で暮らすことを選んだファン・オッペは、経験もない卵の販売を始めた。一応は商売をしているとはいっても、呑み屋に出入りするのが日課となった。女を買うといった遊びも一度や二度ではなかった。その女の一人が娘を産んだ直後にいなくなり、その娘がまた十代後半から体を売る商売をして息子を産んだ。その息子を一人で育てた挙げ句、病気で死んでしまったので孤児院に預けたのだが、その子がビョングであった。

車は川を隔てたところにある海鮮鍋屋の庭に停めた。食堂のなかに入るとファン・オッペは川が見える窓側にサッと席をとった。景色がよいところに席を選びとるファン・オッペのサービスが感じ取れた。

「ソン・ドゥムンさんとはよくお会いになられるんですか？」

スズキの海鮮鍋を注文したドンホは、暗にファン・オッペの腹の内を探ってみた。しかし、彼は返事を飲み込んだまま頭を深く垂れた。そしてしばらくしてから頭を上げてしみじみと話しはじめた。

「会うことには会ったんですが……」

金をすべて使い切ってしまったファン・オッペは日雇いでやっとのことで生きており、娘が死ぬとソン・ドゥムンを探しにソウルへ行った。ソン・ドゥムンが出世したという噂は故郷は無論のこと、大田にまで聞こえてきた。報賞金で金貸しをしていたソン・ドゥムンは二〇年ぶりに羽振りがよくなり、ソウル市内の要所に数百億の大型ビルを所有していた。ファン・オッペはその建物の警備員に雇ってもらったのだった。日頃からソン・ドゥムンとは主従関係ではなく友人だと思っていたファン・オッペは、事あるごとにソン・ドゥムンの前でくだをまくとか、公の場で侮辱するなどしていた。

「俺みたいなやつが俺でなかったなら運命は違っていただろうか？」

これがファン・オッペの武器であった。ソン・ドゥムンはそんなファン・オッペにまとまった金を包んでやることも数多く、あるときは一〜二〇〇〇万ウォンの大金を渡して大田に追い払ったりもしたが、せいぜい一年も過ぎない間にまたソウルにやってくるといった繰り返しだった。

「おい！　雷にでもあたって死ね！　いったい俺に何の恨みがあるんだ。これまで酔っ払いの面倒を見てきてやった恩も忘れて、おいお前。もうちょっとちゃんとしろ。お前のように、どうしようもないことばかりしているヤツなんてのは、今すぐに死んでも心残りはないだろうが、俺はこのままで目を閉じて死ぬわけにはいかない。お前もわかってるだろうが、酒の席で勝手な戯言を吐いたことがあるか？　女を買ったか？　そんなふうに真っ正直に生きようと努力してきた俺に何の恨みがあってこんなふうに叩きのめすようなバカな真似をするんだ。腐れ外道め！　死神なんかよりもっとひどいヤツだぜ。おい、早く失せてしまってくれ！　お前の顔を見るだけでも腑が煮えくり返るから、早く俺の目の前から消え失せろ。この腐った野郎！」

「わかったさ。もうこれ以上お前を困らせないさ。これが最後だから、どうしようもないダチを持ってしまったという業とでも思ってくれ」

「最後?」

「ああ、そうさ」

「本当に最後なのか?」

「ああ、そうさ。そう言ってるだろ」

「お前も馬鹿な奴さ。なあ、お前から三回ぐらいなら目をつぶって騙されてやってもいいが、一体これで何度目だ？　お前にも口がついているんだったら言ってみろ」

「……」

「ほら、何度目なのか早く言ってみろ、口ってのはこんな時に使うためについているんだから、正直に話してみろってんだ。おい！」

「一〇回は超えるだろうよ」

「さすがに一〇回まではいってないだろ。一〇回目ってなら、さすがの俺だってすでにあの世行きさ。自分に負けて、匙を投げて死んじまうって話さ。これっぽっちの爪の垢ほどの嘘もなく言うとだな、九回目だ」

「悪かった、神にだって誓うから今回一回だけは助けてくれ」

「バカも休み休みにいえ。お前のようなやつが神を恐れる？　神を恐れるようなタマなら、その前に俺のほうが先に神に祈ってるさ」

「ほんとさ、これきりだ、もう一度だけ信じてくれ。俺がまたやってきたら、首をひん曲げてもいいから」

「ほんとうか？　今回で最後ってのは本当なのか？　またやってきたら首の骨をへし折っても文句は

言わねえってのも信じてもいいのか？」

「ああ」

「わかった」

ソン・ドゥムンは小切手を切った。

「さぁ、これが最後だ。五〇〇〇万ウォンだからそば屋ぐらいは充分にやれるだろ。気をしっかり引き締めて商売に精を出すんだぞ。わかったか」

「ああ、そうするよ。本当にありがたい、申し訳ない。この恩は死んで白骨になろうと忘れない。ありがとう、わかってくれて」

「恩だとか、白骨だとか、鬼神のような話にもならないとんでもないことはもうやめろ。本当に今回が最後なんだな？」

「うん、最後さ、本当だ」

「明日すぐに大田に行って商売を始めるんだぞ」

そう言うと、ソン・ドゥムンはスッと席を立って、ファン・オッペを事務室に一人残したまま出ていった。エレベーターで地下まで降りてきた彼は、直ちにカフェに入って酒をたのんだ。無性に悲しみがこみ上げてきた。ファン・オッペに大金を与えたおかげで、多少は気持ちの借金が減ったような気にもなった。ウソを言い張って手に入れた報賞金ではなかったか。その罪業をどうやって振り払うかと考えながら、いつも魘（うな）されるように生きてきたが、その罪業を多少なりとも減らすことができるのならば、ビルの一つぐらいはすぐにでも台無しにしてもいいとまで思っていたドゥムンだった。

そう言えば、あの武装ゲリラは今頃どこで何をしているんだ？

ソン・ドゥムンは強い酒をぐびぐびと飲んだ。緊張が解けたせいなのか、体が無性にだるかった。そのけだるい体に酒が入ると、脳裡に月が浮かび上がったような気になった。浮かび上がったのは、妻の姿だった。薄い麦粥をつくりそれさえも自分は食べたとウソをつき、夫の腹を満たしてくれた妻。そんな涙ぐましい献身で自分を支えてくれた妻はある程度の蓄えができた頃に強盗の兇刃にあいこの世を去っていた。バカたれ！　金なんてくれてやって命を救うべきなのに、金の代わりに命を失ってしまうなんて、何を考えていたんだ。ソン・ドゥムンは、金に目が眩んだ自分を悔やんだ。妻さえも殺してしまうほど金儲けだけに人生を消費してきた自分は獣なのではないかと、怒りがこみ上げてきた。金が単なる紙のように思えた。自分の財産をすべてかき集め、すべて火にでもくべてしまいたかった。彼は生まれてはじめて死ぬことを考えた。死ねばすべてのものは消滅してしまうのだということが胸を打った。彼は突然事務室に残っているファン・オッペに電話をかけた。

「早く地下まで降りてこいよ」

ファン・オッペはすぐにエレベーターに乗り、降りてきた。ソン・ドゥムンはファン・オッペの前に座り、さっきくれてやった五〇〇〇万ウォンの小切手を取り返し、代わりに一億ウォン小切手三枚を用意した。

「三枚用意したから、これを思ったように使ってくれ」

「三億も？」

「どうした、足りないか？」

「これはだめだ」

ファン・オッペが小切手二枚を返した。

「何なんだ、お前。俺の財産がどれくらいあるのかわかってるのか？　お前のようなやつが一〇〇人いたって死ぬまでに使いきれないほどの金だ。だから生意気なことなんてせずに、早く全部持って消えろ。その代わりさっきした約束は必ず守れよ。もう二度と来ないってこと、わかったか？」

「ああ、わかってるさ。実際、俺だって人間なのに、最後まで獣のようなことばかりして」

「その金はお前のだから、お前の好きなように使ってもいいが、今回にはその二枚で家を用意して残りの一枚だけで商売してみろ。それでダメでも家は残るんだからな。体を休める家さえあれば、食べる分はどうとだってなるんだるからな」

「わかった、わかった。肝に銘じるよ、心配するな」

小切手三枚すべてをまとめてポケットに入れたファン・オッペが立ち去ると、ソン・ドゥムンは一人で浴びるほど酒を呑んだ。考えれば考えるほど、過ぎ去った歳月は険しく大変だった。

報賞金を握りしめたままソウルへ来た彼は、その金をそっくりそのまま銀行に預け、工事現場に飛び込んだ。隠し金があると思うと、少々荒っぽい仕事であろうとその分体には力が湧いてきた。口過ぎさえ何とかできれば蓄えはおのずから増えるだろうからだ。そのように一、二年が過ぎて工事現場でも顔役のようになると、銭票を担保にして金を貸し始めた。刃物で刺されそうになることも多いほど、危険な投資を繰り返し行って金をかき集めた。妻を失ったのもその頃だった。その程度の金を集めるためなら命すら惜しまなかったソン・ドゥムンではあったが、胸中深くにはいつも一筋の糸のような傷で荒れていた。良心であった。その良心がいつでもペ・スンテを思い出させ、そのたびにソン・ドゥムンの胸は激しい痛みを感じるのだった。

一方、図らずも大金を持つことになったファン・オッペは大田に行き、まず二億三〇〇〇万ウォンで家を購入した。ソン・ドゥムンの忠告の通り、大半を不動産投資に充て、残りの金を商売の元手にするつもりであった。彼は残った金七〇〇〇万ウォンで中華料理屋を開いた。気を強く持って商売を始めてみたが、以前とは異なって何か前途が開けるように思いはじめた。商売女との関係も断ち切り、商売のみに精を出した。半年ほどが過ぎると、売り上げは急速に伸びていった。一年が過ぎると利益は倍に増えて、ファン・オッペも商売人が板に付いてきた。近隣の噂も上々となった。その頃であった。すっかり忘れていた軍隊時代の同期生の一人がフラッと訪ねてきて、理由もなく一カ月近く居候した。そして、商売の手伝いをしてくれた。雑用や、野菜の下ごしらえなどまでもしてくれるようになった。それほどまでにファン・オッペが人望を得ていた頃の、ある休日のことであった。

「疲れた体を休ませるには花札ほどいい娯楽はないな」

同期の友人が一日だけ楽しもうと、ファン・オッペを賭博場に誘った。ほかのことはすべからく経験してきたが、花札だけは知らずに過ごしてきたファン・オッペは好奇心も重なって、小銭程度の金なら酒代だと思って捨ててもいいぐらいの気持ちから、賭博場に喜んで付いていった。はじめは何千ウォンずつ、反応を見ながら賭けていたのだが、そのうち何万ウォンといった具合に賭け金の額を増やすようになった。ところがこれがどうしたことか。札に賭けた通りに金が手に入ったのだ。親になればなるで、むしろ何倍かの大金が舞い込んだ。半日で一日分の売り上げの一〇倍を超す金がふところに飛び込んでくるのだった。ファン・オッペは二日目も友人に商売を任せて賭博場に入り浸った。そしてまた大金が舞い込んできた。そんな彼が金を擦りはじめたのは三日目からであった。二日の間に手に入れた金だけでなく、一日分の売り上げすべてを失った。

常軌を逸していたせいさ。

彼は自分の失敗を悔いて翌日には賭けに神経を注いだ。ツキが悪くなれば賭け金を下げ、ツキに火がつけば賭け金を上げる。賭けのおかげか、失った金は直ちに回収できた。とんとん拍子だった。頭を使えばすぐに利益を得られるのが賭博だった。金を儲けた日は賭博仲間と連れ立って市内に繰り出してはおごってやりもした。そんなこんなで月日が流れるにつれ、商売がつまらなく思えてきたのだ。食べ物の商売なんて、どれほど汚らしく骨の折れることか。早朝に起きておかずの材料を駆け引きして買ってきては、下ごしらえして、漬けて、また器ごとに測らなければならない。小麦粉に水を注いでこねれば、いったい手がどこについているのかわからなくなるほど肩が凝る。真っ赤に火が燃えさかる竈の前で麵をゆで、ジャージャー麵一杯を売っても耳垢ほどの利益があがるだけだった。それのみか、従業員のことでイライラすることに比べれば、商売の準備や客への対応は苦労とはいえなかった。商売がうまくいっているときは辞めてしまい、客足が途切れれば居付くというのが従業員の常だった。雇うことができなくて気を揉む場合も多かったが、では客のほうはどうなのか。少しばかりサービスが雑だとか何とか、こんな店には二度と来るものかと罵るようなあくどい客層に対しては、鼻が地面に着くほどに腰を折りに折り倒さねばならないほどの低姿勢。そんな自尊心さえも傷つくような、まるで奴隷と違わない境遇のなかで得られるのがメシの種であった。そんな苦労に比べれば、気楽に部屋に座って花札だけしていれば青い紙幣が山のように積もっていくのだ。のどが乾けば飲み物を持ってきてくれ、用を足したければ容姿端麗な女性が股ぐらに尿瓶を当ててくれるような贅沢な暮らしができた。もちろん、チップは少ない額ではなかったが、賭博場で扱う金からみれば端金なので、惜しいなどと思ったことはなかった。

一週間ぐらい過ぎると、稼いだ金がなくなりはじめた。一〇日が過ぎたころからは擦る日の方が多くなった。しかし、儲けることばかり考えたせいだと思って、次からはどんなやりかたでやってやろうかといった工夫に、夜通し頭を悩ますのだった。

ファン・オッペが詐欺賭博に巻き込まれたということに気がついたのは、賭場に通い始めてから三カ月が過ぎ、食堂の保証金すら失ってしまった頃であった。しかし、すでに後には引くことなどできなくなっていた。騙されるしかなかったのだ。半年が過ぎる頃には店も手放し、借金するほどになっていた。そして一年が過ぎると、家までも失ってしまった。

死にたかった。死ぬ覚悟でもう一回だけソン・ドゥムンを訪ねようと決意した。勇気を出してソウルに出向いたファン・オッペはソン・ドゥムンの事務室の前までは行ったのだが、さすがにドアを開けて入ることはできなかった。事業に失敗したのと、賭博で擦ったのではあまりに話が違う。弁解することも、頼むこともできなかった。ソン・ドゥムンの前に出ることもできず、唯々申し訳ないといった思いだけが脳裏によぎった。引き返した。外に出てきた彼は雑貨屋で焼酎を買い、泊まるねぐらを探しに出かけた。部屋で酒を飲んだ。酒に酔ってしまうと心が緩んだ。友人を訪ねて哀願するといった生に対する欲は水泡のように消え去り、却って体が軽くなっていった。体がふわふわ漂うような感じだった。その軽い体を遠い、遠い場所へ飛ばしてしまいたくなった。ベルトをはずして洋服掛けにかけ、首をくくったが、ドンと体が床に落ちた。釘が外れたのだった。すぐさま起きて外に出た。行く当てもなく歩道を歩いた。何かが足にあたった。洋銀の器だった。小銭が道端に転がった。それを全部拾って器に入れて物乞いの前に置き直した。ゴミ――、咄嗟に彼の脳裏に救いの光がきらめいた。

ファン・オッペは自分の身をゴミのように感じた。そのゴミを道端に捨てたかった。大田に戻ったファン・オッペは毎日酒びたりで物乞いをして過ごした。歳月が流れた。そんなある日、そのゴミのような体を故郷の一人の友人が見つけて、故郷へ連れてきてくれた。

まさか飢え死にはしないだろ。

友人はファン・オッペを連れ、農夫の職を探してくれた。ファン・オッペはその労賃を貯め、小屋を立て、そして孤児院から孫も引き取った。わずか二年前のことであった。その後に遊園地ができたおかげで、あちこちの食堂で取るに足らない仕事をさせてもらっては糊口を凌いでいるところであった。

「その後、ソン・ドゥムンさんとは一回も会っていらっしゃらないんですか？」

「あいつが故郷に帰ってくるという知らせが村に届くと、私はすぐに隠れるんですよ。人間の仮面をかぶったまま、あいつに会うことなどできませんよ。それで隠れたりしていたのですが、そのたびごとにあいつは金をいくらかずつ預けておいてはまた戻っていきました」

「誰に預けるのですか？」

「村長ですよ。だが、絶対にその金に手をつけようなどとは考えていませんよ。村長が今までヤツが置いていった金をまとめておいてくれてはいるけれど、その金が自分のものだと考えたことは一度もありません」

「なぜお使いにならないのですか？」

「私だってたまには人間のようなこともしたいですよ。死ぬ日もそう遠くはないだろうけど、孫だってそばにいるのに、今は必要のないことはしないようにと決心したんですよ。あいつに爺さんらしいこともしてやらねばならんでしょ。また、その金を何に使うんですか。服を買うんですか？　暮らしぶりを少しでも整えますか？　でなければ家を新しく建てますか？　そんなことに何の意味があるっていうんです？　こんなゴミのような体なのにそんな装いを新たにして生きたって何があるっていうんですか？　後で少しでもまとまった金になれば、集落の基金にでもするか、ビョングの学費にでもしてやろうと言おうと思っています。銀行の利子だけでもそれくらいの金額は遥かに超えますからね。とにかくあいつの訪ねてきた足でも洗ってあげたいくらいなんだけど……」

「二人とも立派なかたでいらっしゃいますね」

「私はどうしようもない奴です。ゴミにもならないような人間ですから。ゴミだってゴミなりに役に立つ世の中なのに、私はゴミほどの役にも立てないのですから」

ファン・オッペの声はこの上もなく震えていた。ドンホは背を向けてカウンターのそばに置かれたテレビを見た。画面には国会議員らの顔が映っていた。ニュースでいつも見なれた場面であった。

「あの顔にはもううんざりだ！」

隅の席に座って海鮮鍋を食べていた客の一人が唾を吐くように不満をぶちまけた。

「一人ずつあいつらの顔を殴ってやれれば気もせいせいするのに。あいつらのために社会すべてがゆがむってもんだ」

気勢を上げた彼は川側に体の向きを変えた。服装からして釣り人らしかった。

「それはそうと、どうしてこんなところまで来られたんですか？」

「実は、ふた月ぐらい前にペ・スンテさんに会ったんです」

「ペ・スンテさんですか?」

「武装ゲリラの……」

「ああ、あの人がペ・スンテだったな。やっと思い出した程度だが。その人とどうして会ったのですか?」

「偶然に会ったのですが、別に理由があるわけでもないのですが、彼がぜひお二人に会いたいというのです」

「もうすっかり昔のことなのに、ここに至って、どうして会いたいのでしょう?」

「彼にすれば、かつての追憶が単に懐かしいだけなのだと思います」

「ええっ! ぞっとする思い出なんだけどな?」

「だからこそ、強い思い出になるんですよ」

ドンホはあらまし言葉を付けくわえてやった。ペ・スンテの気持ちを詳しく説明しても、つらい境遇にあるんだとか説明してみてもファン・オッペには到底理解できるはずもなかった。ドンホは訪ねてきた意向についてはそれぐらいにして、そろそろ離れることにした。とにかくソン・ドゥムンとファン・オッペの人間性を把握したことだけでも今回の旅行では大きな収穫があった。ファン・オッペともう一度会う約束をしたドンホは、彼を家まで送り届け、孫に小遣いをたんまり渡し、すぐに公州に向かう車窓の人となった。いつのまにか、稜線の上に夏の太陽が傾いていた。

4

ひと月が過ぎるとヨンジュが退院した。安らかな病室でもう少し治療を受けさせようというソンミの意向に合わせ、あと何日かは病室にいることにした。ソンミは瑞草洞（ソチョドン）の自宅からさほど遠くない大峙洞（テチドン）にこぢんまりとしたアパートを探し、ヨンジュに寛ぎの場所を用意していた。室内のインテリアを新しくし、台所も一人で暮らすのに使い勝手よく整えた。当初、ドンホは貸間を考えたのだが、ソンミはそんな夫を叱りつけるほどであった。

「ヨンジュさんを誰だと思っているんですか？　本当にあの人を道端に倒れた行き倒れとして扱うつもりなんですか？　彼女の人生や生きざまを知った上でもそんな扱いをするつもりなんですか？」

ドンホはソンミの前で膝でも折って頭を下げたい心情だった。ソンミはヨンジュと親しくなるほど、ますます夫を攻撃する立場に回ったが、ドンホはそのような攻撃を受けるたびに返って清々しい心境になった。

「療養院に入れたらどうだろうかと思ったんですけど、いっそ安心できる住居を用意したほうがいいんじゃないかと思ったの。ヨンジュさんには絶対安静が必要ですから。それに、環境だけじゃなくて、愛情も必要よ。だからこれからはあなたの役割が重要なの」

「俺にどうしろっていうんだ？」

「どうしろですって？　そんなふうに義務的に考えてはいけないわ。形式的なのは却って害になるだけよ。真心が必要なの。あなたはヨンジュさんへの対し方を考え直さなければいけないわ。あの人がどんなふうに暮らしてきたのかをちゃんと理解しなければならないでしょう。あの方は今まで犠牲ばかり払って生きてきたのではないのかしら？」

「それは本当に難しいことだね」

「難しいことなんてありませんわ。ヨンジュさんに愛情を持てばいいんですから」

「何だって？　いったい君はなんていう人なんだ？」

「私のことを偉いと思う必要はなくてよ。ちょっと見方を変えて考えればすぐに答えは出てくるはず。私はヨンジュさんに借りがあるのよ」

「君が借りがあるって？　君でなくても僕と彼女とは他人じゃないか。ミヌだって僕の子どもなんだから、誰であれ僕と結婚した女性が育てるんじゃないか？　だからむしろ君はあの子を育てるのに苦労ばかりしてきたんじゃないか？」

「どうしてそんなふうにばかり考えるのかしら。ヨンジュさんの立場から考えなくちゃ。あなたはヨンジュさんを他人といったけど、あの人の心のなかはただただあなただけだったのよ。だからどんな女性であれ、あなたの妻となった人はヨンジュさんに傷を与えたでしょう。その張本人がまさに私なのよ。だから、私は無限責任を負うほかはないじゃないですか。ヨンジュさんの恨みを避けることはできないのよ」

「素直に考えれば、それは運命であって何をどのようすればいいんだ」

「運命というのではなく、あの方に対する私の負い目のことを言っているのよ」

「君はほんとうに優しいというのが欠点だな」

「優しいとかいう話ではなくて、道理ってのを考えただけだわ。実は、あの方は人生を犠牲にして生きてこられた人だから、私も余計に負担を感じるのかもしれません。それで今からでも遅くないから あの方の身になって考えて行動しようと思ったのよ。だからその配慮こそが私のやりがいといえるか もしれないわ。考えてみてくださいな。あの方に関心を払わないことが私にとって良いことなのかし ら？　あなたやうちの家庭のためにも私が利己的なほうが得じゃないかしら？」

ドンホは言い返す言葉もなかった。ソンミが恐ろしいとさえ思った。非常に冷たい冷気さえ感じら れた。かつて母から感じたような、そんなさみしい感情であった。

「君は女じゃないな。本当に冷たい石ころだ。ほんとうに気味が悪いよ」

ドンホは笑みを浮かべた。ソンミはいったいどんな女なのか？　ドンホは正直、この間、ソンミの 人格を過少評価してきた自らの意識を恥じ入った。彼女の学歴や家庭環境などが気になっていたとい うのが正直なところじゃないのか？

「あの方に対してもう一つ後悔したことがあります。お義母さんのお葬式のとき、出席してもっと積 極的に関わったていたなら、ヨンジュさんが家を出ていくようなことはなかったでしょう。あのとき 私は出席したかったの。たとえ式は挙げてなくても、嫁の役割を放棄したくはありませんでしたから。 もちろん、あなたはヨンジュさんが私に嫉妬するのではないかと思って連れて行かなかったことはよ くわかっています。私もヨンジュさんの気持ちに傷を与えるんじゃないかと思って素直に従いました し。だけど、その結果がむしろヨンジュさんを一生不幸にさせたのではないかしら」

「俺を恨んでいるな」

「そうね」

「だとするなら、君が今まで話したことは、とどのつまり俺を叱る話だったんだな」

「あの方が家出するように放置した過ちを償いなさいってことですよ」

ドンホはまた閉口した。ソンミは今、ドンホの行動よりも彼の心理を叱りつけているのだった。ヨンジュが自分から出て行くようにさしむけた、その非道な狡さに対する罰。ドンホは実際、ヨンジュが自分から出て行くよう仕向けたのかどうかもわからない。ヨンジュにとって母は彼女を守り、注文津の家に留まれる最後の砦であったから、母が亡くなればヨンジュが家に留まる理由はなくなったのであった。

母が亡くなったのはソンミと同居しはじめて三カ月が過ぎた春のことであった。そのとき、ドンホはちょうどソウルに出張中だったので、注文津の家ではヨンジュ一人が臨終を看取らねばならなかったのだった。ヨンジュには耐えられない時間だった。カーテンが閉められた居間には母の呟き込む声が重い静寂を時折揺さぶるだけで、母の日頃の生活の空間であったその部屋は深い海のなかのように暗く静かだった。多くの歳月を寂しく一人で過ごし身を削ってきた母、彼女が死を目前にしてヨンジュを呼んだのはまもなく夜が明けるころだった。臨終を見届けようと部屋の隅に座ってウトウトしていたヨンジュの耳に聞いたことのある声が聞こえた。

「そばに来て」

すばやく目を開けたヨンジュが寝床の枕元近くに来ると、母はヨンジュの手の甲を撫で、頭に挿した簪を取って彼女の手に握らせた。

「ヨンジュ、私にはもうこの簪しかないの。いつか嫁にこの簪を譲りたいと思ってたんだけど、ドンホは私のものではないしね。それだからドンホを思うようにはできないのよ」

「お義母さん……」

簪を受け取ったヨンジュは話し続けることができず、涙を流すだけであった。この世に残っている唯一の保護者が今、まさに死を間近にしている。父母兄弟の一人すらいない身を肉親のように扱ってくれた母の死を前にして遺品のような簪を受け取ると、ヨンジュは今更ながらに襲ってくる孤独と恐怖を感じひとりでに泣きだしてしまった。真っ暗な壁に閉じ込められた自分の姿を思い浮かべ、もう一度「お義母さん」と言葉をかけたが、すでに死出の旅に出た母の口からは何の反応もなかった。簪を抜くのに力を使ったのか、母の体は微動だにしなかった。ヨンジュは続けて肩をゆさぶり、母を呼んでみた。そんなふうに母の体を揺さぶり、慟哭し続けて何分かが過ぎたのち、母の口が微かに開いた。ヨンジュはすばやく口元に耳を近付けた。だが、何も聞こえてはこなかった。そして、母の口はついに閉じられることはなかった。

ヨンジュは泣きやんで自分の手のひらにおかれた薄緑色の玉簪をぼんやりと眺めていた。母の姿がその簪に波打つように揺らめいた。うちの嫁――、母のそんな言葉だけが聞こえてくるようだった。その声を感じた瞬間、ヨンジュの体に力が戻ってきた。このときからヨンジュは、自分はこの母の嫁なのだと、胸のなかに確実に刻みつけたのだった。

ドンホは母が息を引き取った日の夕刻近くに家に到着した。警備電話を通じて連絡を受けた彼はいてもたってもいられない気持ちでソウルからタクシーを飛ばして舗装もされていない道路をかけつけた。喪家は喪主の帰宅で葬礼の準備が順調に進められたが、その葬儀準備の場でもヨンジュは後方に追いやられたまま、ただ親族らの表情を窺っているだけであった。唯一の頼りであるドンホもまたヨンジュを顧みることすらせず、親族の女性たちだけと一切の差配を相談していた。

「私も喪服を着たいんです」

ヨンジュは涙を浮かべて嫁の席を守ろうとしたが、ドンホはそんな言葉が聞こえたふりさえもしなかった。彼女は喪服を着ることが嫁と認められる公式的な手続だと感じていたが、そのようなヨンジュをドンホはとても冷たい声で叱りつけた。

「勘違いするな。お前は赤の他人だ」

その言葉を聞いた瞬間、ヨンジュの体はわなわなと震えた。外に飛び出した彼女は月の光に照らされた海辺を彷徨いながら、夜通し泣いて、明け方になってからようやく戻ってきた。

「私が喪服を着たいというのはお母さんのためです。お母さんは私を嫁だと思ってくれていました。だけど、ドンホさんが他の女性と結婚しても恨めしくなんて思っていません。それなのにそんな資格もないなんて」

「そうか、資格だとか何だとか、そんなこと考えることからやめろってことだ。俺のことなんか考えないで、はやくいい男と出会って幸せを掴むんだ。それに離れは母さんがヨンジュの持ち分として譲ったものなんだから、その賃料だけでもゆっくり暮らせるさ」

その日の夜が明ける前にヨンジュは何も持たずに家を出ていってしまった。それが最後の別れであった。その後三十数年の間、ヨンジュはどのように生きてきたのか、ドンホはその事情が気になったが、手帳に書かれたメモを見ればある程度察することはできた。一日中トウモロコシをとって、トウモロコシ二〇個がとれたというメモからすれば、江原道の内陸地方に流れていったようでもあり、献金の金を盗んで、物乞いたちにわけてやったという箇所からはある教会で過ごしていたこともあるらしく、また、江陵にある食堂で仕事をはじめたというメモからは、再度東海岸に戻り、ここ津里浦までやってきたのではないかとも思えた。そして仏さまの前で踊りを踊ったという記述からは、ある寺に世話になっていたこともあったのだと、ドンホは何よりその内容が気になっていた。

第五章　踊りと祭儀

1

雨水でじっとり濡れたアパートの廊下を歩いてきたドンホは、五〇三号室のドアをノックした。あらかじめ電話をかけておいたので、すぐにドアは開いた。ヨンジュの顔は退院したころよりも明るく見えた。身なりもこざっぱりしたようにみえた。服装もしゃれて見えた。ソンミがデパートで買い揃えた洋服であった。ヨンジュが退院するとソンミは彼女を連れ、外出服から普段着までの衣類一切を体型に合わせてそろえてやったのだ。ヨンジュは服装だけでなく化粧も垢抜けようにみえたが、それもソンミがしばしば化粧のやり方を教えてやった結果であった。

「素敵だね」

居間の真ん中に立ちヨンジュの姿を見つめていたドンホは、ソファーに座ってからやや大袈裟に振る舞った。そんな誉め言葉がぎこちない雰囲気を和らげてくれたのか、ヨンジュは「どうしてお姉さんと一緒に来なかったの」とようやく口を開いた。家を出るときに、ソンミが私が一人で行くとあらかじめ電話をかけてくれていたのだから当たり前のことなのだが、そんなことを尋ねるのはソンミに対する気恥ずかしさのせいではないかと思った。それほど細かなことにまで気を遣えるところをみると、ヨンジュの精神状態は完全に元に戻ったに違いなかった。

ヨンジュがコーヒーを入れているあいだ、ドンホは窓の外を眺めていた。いつのまにか庭木の葉が生い茂っていた。そういえば、ヨンジュはこの間一度もミヌの名を口に出さなかった。ミヌに会いたいという気持ちは募るばかりではあったが一生懸命こらえているようであった。ソンミははやく母子(おやこ)の名乗りをあげさせようとしていたが、ヨンジュの健康が良くなるのを待って我慢していたのであった。

「妹のお前と二人でいると注文津(チュムンジン)の家でのことが浮かんでくるな。お前がいたときは活気があった家のなかも、いなくなっていまうと空き家同然のようになったもんだ」

「いつ注文津の家に引っ越したのですか？」

「お前が家を出ていってから半年くらいが経ったころだ。僕は以前から家にもどって暮らしたかったんだが、ソンミが引き留めてたんだ。お前が気兼ねなく戻ってこれるようにといって、借家暮らしにこだわったのさ。ソンミの深い気配りは僕もなかなか理解できなかった。引っ越した後にもお前が使っていたものは一つだって捨てず全部保管しておいたのさ。服や布団もきちんとたたんで化粧品や細々した装身具の一つだって捨てずにとっておいた。お前の写真が入れてある写真立てもそのまま壁にかけておくというふうにな」

事実だった。ドンホが、ヨンジュに呵責などを感じる理由なんてないんだと説得しても、ソンミは呵責ではないと反論した。当然のことですよ。ミヌは誰が産んでくれたんですか。しかもヨンジュさんは保護される立場ではないのですか？　ソンミはそんな言葉でドンホを責めた。ソンミがそう言い張るほど、ドンホはまだ家の其処此処に染み込んでいるヨンジュの匂いがより心苦しく思われた。ヨンジュと関係を持った居間の向かいの部屋などは、壁紙すべてがヨンジュの皮膚のように感じられるほどだった。

ヨンジュの匂いは腰を下ろした座布団にまで染みこんでいた。ソンミは座布団の端をなでながら、手並みがすばらしいわと母の針仕事をほめたが、ドンホにとってその言葉は負担以外の何ものでもなかったのであった。母がつくったのではなく、まさにヨンジュがつくったものだったからだ。座布団だけではなかった。服や布団にいたるまでヨンジュの手が通っていないものはなかった。ヨンジュは気立てと同じようにきめ細やかな針仕事をする女だった。ドンホが学生だったころ、ヨンジュからこんな手紙が送られてきたこともあった。

……お母さんのチョゴリを作っていたのだけど、針が指に刺さってしまいました。刺し傷から血が出ているのもしらずに針仕事に没頭していたんだけど、服に血がついたので舌でなめてくれました。私の狂った血がついてはいけないのに。真っ白い服を私の汚い血で汚してはいけないのに。服をもう一度仕立てることもできず。とても不作法な血です。

かわいそうな女……。

ドンホはヨンジュが俯いている様子を見て「妹よ」と親しみを込めて呼んでみた。

するとヨンジュは驚いた目でドンホを見た。ドンホが呼ぶたびに驚くといった姿は昔も今も変わらなかった。その驚いた姿が痛ましかった。今からでも遅くはない、ドンホはヨンジュが自分を恐れないように、自分より高い位置に置いておきたかった。

「これから僕はヨンジュのしもべになるよ。手や、足だって拭いてやる下僕になるんだ」

「そんなこと言わないで。そんなことをもう一回言ったら、兄さんのそばからいなくなるから。いっそ死んでしまうとか。私、どうして兄さんを探しにソウルなんかに来たんだろう。なぜそんなことをしてしまったのか、本当にわからないんです。私の欲のために兄さんが一生苦しい思いをして暮らすことになるんですから。ミヌのことだって、愛情のない女から生まれた子どもじゃないですか？」

「苦しいだって？　子どもに何てことを言ってるんだ。ミヌはとてもまっすぐに育ってくれた。事の道理もよくわかっているし、優しい孝行息子だ。僕にもよくしてくれるが、母親にはもっと優しい子だ。相談したいことがあればまず母親に、そのほかのどんな場合だってすぐ母親の肩を持つ。その上、外食することがあっても母親だけを呼ぶのさ。僕はそんな姿がとてもうれしい。小さなときから母親と打ち解けられるよう努力してきたが、僕の判断は正しかったと思っている。僕とは距離ができてもいいが、母親と心が通じ合うのを心底から願っていたよ」

「よく育ててくれました。だからあの子に私の話なんかしてはいけない。あの子の気持ちを揺さぶってはいけないの。私には親の資格なんかないんですから、このまま隠しておくのがミヌのためにもいいことなんです」

「お前が本当の母親だということはもう知ってるよ」

「えっ？」

「中学の時から知っている。夏休みなんかのときに田舎に遊びに行って、偶然に聞いてしまったんだ」

「それでは口げんかになったんでしょうね？」

「口げんかどころか、むしろ事実がわかってよかったようだ。もっとよい子になったよ」

「遠からずソウルを離れます。お姉さんと兄さんの誠意がとてもありがたくてこんなに贅沢をしているけど、私にはこの暮らしは居心地がわるくて。お二人に申し訳ないのではなくて、正直に言えば、贅沢な暮らしは私の性にあわないのです。数十年間そうしてきたようにフワフワと飛び回っていたいのです。兄さんは私をかわいそうだと思ったかもしれないけど、山や野原を友として流れさまようのも楽しかったのよ。ペ・スンテさんに会わなかったとしても、一生、フフッっと生きてきたでしょう。他人は私に対して開いた口がふさがらないとからかいましたけど。いつも笑って過ごしていたから」

「ペ・スンテと出会ったのは一九九六年頃だったよな」

「そんなこと忘れたわ」

ヨンジュが顔をしかめた。ドンホが尋ねるといったかたちで話を誘導すると、やっと表情を明るくして、再度口を開いてくれた。ペ・スンテとの生活の様子は事細かく覚えていて、その頃の想い出を思い出すことも満更ではないような顔つきだった。

「そこでもよくお皿を割ったんだけど、あの人は怒らずに見守っていてくれたわ。お皿を割ったのが申し訳なくて月給から差し引いてくれと言ったのに、笑みを浮かべて私の手を取ってくれた」

「ペ・スンテと一緒に過ごしてからは気持ちも落ちついただろう？」

「心はいつもふわふわ浮ついていたけど、頼りにしていたのは事実。村の人たちはペ・スンテさんを頑固な人だと隠れてヒソヒソと言ってたけど、私と会うときは優しくて繊細な人だった。いつのことだったか、迷子の子どもを鏡浦台(キョンボデ)まで背負ってやったことがあったんだけど、両親がお礼をしようとしても受け取らないで、逆に子どもにお菓子を買ってやったりしてたわ。あの人は小さな子どもが本当に好きだったの。狭い路地で子どもたちにバッタリ出会ったときなんかには、話しかけたり、おやつを買ってやったりしてた。だから、子どもたちもすぐになついてね」

「子どもたちと戦争ごっこしたくてそうしたのかもしれないだろう」

「えっ？　戦争ごっこですって？」

「いや、何でもない。あまりにも有名な殺し屋だったから適当に言ってみただけさ」

「殺し屋ですって？」

「武装ゲリラだったんだから殺し屋だろ」

「兄さんはおもしろいこと言うわね」

「スンテ氏の話が出たから、つい調子に乗ってしまったようだな」

ドンホは額に冷や汗をかくのを感じた。もう少しでペ・スンテと会ったことがばれるところだった。

ヨンジュはドンホの失言に気づかなかったかのように笑みを浮かべたまま話を続けた。

「あの人は料理の手並みもすばらしかったわ。ある日のことよ、刺身屋は休みだから退屈だろうとか言って、倉庫に連れていかれたの。そしたら、倉庫にはプルコギと活きのいい刺身がたくさん準備されていたの。あの人が一人で用意したものだったわ。キムチやおかずなんかも用意してあったし。あの人はお金にもあまり欲がなかった。誰かと親しく付き合うこともなく、いつも誰かを待っているかのような感じで大人しく見えたものよ。あの人は私と話すのがとても好きだったみたい。私と話をはじめれば、時間が経つのも忘れていたようよ」

「それほどに君を頼りにしていたんだよ。それほどに君を愛して」

「そんな話は聞きたくないわ。私のためだという人が、手を挙げます？」

「手を挙げるっていうのは良くはないが……何か理由があったんだろう」

事実、ドンホはその理由が気になっていた。明らかに何か理由があったから手を挙げたのだ。

「ひょっとしてお前も知らないうちに何か失敗をしたのじゃないのか？　口から出た災いか、行動か？」

「お酒をあまり飲まないでと酒瓶を奪い取ったことしかないわ。そのたびに怒って手を挙げたけど……」

「怒りながら話してたことはないのか？　癖のようにする話とかさ」

「別になかったわ」

「お前は彼がなぜ急に変わったと思うんだ？」

「なぜかなんてわからないわ」

即座にヨンジュの表情が堅くなった。どうやら思い当たるふしがあるようだが、とても口に出せるものではないからこらえているに違いない。ドンホは彼女の沈黙のなかに隠された秘密が気になって仕方がなかった。今でもヨンジュを懐かしがっているペ・スンテが急に暴力をふるうようになったというのだから、それ相応の理由があるはずだ。それにヨンジュが自分を探しにソウルに来たことからしても彼女に何か突然の心境の変化があったのだろうとも考えた。

「君が家を出ていったあとからペ・スンテに出会うまでが至極気になってさ。ほとんど半生じゃないか。食堂の従業員として暮らしていたあいだもいろいろとあったはずだろ」

　ドンホの誘導にもかかわらず、ヨンジュはずっと口を閉ざし、ようやく落ち着いた先すべてで皿を割ったという話だけを繰り返した。

「私の手には何かがついているようなのよ」

「それでもお前のことを理解して大事にしてくれた主人もいたんじゃないのか？」

「束草（ソクチョ）で暮らしていたときは、ほんとうに贅沢をしたわ。ご主人夫婦が私を家族のように大事にしてくれたのよ。一度は冷蔵庫をゴミ箱と間違えて、なかに生ゴミを捨てようとしてしまったんだけど、怒るどころか、山寺で療養するようにと気を遣ってくれたりしたの」

「療養？」

「奥さんが通っているお寺だった。それでそのお寺でもまた失敗をしたのよ。仏さまの前で……」

　夜更けに寺の本殿にこっそり隠れていたヨンジュは、ひとしきり仏像を撫でていたのを止めて、調子に乗って踊りはじめてしまった。自分が考案した振り付けに陶酔した彼女の踊りはますます架橋に入り、挙げ句の果てにはお堂をひっかき荒らして体を宙に投げてしまった。

「宙に浮いたような感じだったわ」

「踊っていて？」

「ええ」

「それで？　のどが渇いたのか？」

「刃物、刃物、刃物……」

　ヨンジュの口から突拍子もない単語が飛び出した。

「刃物だって？」

「切ってはまた切って。毎日毎日、刃物で切るおもしろさが私を奈落から救ってくれたんです」

ヨンジュの刃物に切られて痛みに苦しめられるドンホ、そのような状態に陥るほど、ヨンジュはいつもドンホを刃物で傷つけ、まるで自慰を楽しむかのようにその痛みを想像して興奮していたのだった。それ故、刃物で切るという想像を現実に転移させるために踊ったというのが事の真相のようだった。したがって、それは一種の祭儀に違いなかった。

「さぁ、今すぐ切ってみてくれ」

ドンホはネクタイ姿のまま胸を差し出した。本気だった。本当にヨンジュの刃物に喜んで切られたかったのだ。

「兄さん！」

ヨンジュの唇がわなわなと震えた。そしてすぐに目を閉じた。ヨンジュは胸につっかえていた何かがすっと取れた心地がした。視野を遮っていたモヤモヤした霧が晴れて広い野原が現れたような感じだった。遠い、遠い昔に行ったことがあるような野原だった。彼女はその野原で花に触れたりして、野原を横切ってせせらぎの近くで小石を触ったりしたようだ。亡くなった父親の顔も心に浮かんだ。父が囁くように語りかけてきた。ヨンジュ、おまえは草の葉っぱになりなさい。おまえは風になれ、月の光になれ。

突然、ヨンジュの体がソファーの肘掛けに倒れ込んだ。ドンホはヨンジュの首を腕で支えたまま抱き起こして声を張り上げた。

「ヨンジュ、ヨンジュ！」

ようやくにしてヨンジュの目が開いた。

「少し、目眩がしたようだわ」

ヨンジュはドンホの懐に抱かれたまま囁くようにつぶやいた。ドンホが病院に行こうというと、彼女は顔をドンホの胸に埋めて喉を詰まらせたような声で言った。

「私は悪魔を産みたかった」

ドンホはしばらくヨンジュの言葉の意味を考えていたが、その後、首を縦に振った。いつかヨンジュから聞かされた話だった。ドンホはヨンジュを抱いてベッドにゆっくり横たわらせてから、居間に戻り煙草をふかした。


ヨンジュがミヌを妊娠した年の夏のことだった。警察官となったあと、ヨンジュとの関係を一切断っていたドンホは、その年の夏の休暇にヨンジュと体を重ねたことがあった。江陵（カンヌン）の親戚の家から通勤していた彼は注文津の家で五日ほどの休暇を過ごしていたが、休暇初日の夜、いつになく梅雨時の雨が激しく降った夜だった。ちょうど母は外出中でヨンジュとたった二人だけが残されることになったので、夜になると家の中はより一層静まり返っていた。ドンホが一人、居間でラジオを聞いていたときだった。台所仕事を終えたヨンジュが部屋に酒の支度をしてくれた。ドンホはだしぬけのもてなしがぎこちなかったのだが、酒の膳を拒むわけにはいかなかった。それにちょうど酒が飲みたいところだった。部屋の隅で物寂しく座っているヨンジュに盃を差し出した。ヨンジュは普段あまり酒が飲めるほうではなかったが、遠慮なく盃を受け取った。そしてドンホが勧める酒を飲んでそばにくっついて座り、ドンホの盃にも酒を注いだ。普段のヨンジュからは考えられない、はじめて見る行動だった。ヨンジュのはちきれんばかりの若い体には、長い間孤独にすごしていて、ドンホと二人っきり、しかも夕立が降りしきる夏の夜に寄り添って座っていると情念が爆発するような状態になった。

ドンホはヨンジュのそんな唐突な行動に戸惑いながらも一方で可愛くもあった。情念を抑えるのにどれほど苦心したことか。彼はヨンジュにもう一杯酒を注いでやった。固辞もせず酒を受け取り飲むヨンジュは、今度は二本の両脚をテーブルの下に伸ばし、そしてドンホの肩に頭を乗せて寄りかかった。彼女の温かい体温とスカートの隙間から見える内腿がドンホの股間をふくらませた。酒のテーブルを押しはらったドンホがヨンジュを抱きしめて唇を重ねると彼女の胸は溢れんばかりに沸きたった。ドンホはズボンを脱ぎ、ヨンジュの服を脱がし始めた。ヨンジュの口からはあえぎ声が溢れ、窓の外では大雨が暗闇を破っていた。ドンホの体が深く入り込むほどヨンジュの口からは断末魔のごとき悲鳴が溢れだした。

「私を捨てないで」

ドンホはその言葉に鳥肌が立った。体を引き離すが早いかというぐらい素早く服を取って着た。

「そんなこと、二度と言うんじゃない。そんなことをいうからお前とは一緒にいたくないんだ。だからこんな家に来るのもいやなんだ」

ヨンジュは家に来るのがいやだという、ドンホの言葉が怖ろしくてすぐに「はい」と答えた。ドンホの足音を待って生きてきた長い、長い歳月がどれほど孤独で寂しかったか。

「ヨンジュ、俺はヨンジュが可哀想でたまらないんだ。ヨンジュが可哀想だから抱くんだ。だからそういう話はするな」

ヨンジュはドンホの腕の中に抱かれたまま頷いた。そしていきなりこんな言葉を吐いた。

「もし、私が身ごもったならば悪魔を産みたい」

その言葉が暗示していたかのように、その日から六カ月がすぎてある日、母からヨンジュが妊娠したということを聞くことになったのだった。

2

妊娠したことがわかるとドンホはヨンジュよりも母に対し恨めしく思った。妊娠六カ月になるまでわからなかったとは。もしかしてわかっていながらわからないようにしていたのではないかという疑いさえ抱いた。母はヨンジュが徹底的に隠していたせいでわからなかったのだと答えた。

「すぐに堕ろさせます」

ドンホの声は断固としていた。その声にはヨンジュに肩入れしながら暮らしてきた母に対する不満も混じっていた。

「六カ月を過ぎてるんだから堕ろすことはできないよ」

「今ならいくらでも手術できるんじゃないのか?」

「あの子のお腹を一度でいいから触ってみなさい。もうすでに赤ん坊が動いているのよ。そんな生きている命を……」

「それじゃあ、子どもを産ませるってのかい?」

「しょうがないじゃないか、運命を受け入れるしか」

「子どもが産まれれば孫として受け入れるっていうことですね。それほどまでに僕のことが憎いんですね。僕の運命のほうはどんなふうになってもかまわないってことでしょ？」

「母親のせいだっていうのかい？　お前がしでかしたことを横に置いて、どうして母親だけのせいにするんだい」

「母さんは怖ろしくはないのですか？　子どもが産まれる瞬間に私の人生が音を立てて崩れていくことはよくわかっているでしょう。息子の不幸よりもヨンジュの健康の方を大事に思っているんですよね。そうでしょ？　孫も早く抱きたいんでしょ」

ドンホは母の顔をじっと見つめた。自分の母ではないようであった。体温のない、とてつもなく冷たい幻影のようにみえた。

「私が孫がほしいという欲を張る老人に見えるのかい？　お前の眼には母さんがそんな女に見えるのかい？」

「母さんは一体どんな人間になりたいのですか？　なぜたった一人の息子を嫌うんですか？」

「お前を愛しているから」

「それは言い訳にしかなりませんよ。母さんは現実というものを知らないんです。どうして、具体的な現実ってのがわからないんですか？」

「具体的な現実ってのがなんなのかはわからないけど、お前はあるべき現実を知らずにいるのさ」

「あるべき現実だって？　じゃあ、ヨンジュと一緒に生きていけってことですか？　感情とは裏腹に生きていけってことですか？　そういうのを不幸っていうんですよ」

「ドンホ、怒ってばかりいないで、冷静に考えてみようじゃないか。ヨンジュはよく見守ってさえやれば、いい奥さんになるさ。もう一度考え直してみてはくれないか？　路上でさまよっていた昔のあの子、そんな先入観のみに囚われずにちょっとは前向きに判断してみろってことだよ」

「母さんは息子をそんなふうに無視するんですか？　僕はそのレベルの人間なんですよ」

「何も無理強いするってんじゃない。お前の責任を問うているわけでもない。またお前が道徳君子になってほしいという母でもない。じゃなくて、かたくなに行動するんじゃなくて良い解決策を探してみようよということなんだよ」

「解決策は簡単なことですよ。子どもを堕ろせば済むことです」

「不幸なヨンジュにこれ以上残酷なことはできないじゃないか」

「ほら、母さんの本心が出て来ましたよ。今回のことだけは残酷というのが何よりの徳目ですよ。正直、僕もヨンジュに同情心を感じたから、こんな失敗を犯したんです」

「何だって？　あの子を犯したことが同情だっていうのかい？　なんて子なの。お前、学生時代からヨンジュと関係していたって？　そんなことをしておいて、同情だって？　お前はなぜそんなにも自分勝手なの？　あんた、父親にそっくりだわ。父さんのような人間にはなってほしくなかったのに」

　母はふぅーっとため息をついた。いつのまにか母の目の周りが赤くなっていた。日頃から父に対して不満を抱いていたことは事実であったが、それほどまでにわだかまりがあったとは知らなかった。ドンホはこれまで母の気持ちを理解できていなかった親不孝に対し申し訳ないと思った。しかし、この事態をどうするというのか。子どもさえ堕ろすことができるならば、父のような人間だろうと、百回だって千回だってなってもいいというのが正直なところであった。

　数日が過ぎたのちに、ドンホは母にこっそりとヨンジュと外出したいと言った。

「ヨンジュと行ってみたいところあるんだ」

それは口実だった。何も知らないまま付いてきたヨンジュはドンホとの外出をひたすら楽しんでいるだけだった。ところが、行き先は海辺や景色のきれいな場所などではなく、市内中心部にある病院だった。白いガウンを着た医者の前に連れていかれたヨンジュは不吉な予感がした。それで何とかして逃げる方法はないかと躍起になった。

ついに逃げ場を見つけた。ドンホが医者と相談しているあいだに、彼女はこっそりと出口を開けて出ていき、路地をがむしゃらに走った。どこをどんなふうに走ったのかなどまったく判らなかったが、その眼に、これが腹の中の赤ん坊の生命線であるということはありありと見て取れた。

「どこにいったか、まだわからないのかい？」

母の怒りは天をも貫いた。どんな代価を払ってでもヨンジュの行方を探すべきだというのが母の極めて厳しい言い分であった。ヨンジュを探しださなければ、どんな結び目だろうと解くことはないといった。ヨンジュの捜索を放棄することはどんな代替案を出そうとも許されなかった。無条件に探さねばならなかった。母は親子の縁を切ろうがヨンジュの捜索は放棄できないと厳しく言い放った。

「どうしてこんなことをいうのかわかるだろ？　ヨンジュは不憫な子なんだから。ほかのことはすべてくだらない話に過ぎないのよ。もう話すこともないでしょ？　あの子を探しにいく、これ以外の方法はないってこと、肝に銘じてわかっただろ？」

ドンホは業務の合間に江陵周辺一帯を虱潰しに探しまわった。家出の届けから行方不明捜索に至るまで、同僚たちの協力も拒まなかった。そうこうしているうちに、ヨンジュを探す意味もわかるようになってきた。自分の人生が崩壊するにしてもヨンジュを探さなければならないという義務感。すでに彼はヨンジュを探すことにある種の面白みさえ感じるようになっていた。

ドンホがヨンジュの隠れ家を探しだしたのは、捜索をはじめてから一カ月をゆうに越えていた頃であった。「灯台もと暗し」とはよくいったもので、ヨンジュは警察業務と関係する婦女保護所にいた。そこを探すのは基本的常識であったが、ヨンジュがそんなところを訪ねていくとは考えておらず、せいぜい他人の家の家政婦や食堂の従業員などといったことしか考えが及ばなかったのだ。もっとも最初は家政婦をしていたが、妊婦だとわかった雇い主が婦女保護所に連れてきたということではあったが。

「大変なことになるところだった。そんなとこで子どもを産んだら十中八九売られてしまうんだから」

「ところで、母さん……」

ドンホは母の気持ちが落ち着いてから、なぜそれほどにヨンジュに親身になるのか静かに訊いてみた。しかし、母は返事を飲み込んだままドンホの手を握るだけだった。生まれてはじめて出会った母の愛情深い表現であった。愛情をそのような形で表す母は、その代わりに父についての話を語ってくれた。これまで自分の息子に父の醜態を聞かせられなかったのだ。

母は娘時代にヨンジュのように強姦されたことがあった。そのとき母は「ド」姓を持つある小作農の男性と結婚の約束をしていたのだが、母を強姦した加害者は祖父が下働きをしていた小役人の息子であり、結局、その息子と結婚することになった。しかし、そのことについて母は自分の夫を恨むことはなかった。それ以後のことがより母を失望させたのだった。

母が父と結婚した年は、日本の植民地支配がより一層の猛威を奮っていたときであった。地主の息子であった父は当然、親日にならざるをえなかったのだが、そうしている間に解放が訪れた。解放後、体をすぼめて過ごさざるを得なかった父にとっては、朝鮮戦争は再起を図る機会となった。失った国土を収復すると、父はいち早く反共の旗印を掲げて生贄を出すことを思いつき、そして母と結婚の約束をしていたド某氏がまさにその生贄となったのである。父は再起の機会を狙うために、ド氏が叛逆を企んでいるという事実をでっち上げて功を挙げ、地域のなかで権勢を奮うようになり、のちには国会議員に出馬するまでになった。もちろん、その後、落ちぶれてしまったのだが、母はこれまで無念のままに死んでしまったド氏への罪悪感に苛まれながら時を過ごしてきたのだった。

「お前が嫌なら家に来なくてもいい」

ヨンジュを探しだせたせいなのか、母の口からは久しぶりに余裕のある言葉が出た。ドンホはそうでなくとも警察署近くの旅館や宿直室で寝泊まりしようと考えていたが、どのようにヨンジュと対したらいいのかもわからず、面と向かえば気が咎めるばかりだった。それに、健全な男が心を病んだ女を孕ませたなどという、嘲りの噂があちこちで囁かれていたようであった。

その後、ドンホが注文津の家にちょくちょく立ち寄りだしたのは、母の具合が悪くなってからだった。そのときはソンミと同棲中であり、ヨンジュが産んだ子もすでに二歳になっていた。ドンホはひと月に二、三度ほど家に立ち寄ったが、母にあまり会いに来られないという罪悪感で胸が締め付けられはするものの、ヨンジュのせいなんだという言い訳で自らを慰めていた。ミヌを抱いているヨンジュを見れば否応なく「ミヌの母」だと認めるしかなく、そしてそんな気持ちに鳥肌を立てていた。ヨンジュの体から生まれた子どもと考えるたびに、ミヌがあたかも普通の子どもとは違うように見えるのだった。

「最近の時局は騒々しいのかい？」

久しぶりに家に立ち寄ったドンホの手を握り、母が心配そうな表情を浮かべた。母の病状は常に寝たきり状態でいなければならないほど悪化していた。

「共産ゲリラの出没が徐々に激しくなっているんです。死傷者も続出していて……」

「それほどに大きな事件を過少報道するなんて、なんてこと」

「当初は数名にもならないだろうと誤った判断をしていたのが失敗でした。実際、数字だけでも数十名を超えているんです。こっちの方でも軍人と予備軍を含め、多くの被害が出ているんですが、報道統制が行われているんです」

「業務なんだからしょうがないだろうけど、普段から気をつけるのよ」

母の皺だらけの手がドンホの頬を撫でた。ドンホの声は震えていた。

「母さん、最近の僕は幸福感を感じています。でも、たびたび寂しくなることもあるんです。その理由が何だかわかりますか？　……母さんが可哀想で、ミヌが可哀想で、そしてヨンジュが可哀想だからなんです」

「何かいいことがあったってことなんだね」

「すばらしい女性に出会いました」

ドンホは母の手をとり、ソンミとの一部始終を打ち明けた。息子の告白をすべて聞き終えた母は静かに目を閉じた。そして静かな口調でこう言った。

「お前の体からいい香りが漂ってくるようだよ。すばらしい女性に出会った男の体からはいい香りがするんだよ。ヨンジュは海辺にワカメを拾いに行ったようだから、帰ってくる前に早く帰りなさい」

母は目を閉じたまま、寝がえりをうった。会ったこともないソンミをそれほどに高く評価するとは。

ドンホは帰る前に、言いにくい話を切り出した。

「母さん、彼女にミヌを任せるのはどうだろうか?」

「それは、お前の良心から出た言葉なのかい?」

「すみません。唐突な話で。ヨンジュには大きな罪を犯すことなんですが」

「罪を犯すとわかっていてそんなふうに考えたのかい?」

「仕方ないじゃないですか? ヨンジュにこのあとずっと子どもを任せたらどうなります? 子どもが大きくなればもっと問題になるでしょう」

「それならミヌの養育はお前が考えて決めればいい。お前の子どもなんだから」

「ヨンジュが素直に渡してくれるでしょうか?」

「子どもを連れていったとしても差し支えはない。ヨンジュは苦痛というのを感じれないから」

「でも、必死に子を産もうとしたじゃないですか?」

「あの時とは違う」

「どうしてですか?」

「あの子は体を解放したのよ」

母は相変わらず目を閉じたまま、力なく手を振り、帰れといった。

その場を立ち去ったドンホは、母の言葉について深く考えてみたが、なかなか理解できない言葉だった。体を解放したとは?

第六章　銀の懐剣

1

　ドンホが再び津里浦（ジンリポ）を訪ねたのはヨンジュが退院してふた月ぐらいが過ぎてからのことだった。もっと早く訪ねていきたかったのだが、会社が忙しくて日を遅らせていた。しかし、ペ・スンテの電話を受けて急いで出発したのであった。

「一晩泊っていけといっただろ。海で遊んでいってもいいし」

　彼の声はそわそわしていて、どこか興奮しているような感じだった。

　津里浦には昼頃に着いた。ペ・スンテはドンホが到着する時間を察していたのか、すでに砂浜のほうに出てきていた。避暑客で込み合う砂浜に佇み、腕時計をずっと覗いていたペ・スンテはドンホの姿が見えるや、素早く手を振って走ってきた。

「もう三度も出てきて待っていたんだ。遅くなるかと思ってハラハラしたさ」

ドンホはペ・スンテがなぜそんなに焦っているのか、倉庫のような部屋に着いてはじめてその理由がわかった。部屋のなかには思いの外、広いテーブルが用意されていて、白い紙を敷いたテーブルの上にはプルコギ、刺身、エイの和え物、海鮮鍋、蒸し蟹などがふんだんに準備されていた。どこで調達してきたのか、きな粉餅までが置かれていた。「どうしてこんなに？」というドンホの問いに、ペ・スンテはただ笑うだけだった。その時、刺身屋の寧越出の女性が酒瓶を持って入ってきて、刺身屋なんだからこれくらいの接待なんて当たり前じゃないかなどと冗談めかしく言った。店が忙しい彼女が外に出て行くと、ペ・スンテは今日は自分の誕生日なのだと打ち明けた。

「あんたと楽しく過ごしたかったのさ」

ペ・スンテは相変わらずそわそわした状態であった。ドンホが近所の人たちも呼ばなければならないのではというと、彼はこれまで一度だって誕生日祝いをしたことはないといった。どうやら、ドンホのために祝いの膳を用意したらしかった。

「昔に戻りたいのさ」

膳の前に座ったペ・スンテは明るく笑った。まずドンホが彼の盃に酒を注いで誕生日を祝った。盃を二度ほど回し飲みすると、皺深い彼の顔にはすぐに酔いが回った。鋭い毒気を吐きだして鉄柵のなかで姿勢を正して座っていた彼の殺気みなぎった姿は、すでに伝説のなかにでも埋められてしまったかのようだった。伝説――、そうだ。モグラよりも早く土のなかに潜れる技術、暗闇のなかでも一発で命中させる射撃術。伝説――そんな張りつめた生存のための術はもはや彼だけの伝説と化してしまっていた。

「あんたも老けたよな」

ドンホは優しい目つきで友情を表した。

「いや、俺は若くなっていくんだ」

「そうだとも。年をとればとるるほど若く生きなけりゃな」

「これをみてくれ」

すくっと立ち上がったペ・スンテは、下座の片隅に広げてある青いビニール袋を持ってきた。ビニール袋のには見慣れた代物がぎっしりと入っていた。拳銃と手榴弾だけは模造品だったが、軍服、軍靴、軍帽、羅針盤、双眼鏡、ジャックナイフ、水筒など、衣服やその他の装備はすべて本物だった。

「東大門（トンデムン）市場で買ったのさ」

「確かに凝ってるな」

「あんたにはこんな遊びはつまらないかもしれないが」

「それなら、こんなもので戦争ごっこでもしたっていうことか？」

「最初は誤解を受けたさ。支署に引っ張られていったりな。村のやつらはおかしくなったんじゃねえかとか言うしな。ま、似たようなもんさ。こんな老いぼれがこんな恰好をしてガキらと匍匐前進しながら裏山を駆け回ってるんだからな。さぞや異様だったろうよ。だがな、俺のことさ。こんなことをしてると、気持ちがとても落ち着いたんだ。生きる楽しさってのも感じられたしな。血がたぎり、体がムズムズしてきたんだ。なぜだかわかるか？」

「若さ真っ盛りの頃の思い出だからだろ」

「若いからというばかりじゃねえ。一番緊張した生活だったからさ。緊張している瞬間だけが生きてる意味を感じられたからさ。生きる目的ってやつさ。生きるってのは何だ？　獣のように喰いモンだけをたくさん貯め込めば生きてるってのか？　喰いモンに限っていっても同じことさ。この誕生祝いの料理が美味いのか、それともあんたが鉄格子のなかにこっそりと差し入れてくれたパンのかけらの方が美味いか？　あんたがこっそりと持ってきた煙草と酒の味がどれほど美味かったか、あんたにもわからねえだろ。健康ドリンクの瓶に入れてくれた焼酎を飲んだときの嬉しさってのを、これからの一生、いつ味わえるか。あのときのあんたはほんとに肝が据わってたよ。共産ゲリラにこっそり酒を差し入れてくれるあんたの手は、家一棟ほどに大きく見えたもんさ。本当にとんでもない刑事だった」

「これからは心を開いて生きていったらどうだ。過去ばかり執着しないで、現実を理解して生きろってことだ」

「俺は世の中を広く生きようと努力している。だから金融危機のＩＭＦ時代にもそれなりに心配した。日本の小泉首相がなぜ韓国に来たのかを考えもした。それに今が空想科学の時代であり、腐敗の時代であるってのもさ。資本主義の没落期だってこともよくわかってる」

「資本主義じゃなくて社会主義の没落だろ」

「どっちだっておんなじことさ」

「世の中に不満が多いようだな。今のお前はどんどん洞窟のなかに隠れていっている。三四年前のことさ」

「そのときが一番幸せだったとさっき言ったじゃないか。だからその時期に戻りたいのさ」

「あの頃がそんなにいいのか？」

「ああ」

「いいさ。じゃあいっしょにその頃に戻ろうじゃないか」

ドンホは話がトントン拍子に進んだと思った。ペ・スンテがこれまで隠してきた秘密を知りたかった。漁師に銃を抜きながらもなぜ自首する意志なんてなかったと言い張ったのか。

「お前はかつてのように緊張感のなかで暮らしたいってんだよな？」

「そうさ」

「それなら、僕の取り調べを受けてみるか？　その時のように？」

「いいだろう。とても興味深い趣向だな」

「戯れ言なんかじゃないぞ。僕の尋問にちゃんと答えなければならないんだ」

「わかった、わかった。やってみるとするか」

「ペ・スンテ、三四年前には何をしてたんだ？」

ドンホは毅然とした声で問うた。いつのまにかドンホの体はかつてのような緊張が漂いはじめていた。

「なぜ急にそんなことを聞くんだ？」

「いいから答えろ！」

ペ・スンテは急に堅くなったドンホの表情に驚き、仕方なく応えた。

「武装ゲリラさ、それがどうした？」

「武装ゲリラとは？」

「北から南侵した精鋭戦闘要員」

「南侵の目的は？」

「拠点を確保して後方を拡散させるためさ」

「それよりももっと大きな目的を白状しろ！」

「赤化統一だ。それがどうした」

「自首したのか？　捕まったのか？」

「捕まった」

「捕まった？　捕まったってのは間違いないんだな？」

「そうさ、間違いない」

「では、なぜ銃を手放したんだ？」

「それはわからねぇ、なぜそうしたのか……そのときはわけもわからず……」

「なぜそんなことをしたのか、今もわからないのか？」

「……」

「お前はそのとき、殺（や）ろうと思えば漁師を殺して逃走できたではないか」

「一度に百人ぐらいは殺ることはできたさ」

「そうさ、その通りだ。一対百で戦うことができる殺人専門家だっただろう？　そんなお前が銃を手放したっていうのだから、明らかに自首しようとしたのだ。それでも捕まったなどと言い張って……」

「……」

「過去はどうであれ、今となっては正直な気持ちを打ち明けるように」

「今、答えろっていうなら、自首ってのが合ってるよ」

「じゃあ、どうしてあの頃は捕まったと主張したんだ？」

「あのときは生きたかったんだ」

「それはどういう意味だ？　捕まったと主張しながらも生きたかったとは？」

「じゃあ、訊くが『変節』ってのが生きてるってことなのか？」

「じゃあ、今は死にたくて自首だったというのか？」

「そうさ」

「変節したということなんだね？」

「変節じゃなくてどうしようもなく腐ってしまったってことさ。あいつ、あの女のせいさ。あの女に会うまでは生きたいという意欲で一杯だった。ドファと別れ、ガンシクまでもいなくなってもまだ、統一戦士としての誇りを忘れたことはなかったからな。もちろん、孤独なときもあるにはあったさ。月が煌々としている夜などは胸が張り裂けるような気もした。そのたびに、ここに侵入してきたときのことを考えた。あのころは夢があって、勇気が漲っていたさ。だからここで暮らすことにしたのさ。ここで暮らせば侵入してきたときと同じく、いつだって生き生きとするからな。だが、ヨンジュが俺を堕落させたのさ」

「ヨンジュ？」

「その女がヨンジュっていうのさ。俺をどうにかしちまったのがその女さ。よく働いて、優しくて、きれいで、その上、内に秘めた悲しみってのもあったから、俺はおかしくなってしまったのさ。体を合わせて……、あきれた話さ。体も綿毛のように柔らかく、百合のようにきれいだった。六〇を越えた俺が二日と空けずに抱くんだから、どれほど恋しかったのかしれない。この世がすべて花畑のように美しく見えた。俺の身なりも派手になったし、食い物も美味かった。家のなかもきれいになった。それだけじゃねえ。俺の気に入られようと化粧もきれいにしておしゃれもしていた。本当に天使のようだった。それに、あいつがニコニコしているのを見ると五臓六腑が溶けていくようだった。一日がどんなふうに過ぎていったのかもわからないほどだった。そんな話さ……」

ペ・スンテはいきなり盃をとり矢継ぎ早に二杯も飲み干した。

「俺のことをわかった上で、ヨンジュは俺に情を尽くしてくれてたんじゃない。あいつは夢を見ていたんだ。以前、夢中になっていた男がいたんだが、俺をその男と錯覚していたのさ。こんなことを言っていたさ。男の母親からそいつの気持ちは自分にはないとか言われたとさ。それでも最初はそんな話をするから俺も勘違いしてた。竈の前でウトウトしていたとき、夢に出てきた死んだ母親がヨンジュになって現れたんだと勘違いしていたのさ。俺はヨンジュにだまされた、そして……」

「ちょっと待ってくれ！　母親が夢に出てきただって？　竈の前で夢を見たのか？」

「ああ、出てきた」

「その夢の話を詳しく聞かせてくれ」

ドンホは、今までずっと訝しく思っていた捕縛という事実に対する疑念をはらす糸口がその夢にあるのではと興奮したが、ペ・スンテは話すことなどないといい、他のことをべちゃくちゃとしゃべっていった。ドンホはテーブルに背を向けて海のほうを見た。

「いったい、なんだってんだ？」

「もう夢の話をしたって別に大したことじゃないだろ？　僕を友人だと言ったのも全部ウソなんだろ」

「つまらない夢の話に、なんでそんなに拘るんだ？」

「つまらない話であれ、重要な話であれ、僕は聞きたいっていってるじゃないか」

ドンホは夢の話をしてくれなければすぐにソウルに帰ると脅した。どうにかしてその夢の内容を聞きだしたかった。好奇心からではなかった。ペ・スンテの釈然としない逮捕というのをひっくりかえしうるような状況はどうやら夢のなかに隠されているようだ。逮捕という論理には検挙の状況を突出させる、ある機制というようなものが存在しているだろう。ドンホは長い歳月が過ぎた今でもそうした思いを振り切ってしまえずにいた。なぜ拳銃を奪われたのだろうか。奪われたというのではなくても、なぜ奪われたと言ったのか。到底、理解することができないその状況の実態を把握しなければペ・スンテの率直な精神世界を覗くことなどできなかった。しかも今は戦争ごっこの話やヨンジュとの関係までもが折り重なって思い出されている状態だからこそ、より一層彼の率直な面を知らねばならなかった。

「話してくれ！　君の夢のなかにどんな話せない理由が隠されているのかは知らないが、最後まで隠し通すってのなら、真の友人になどなれない。僕は兄弟の家でだって泊まったことなどないほど気難しい性格なのに、君の匂いがする部屋で泊まろうとしてここまでやって来たのではないか。そんな僕に対して義理立てすらしてくれないのか。君もあの厳酷な時代に司法警察官の僕に対して打ち明けてくれたじゃないか。もし万一、僕がお前を憎んだなら、どんな方法だろうが極刑にすることもできたんだ。反意志的行為のようにみせかけた作為と事実というのでは、あの時代状況での刑罰には雲泥の差があったのだから。それだけじゃない。お前が僕を誤解したとき、その誤解を解こうとして殺人専門家のお前の手首から手錠まで外さなかったか？　誰もいない事務室でのことさ。万一、君が僕を押さえ込んだならば、身動きさえできなかっただろう。お前に好感を持っていたのは何の考えもなかったからではない。まさにその釈然としない状況のせいだったんだ。それくらい僕は正義ヅラしたかったのさ。今になって考えてみればお前も正しく、僕も正しかったってことだ。そんな僕らの間に今、これ以上何を隠すことがあるだろうか」

ドンホは席からバッと立ちあがった。そのときペ・スンテが穏やかな声でドンホをもう一度座らせた。

「俺は弱くなりたくなかった。あんたにまで俺の弱い姿を見せるのが嫌だったのさ。わかるだろ?」

「弱い姿?」

「俺はそれを死霊だと思った。ひと言でいえば母親さえ否定したかったんだ。母親が足手まといだった。母親の夢を見たことが恥ずかしかった。母を懐かしがるのは幼稚なことだと思っていた。そのくそったれの懐かしさのせいで夢を見たので銃を渡してしまうことになったんだ」

「……」

「カンカンに凍った体を温めようと竈の前に座っていたから、どうかなっていたんだろう。それに食後だったからすぐに眠気が襲ってきた。そのとき夢のなかに母親が現れたのさ。幼い俺は柿の木の小枝でコマを作っていた。普段はコマをを鎌で削ってたんだが、そのときは銀の懐剣で削っていた。銀の懐剣がとてもほしくてたまらなかったんだ。母が大事にしていたから、なおさらほしかった懐剣だった。おもちゃのようにちっぽけなものだったが、それに畏敬の念すら持っていた。母はよくタンスのなかから取り出したその小さな懐剣を胸にしまい、ひそかに話しかけたりしていた。銀の懐剣とささやきあっていた話を盗み聞くと、どうやら父親は国家への大逆を犯してつかまったらしい。『あなた、こんなに厳しい冬なのにどこかの谷間で横になっていらっしゃるんでしょうね』。そんな嘆息をつくと、いつも母は……。いうまでもないことだが、手で口を押さえてむせび泣いていた。だが、俺は母の悲しみよりも銀の懐剣のほうにより大きな関心を寄せていた。泣き疲れて眠った母のふところのなかからこっそりと懐剣を探し出して、柿の木をとぐように削りだしたのさ。そうしてコマができあがるころだった。母が静かに手を差し出して俺に言い聞かせた。『スンテ、怪我するよ。刃物を持って遊んだらだめだよ。お前の父さんも銃剣に欲を出したから最後にはそれで捕まったんだ。はやくこっちに渡しなさいな』。それでも俺が駄々をこねて懐剣を渡さないので、母は鞭で俺の背中を打った。すぐさま母の手にその懐剣を渡したんだ。ここでハッと目が覚めたんだが、そしたら俺の拳銃が他のヤツの手にあったんだ。漁師に銃を渡したんじゃなくて、母親に銀の懐剣を渡したんだ」

夢に現れた母親。そうだったのか。ドンホはそれではじめて絡みに絡んだ疑問の結び目が解けた。そのような美しい夢すらも隠していたとは……。母親が刃物を持って遊んでいる幼い息子に怪我をさせないようにと、刃物をとったその慕情さえも恥ずかしいと思っていた、毒気の溢れる人間。ドンホはペ・スンテの顔をじっと見つめた。彼の顔には薄赤く熱気が広がっていた。その熱気は自分自身に対する侮蔑感であるようだった。ドンホは彼の話を遮るまいと手酌で酒を飲んだ。

「そんなふうに俺を保護しようとしていた母親が、ヨンジュの夢にも現れて俺たちの夫婦の縁を結ぶようにしたんだと、そんな錯覚をしていたのさ。ヨンジュは俺と暮らしているときに病気が再発した。あいつはこんなことも言っていた。母親が自分に玉簪をくれたと。あいつと俺が夫婦の縁を結んだ証だといって簪を取りあげた。そしたら本当におかしくなってしまったんだ。誰のものかわからない簪を俺の母からもらったというから、こっちがおかしくなるじゃないか？　俺は部屋で一人、大声で叫びまくった。金日成同志万歳！　ってさ。それをみてヨンジュが驚いて夜中に逃げたんだ」

「なんでそんなとんでもないことをしたんだ？」

「おかしくならないようにさ。それでこそ生きていられるだろ」

「それでこそ生きられる？」

「そうさ」

「……」

「とにかくヨンジュのせいで気持ちが弱くなっていたんだ。だが、ヨンジュのことは恨んじゃいない。最近はあいつのことを哀れだという気さえする。あいつは美しい夢のなかに隠れて生きていただけだから。それを破り捨ててしまいたかったのは俺の欲だ。ヨンジュの夢をよすがにしなければならなかったんだ。ヨンジュがはじめてうちに来たころのことさ。夜になるたびに自分の恋愛話を繰り返した。伝説みたいな話だった。処女のころにある金持ちの家の一人息子が自分を愛してくれたのだと。自分は卑しい白丁の娘なのに貴公子のようなその男は自分を死ぬほど愛してくれたんだとさ。大学出の金持ちの娘が必死に追いかけてもまったく顧みなかったというんだ。そして男の母親は自分を嫁と呼んだという。うちの嫁。この世で一番きれいなうちの嫁。そんなような話さ」

「それじゃあ、なぜ別れたんだろう？」

「男が死んだらしい。それで心を病んだというんだ」

　ドンホは咄嗟に俯いた。

「悲しい話だろ？　俺も最初はヨンジュの話を聞いて泣いたさ。とにかくヨンジュと暮らすあいだ俺の闘志は溶けていってしまった。あいつが家を出て行ったあとの俺は昔に戻るしかなかった。それで

「……」

「それで子どもらと戦争ごっこをしているのか？　もう一度武装ゲリラに戻ろうと？」

「それが生きる術ってもんじゃねえか？」

ドンホはペ・スンテの手を固く握った。海には夕陽が一面に輝いていた。

「それでもヨンジュのおかげで少しの間は幸せだった……」

「お前はまったくわかっていないな。ヨンジュは心を病んだ女なんだ。お前が最後までかばってやれば幸せな夫婦となっただろうに……」

「俺が悔いているのがまさにそれだ。ヨンジュの純粋な愛を理解できず、ヤキモチばかり焼いて無理に浴びるほど酒を飲んだのが間違いだったよ。ヨンジュが体を傷つけるようになると、それを咎めることもできなかった。盃を奪い取れば頬をぶったりしたこともある。俺のほうが少しおかしかったのさ。ヨンジュに会えば、その過ちを謝りたい。今どこで何をしているのかさえわからない。体も丈夫じゃないのに……」

「ヨンジュさんもお前のことを懐かしがっているさ。いつか訪ねて……。君が愛してくれていることがわかっているから、いつかきっと訪ねてくるさ」

「あんたは昔も今も俺を悲しくさせる。俺は悲しみってのが一番怖いんだ。竈の前で母の夢を見たのも、このくそったれの悲しみのせいだ。降りしきる雪で体が凍り、腹が空いていたところに、ちょうど鉄釜が見えたので幼いころのことを思い出したんだろう。母親がふかしてくれたサツマイモ。それを思いだしたら急に涙が出てきたよ。これだから……。果たしてヨンジュは俺を訪ねてくるだろうか？」

ペ・スンテは独り言のようにつぶやいた。

「戦争ごっこさえしなければ必ず来るだろう。きっと」

ドンホは彼の空いた盃に酒を注いだ。いつ現れたのか、水平線の向こうで二隻の動力船が陽炎のように揺れていた。ペ・スンテはその小さな船をただただボゥーっと眺めていた。

2

「料理がもったいないな。ほとんど手もつけてない」

ドンホは寧越出身のさきほどの女性に冷めた料理をもう一度温め、台所に残っている料理は新しく作り直させるよう頼み、一人、外に出た。村を歩けば、見覚えのある老人たちに会えるだろう。ドンホがこの辺りに勤務していたときに、訓練した予備軍の人びとはほとんどが三十代だったから、ドンホより五、六歳上の六十代半ばか、もしくは後半ぐらいになっているだろう。彼らと旧交を温め、かつペ・スンテとも親しくなるようにしたかった。それに、彼らと付き合えば、さらに思い出話に花が咲くだろう。この先、ヨンジュがここで暮らすようになれば、今日の酒席も意味あるものになるはずだ。

ドンホはまず村長の家を訪れた。どうやら、面識の無い中年の男性が村長をしているらしい。彼はドンホをじろじろと見てから、何の用で来たのかと問うた。

「以前の方ではありませんね。前のグォン村長を訪ねてきたんですが」

「グォン村長ですか？　はじめて聞く名前だが。もしかしてユン・テグさんをお訪ねになったんではじゃなくて……」

「ユンさんでしたか？」

「ユン・テグさんがかつて村長をしていらっしゃったという話は聞いたことがありますが、すでに亡くなりましたよ」

「村長はここのご出身ですか？」

「江陵（カンヌン）から来ました。もう二〇年になりますな」

「江陵ですか？　それでご存じじゃないかもしれませんが、実は私も昔ここで暮らしていたんです」

ドンホは「勤務していた」というのを「住んでいた」ことにした。相手に拒否感を感じさせないようにするための方便であった。もう少し話がしたかったドンホは、彼のシャツのポケットに入っている煙草を見てこう言った。

「申し訳ありませんが、煙草を一本いただけませんでしょうか。どうやら煙草を落としてしまったようで……」

村長が煙草を一本取り出し、ライターの火をつけてくれると、ドンホは軽くお礼を言ってから現在（いま）の漁村係長はだれかと尋ねた。

ホ・ガプテ氏だという村長の返答に対し、ドンホがかつてはホ・スンテ氏だったと返すと、ホ・ガプテ氏はホ・スンテ氏の年下の従弟だということだった。

「歳月はだいぶん流れてしまったんですね」

「いつぐらいにここにお住まいだったんですか？」

「一九六〇年代です」

「六〇年代といえば、私などは分別がようやくついたころですね」

「ところで、その方は今もご健在なのですか？」

「ホ・スンテ氏のことですか？　四年前に胃癌で亡くなられましたよ」

「おそらくお酒のせいでしょうね」

「それをなぜご存じなんですか？」

「あだ名が『イチゴの鼻』でしたから。予備軍の訓練や作戦中でも、焼酎を飲むからこそ体が動くんだとかもよく言ってましたし。では、ノ・ジェドク氏はご存じですか？　ここら辺で一番良い暮らしをしていたお金持ちの息子さんでしたけど」

「近くに住んでいるんですから、もちろん知っていますとも。おっしゃるようにこの村では一番のお金持ちでした。海辺側の土地はすべてあの人の所有でしたよ。しかし、事業を始めるんだとか言って、すべて売り飛ばして、今はあそこの路地でスーパーをしていますよ」

「パク・イルド氏もお元気ですか？　予備軍の小隊長をされていましたが、そのころ、たしか四十代半ばだったから……とても賑やかな方で」

「今も声が大きくていらっしゃいますよ」

「それじゃあ、ご健在なんですね？」

「今もお元気でいらっしゃいますよ」

「私によく怒られたのに……」

　ドンホはこの辺で一度仕切り直そうと思った。ところで、ドンホの言葉を聞くや、即座に村長の顔がしかめっ面になった。

「私の叔父なんですが……」

「えっ！　叔父さん？」

「叔父さんとは年も離れているのに……」

　年の差が大きいのに生意気にも年上に向かってどやしたのか、そんな口ぶりであった。

「あの方が私を子ども扱いするせいで、予備軍の統率ができなかったからですよ。それでしめしを付けようとして。そういえば、パクさんのおかげでこの村も標準防衛村になることができて、江原道（カンウォンド）の模範村になったんですよ」

　ドンホはそれとなく村長の叔父を誉めたてた。実際には厳正な審査の末に標準防衛村となったのだったが、パク・イルドの功績だとしておけば、今日の酒席の口実になるかと思った。尤も津里浦で一番親密な人物を挙げるならばパク・イルドであることも事実ではあった。

「叔父さんとは本当に親しくしてましたよ。刺身なんかがあれば、必ず私を呼び出して酒を一緒に飲んだものです」

「予備軍の統率をされていたというお話は……」

「実はここで臨検所長をしていたのですが、その頃は予備軍創設の初期なので、訓練や戦闘も臨検所長が管轄していたんです。それで叔父さんとほとんど毎日一緒に過ごさざるを得なかったというわけなんですが、業務というだけでなくて、人間的にも二心のない間柄でした。叔父さんは本当に人情深い方でした」

　ドンホは村長に親密感をみせるために昔の思い出話をしながら、パク・イルドを精一杯持ちあげた。そのせいなのか、村長はやっとドンホに家に上がってくれなどと言ってくれた。そんな余裕はないと辞すると、村長はドンホを近くの老人会館へ連れていった。老人会館にはパク・イルドの他にも、ノ・ジェドクやホ・ガプテもいた。皆、皺だらけの顔になっていた。彼らはドンホを見るなり、まるで青春を取り戻したかのように肩を持ちあげて漁師特有の大きな声で話しかけてきた。

「長生きはするもんだ。死なずに生きてれば、こんなこともあるんだな」

「さぁ、行きましょう」

「行くって、どこに行くんだ？」

パク・イルドが尋ねた。

「入り江の刺身屋ですよ」

「入り江？　あそこは共産ゲリラのとこだが、戦争ごっこでも始めるのか？」

パク・イルドが冗談を飛ばすとすぐにホ・ガプテが割り込んで「近ごろは引き籠りになったたっていう話だよ」とひと言皮肉をいいながらも、ドンホの後についてきた。彼らはみんな、子どもと戦争ごっこをしている奇妙な老人に会えるのだという好奇心で浮き立っていた。入り江の刺身屋の庭に入ると、今日がペ・スンテの誕生日だということを皆に告げた。ちょうどペ・スンテが庭に出てきて、迎えてくれた。

「お化けじゃなくて人間だぜ」

パク・イルドがうまい冗談を飛ばした。

「御沙汰しています」

ペ・スンテはパク・イルドに礼儀正しく挨拶してから、一行を部屋に案内した。テーブルにはもてなしの料理が整えられていた。何度か回し飲みの盃が回ると、其処此処でペ・スンテの話題に花が咲いた。ここを故郷のようにして暮らしているペ・スンテのまっすぐな心根を誉める話がほとんどだった。彼らは、わざと戦争ごっこの話題には触れないでいた。そんななか、突然ノ・ジェドクがペ・スンテの恥ともいえる戦争ごっこを誉め称えて、こう言った。

「よりよい生活しようっていうすばらしい意思からじゃないか」

「なに馬鹿なこと言ってるんだ？　冗談も休み休みにしろ！」

パク・イルドがノ・ジェドクの言葉にケチをつけると、ノ・ジェドクは聞こえなかったふりをして庭に停めてあるドンホの車を眺めた。そのとき、ホ・ガプテが「お前さんだってしっかりしてりゃ、あんな車にだって乗れてただろうにな」と皮肉るように話を続けたが、そこには、かつてはノ・ジェドクの方が裕福だったが今は自分たちのほうが金持ちだという、自慢気な、見栄のような意が含まれていた。そういえば、ノ・ジェドクが落ちぶれた理由を、村長は事業失敗だといってお茶を濁していたし、ホ・ガプテはしっかりしていなかったせいだと蔑んでいたようだった。

「ふざけるんじゃない。雑貨屋よりも気楽なモンはないさ。なのに全部賭博のせいだとかいって」

ノ・ジェドクは賭博ですべてを失ったという話を憚ることなく自ら吐き出した。そんなノ・ジェドクにドンホは「社長」という肩書をつけて話しかけた。

「ノ社長、覚えていますか？　武器庫襲撃事件のこと」

「もちろん、忘れるわけはなかろう。何といってもその頃が一番良かった。財産はあってもないようなもんだが、その記憶ってのは金があったところで買えるもんじゃないじゃないか。ありゃあ、本当に開いた口がふさがらない話だったからな」

考えれば考えるほど鳥肌が立つ事件だった。ややもすれば大事故につながるような、あの事件のせいで、ドンホはノ・ジェドクと特別な縁を結ぶことになったのだった。

　青瓦台襲撃未遂事件が起きた一九六八年の四月に郷土予備軍が創設され、標準防衛村が選定された。一般人で構成される予備軍への武器支給が懸念されたため、各地域に模範防衛村を作って、漸次的に拡大実施する予定であったのだが、津里浦は江原道の模範村に選定されたのだ。蔚珍（ウルチン）・三陟（サムチョク）事件が起こった後のドンホは、武器庫新築工事監督と予備軍の夜間戦闘指揮までも任されたこともあり、休む余裕はほとんどなかった。

　事件が起こった日は、武器庫の竣工式を執り行う日であったため、津里浦は朝からあわただしい雰囲気に包まれていた。全村民が出席できるようにと、漁船の出港を禁止したため村はお祭り気分となっていた。

　式は昼時に挙行された。津里第一・第二予備軍がすべて集まり、ホヤ、ナマコ、蛸刺、蒸し餅が準備され、小隊長だったパク・イルドが儀式を執り行った。予備軍とはいうもののいまだ不慣れな者も多く、その上、村の真ん中にＭ２カールビンと手榴弾などを保管する武器庫が作られたのだから、予想していたよりも緊張する瞬間であったことは言うまでもない。会場には村の女たちや子ども、年寄りたちもすべて集まって、その不慣れな行事を見守った。

「あそこに銃と爆弾が隠してあるのかい？」

「もちろん。貼り出してあったじゃないさ。銃や手榴弾なんかもたくさんあるわよ」

「あの子らのような若いもんにも銃をやるとかいってたの？」

「郷軍には全部渡すっていってたけど」

「おや、酔っ払いが何の役に立つって銃なんか渡すんだろうね。もらった銃でオットセイのアソコでも獲ればいいのさ。若いもんはそれでも食って、精をつけてればいいんだよ」

「バカなこと言ってんじゃないわよ。共産ゲリラを捕まえろってのに、なんでその銃でオットセイなんか獲るのよ？」

「とにかく、銃のせいで村のなかが騒々しくなったのよね？」

「そりゃそうよ、騒々しくなってあたりまえじゃない」

女たちは竣工式の様子を眺めながらこんなような無駄口を叩いていた。一日中呑んだくれている漁師らの手に人を殺せる武器が握られるのが心配になったりもした。先日、安東(アンドン)文化劇場で酒に酔った兵士が手榴弾を投げ、五名が死亡し、三五名が負傷したという事件が起こったばかりだったせいで、より一層心配は高まっていた。

竣工式が終わると、宴会が始まった。真っ昼間から始まった酒宴は午前零時ごろになってようやく終わった。ドンホは、武器庫の前にバリケードを張って予備軍新兵の警備状況を監督したあと、深夜一二時をはるかに越えてからやっと家に戻った。手足を洗って部屋に入ったドンホは枕元に拳銃とFM無線機を置き、寝床に横になった。もしやスパイや共産ゲリラが侵入してきたときに備え、直ちに発射する支度を整えたのだった。一日中神経を張り詰めていたせいか、すぐに瞼は閉じていった。ちょうど寝ついた頃だっただろうか、ドアの外から緊迫した声が聞こえてきた。

「所長、大変なことになりました」

歩哨に立っていたノ・ジェドクだった。

「何が起こったんですか？」

もしや誤射事故でも起こったのかと、ドンホの胸は高鳴った。

「ゲリラ、武装ゲリラが……」

「何だって？」

ドンホはすばやく拳銃とライトを持ち、外に飛び出した。靴を履いている間に、ノ・ジェドクが報告したことによれば、一個分隊程度の共産ゲリラが国軍の装備を偽装していたため、向かい側で警備に立っていた仲間の新兵が銃を奪われてはじめて、武装ゲリラの襲撃であることがわかり、一目散に逃げてきたというのだ。ドンホは共産ゲリラたちが武器庫を襲おうと襲撃してきたと判断した。後方撹乱作戦――、すぐにそんな考えが頭を掠めた。まず、江陵に無電を打つことが先だ。だが、雑音で交信できず、ノ・ジェドクとともに武器庫の方へ走っていった。武器庫に隣接した臨検所に警備電話があったのだ。しかし、たった二人でどうやって一個分隊の兵力と戦うというのか。ノ・ジェドクがドンホの袖をつかんだ。

「私には実弾すらありません」

事故予防ということで実弾と手榴弾倉庫の鍵はドンホが保管していたのだ。ドンホはノ・ジェドクに鍵を至急取ってくるように指示した。

「サイレンを鳴らして予備軍を叩き起こせ。私が海岸側に引きつけるから、その間に予備軍を出動させて江陵に連絡しろ」

「犬死にになるんじゃないですか？」

「とにかく私の心配はしなくていいから、早くサイレンを鳴らせ」

ドンホはぶるぶると震えるノ・ジェドクをサイレン塔がある供犠堂に行かせ、一人武器庫に走っていった。

武器庫の周囲は保安灯の灯りで明るかった。ドンホは静かに接近していった。あたりには誰もいないようにみえた。寂寞が漂っていた。どこに隠れているのだろうか。ドンホは武器庫の方へさらに近付いていった。その時突如、海辺の空き地のほうから一、二、一、二という連呼が聞こえてきた。異常なことだった。

共産ゲリラは一個分隊ではなく大部隊の兵力で進撃してきて、すでに海岸封鎖警備部隊を無血占領したということか。だとすれば、もはや武装解除されるか、射殺されるしかないのではないか。どうせ、死んだも同然だ。ドンホは音がする方にこわごわと近付いていった。海辺の暗闇のなかからは掛け声に混じってうめき声すら聞こえてきた。

だいぶ殺されてしまったようだな。銃声は聞こえなかったから、ナイフで刺殺されたようだ……。

ドンホは空き地の方に接近していった。一瞬、闇のなかで何か動めくものが視界に入った。ところがこれがどういうことか。動めいていた物体は両手の指を組んだ手を頭に乗せた漁民らだったのだ。前に銃を下げた国軍の服装をした何者かの掛け声に合わせてウサギ飛びをさせられていたのだった。老若男女合わせて三〇人ほどになっていた。国軍の格好をした者たちの物々しい様子は、戒厳軍の硬直した姿と変わりなかった。

「ここの指揮官は誰ですか?」

ドンホは銃をぶら下げたまま掛け声を連呼する兵士にライトを当て、断固たる口調で言った。

警察の服装に銃を携えた自分の姿を見ても撃ってこなかったことに多少安心したこともあって、勇気が湧いてきたのだった。ドンホは兵士の連絡を受けて現れた将校に事件の重要性を説き、将校はそれではじめて自分の失敗を悔いたのか、奪った銃を戻して兵力解除を命じた。その時だった。供犠堂の方から数十名の予備軍が銃を持ってやってきた。先頭でパク・イルド小隊長が堂々とした勢いで先導していた。そういえばついさっきサイレンの音が聞こえたのを思いだした。ドンホが軍人に問い質していた間に、ノ・ジェドクは非常サイレンを鳴らして予備軍を招集し、江陵に電話をかけたのだった。真っ先に飛び出したパク・イルドが武器庫を開け、銃を配布したに相違なかった。

だめだ、どっちにしろ衝突する……。

緊迫していたドンホはすばやく両腕を広げて予備軍の行軍を止め、次に軍人側に向かって大声を張り上げた。

「銃を撃つな！　こっちは銃を持っているだけで実弾は入ってない。すべて空砲だから安心しろ。絶対に発砲するな！　撃てば誰であれ殺す！」

ドンホの叫び声に将校も危機感を感じたのか、部下に対し銃口を降ろせと叫んだ。軍人と予備軍の距離はますます縮まった。ドンホは今度は予備軍側に向かって大声を張り上げた。

「軍人らは撃たない。郷軍は持ち場にもどれ！」

しかし、予備軍は「よいさ、よいさ」と連呼し続け士気を高めていた。あまり寝ていない彼らの体からはいまだ酒のにおいがプンプンした。毎日酒を喰らっている漁師ということを鑑みれば、まだ酔いも醒めきらない状態にもかかわらず即座に一〇〇パーセント近くが集結したというのは驚くべきことだった。メディアでも、事件の内容よりも酔っ払いの漁民郷軍が二〇分ほどでほぼ全員が出動したことに関心が集まった。とにかく戦闘中に民間人の勘違いから起きた些細な事故ではあったものの、ややもすれば大事故につながる事件であった。また、ドンホからみれば、漁民の肩を持つこともできず、かといって軍人の肩を持つこともしがたい事件だった。武装共産ゲリラと正面対決した事件であったならば、どれほど堂々としていられたか。

話は尽きることなく続いた。昔話になればなるほどパク・イルドの口はさらに勢いを増した。とりわけ夜間作戦についての思い出話に花が咲いた。夜になればバサバサと音をたてる枯れ葉の音にも過剰反応し、小便をするときなども音がしないように松葉を股間にあてて二人が互いに背中合わせに連れションをしたという類いのエピソードをまくし立てた。

「周りを警戒しながらションベンしなけりゃ後ろから首を撃たれるってのが当たり前だったからな。毎日走り回っていた裏山なのに、なんでそんなに恐ろしかったのか。そりゃ、共産ゲリラが村の中まで入ってきてたから……」

パク・イルドの話にすべての視線がペ・スンテに集まった。彼こそがまさに村に侵入したゲリラではないか。ペ・スンテはぎこちなく笑って、隙をみせずに鋭く言い返した。

「そんなもの作戦なんていえますか？　遊びでしょ。われわれは予備軍作戦なんてものはすべて調べていましたよ。あなたたちは夜間作戦のあいだでも煙草を吸って酒も飲んでいたでしょう」

「そんなことまで調べていたということかね？　どんなふうにそんなことまでわかったんだ？」

「われわれは人ではなくて鬼神だから」

「冗談言わねえで、マジメに言ってくれよ」

「われわれは枯れ葉を布団にして寝るし、食べもした」

「モグラって話は聞いたけどな……」

「あなたたちの様子は戦いに来たんじゃなくて、遠足に来たようなものに見えましたよ。一度攻撃しようとしたんですが、あまりに可愛くて……」

「可愛いだと？」

「そう、可愛かった。子どもの悪戯のようだったから」

「今だからそんなことをいうが、その当時は俺たちが恐ろしかったんじゃねえのか」

「いやいや、われわれは一騎当千の戦士でしたから。ご存じでしょ？」

「そんなヤツが棒に殴られただけでフラフラになったたってのか？」

「それは……」

ペ・スンテは言葉に詰まった。弁解することができなかった。その苦しい立場を見かねたドンホが弁護に回った。

「夢ウツツのときに殴られたんですから、仕方がなかったでしょう」

ドンホにはとてもじゃないが夢の話は言い出せなかった。

「とにかく同じ近所に住むことになってうれしいさ。これからはしばしば会おう。ま、死んじまうのもそう遠くはないがな」

雰囲気をなだめたパク・イルドが誕生日を祝おうじゃないかと、酒を勧め、続いて村長とノ・ジェドクが祝い酒を一杯ずつ空けた。ノ・ジェドクがペ・スンテの北の家族の話まで持ち出したので、いっとき宴会の場を沈黙させてしまったこともあったが、村の住民からはじめて人間的な情を感じたペ・スンテはこれまで孤独に一人寂しく生きてきたことを後悔しているという挨拶をした。

「私はこれまで虚空に浮かんだように生きてきました。何を頼りに生きてきたらよかったんでしょう。それだからあなたたちとつきあうこともありませんでした」

そのときだった。漁村係長のホ・ガプテが「嫁さんからの便りはないのか？」と、いきなりヨンジュの安否を話題にした。答えられず、顔を赤らめるだけのペ・スンテに代わって、すぐにドンホは「まもなく知らせがくるだろう」と返答してやった。すぐさま酒席は和気藹々とした雰囲気に包まれたが、そんなとき、またホ・ガプテが横槍を入れ、答えにくい質問をして雰囲気を暗くした。「なぜ戦争ごっこなんかしてたんだ？」と野暮なことを言い出したのだ。だが、困惑して沈黙することもできたペ・スンテはよどみなく話を受けた。

「ずるがしこく頭だけを使えばいいような世の中、時代になっていますよね。頭だけで上手く世の中を渡れるってのは、狡猾な世の中、野卑なヤツが幅をきかす世の中ってことでしょう。小細工だけでうまく立ち回れるからです。食べていくぐらいは何とでもなるから、体がなまってしまうのが怖くてあんなことをしてたんですよ。人間ってのは所詮動物ですよ。動物は動物のように生きなくちゃね。といっても、実際に戦おうという話ではありませんよ」

その場の皆は目をパチクリするだけだった。聞き入ったというよりも何の話なのか理解できないという表情であった。そのとき、ノ・ジェドクがペ・スンテの話を理解したかのようにいきなり声を高めてこう言った。

「最近は人間らしい人間に出会えねぇ世の中だ。小ずるいヤツだけがワンサカいる世の中じゃねえか。人間らしい美徳をあざ笑うような世の中になっているってことさ。一言でいえば原則のない社会ってことだ。自分ら自身が卑劣になっているってのに、それさえも口に出せない。ほんとに生きる楽しみってのがない世の中だ」

「お前は話がうまいな。何のことなのかはよくわからねえが、やっぱり津里でそんな博識な話ができるのはノ・ジェドクしかいねえな」

パク・イルドがノ・ジェドクをここぞとばかりに褒めちぎった。かつて一番の顔利きでならした宗家の子孫が賭博にはまって全財産を失って身を崩した、そんな苦痛を誰が分かってくれるだろうか。パク・イルドは村の笑い種になった彼に内心同情を感じていたのだった。そして身を滅ぼしてしまったからこそ、真っ正直な人間になろうと努める彼に尊敬の念すら抱くようになっていたのだった。実は、パク・イルドは数年前に見聞きしたノ・ジェドクの夫婦喧嘩をいまだに忘れることができずにいた。とある深夜のことだった。家の前で夫婦喧嘩するノジェドクの騒々しい音が聞こえてきた。すぐ隣に住んでいたので見ないふりもできず、外に出ていくと、夫婦の互いの顔は涙まみれであった。喧嘩の中身は単純だった。ノ・ジェドクは妻に対し「こんなどうしようもない男のそばからは離れろ」と頼み込んでおり、妻は妻で「こんなどうしようもない男と別れられるわけないじゃないか」ということから生じた諍いであった。「俺は一人になりたいんだ。一人寂しく生きていきたいんだ」ノ・ジェドクは妻の背中を擦りながら涙を流し、妻は孤独で哀しくなるのはいやだといって床につっぷしてワアワアと泣いていたのであった。

「ノ社長、私の杯を一杯受けてください」

ドンホが杯を差し出して酒を注いだ。ノ・ジェドクの話に共感したのだった。日ごとに変わっていく現実にどれほど自分は疎かったことか、でなければ世の中が利に敏くなっていったのか、まったく行く末をつかめなかったドンホとしては千軍万馬の援軍を得た心地がした。

近頃のドンホは事業から手を引きたいと思うほど意欲を失っていた。自分の人生なんてまるでままごと遊びではないかというような思いをすることも多かった。虚しさを感じることもしばしばあったが、その虚しささえも嫌悪することもあり、虚妄だとすら感じていたりしていた。いったい、何を感じ、何を追求しなければならないのか、人生の地平が真っ暗にみえた。何がしか正しいと思ったことにしたがって生きてきたが、しかしそれも幻を隠れ蓑にしてきたような虚妄に覆われていくような気がしていた。悲しみたいのではあるが、その悲しみ、それ自体が誘うような感情――。ドンホはそのような鬱蒼とした状況から抜け出したくてペ・スンテを訪ねてきたのだった。そうだ、ペ・スンテとだけでも悲しみを宝石のように惜しみ、共有しうる、そのような連帯感が感じられたからこそ、彼が懐かしかったのだ。

「さあさあ、もっと面白い、笑える話でもしようじゃないか」

パク・イルドが重い雰囲気を変えるために笑わせる一コマに場を誘導した。

「この話はカン社長がするからおもしろいのさ」

ノ・ジェドクがドンホを見て言った。ドンホの顔にはもうすでに笑いの花が咲いていた。

蔚珍・三陟事件が終結に向かう頃だった。軍人らが山を捜索して追い込み、予備軍が下で待ち構えるといったやり方をしていたので、予備軍も大きな成果を挙げていたが、その一方でそれに劣らず自損事故もよく起きていた。手洗いにいった隣人を間違って撃ってしまったことなどもあった。しかし、そんな物々しい雰囲気のなかでも腹をかかえて笑ってしまうことは津里ではよくあった。

その日も夜になると照明弾が山や野原を照らし出していた。遠くは大関嶺（テグァルリョン）の方の稜線までが真昼のように見えたものだった。ドンホは二個小隊の兵力九〇名を集落周辺の山の斜面に配置した。海から脱出するかもしれないゲリラの退路を遮断するためのものであったが、裏山の墓の間や家の石垣の隅に配置される場合も少なくなかった。夜もかなり更けた頃だった。予備軍の勤務状態を巡回していたドンホは月光に照らし出された武器庫の庭で煙草を吸っていたところ、海辺の路地の入り口の方から二、三発の銃声がした。共産ゲリラの出没だと断定したドンホは銃を取って狭い路地を回って路地の入り口に接近していった。銃声がやんだ海辺には人の気配はなく、月明かりが差しているだけで静まり返っていた。何人侵入したのだろうか。ゲリラが死んだのか、予備軍が死んだのか。ドンホは一息入れてから匍匐姿勢で塀の下を這っていった。すると、石垣の曲がり角でひそひそと話し合う声が聞こえてきた。

「間違ってあやうく殺すところだった」

「俺が共産ゲリラに見えたのか？　ま、とにかく運が良かったよ」

「夜には外に出るなと放送してたんだが、あわててたのか？」

「そんなことといってもよぉ、大便がしたいのは止められねえだろ」

「便所を早く移してくれよ。石垣の内側によ」

「それは便所のせいじゃねぇだろ。時局のせいじゃねえか」

年寄りたちの不機嫌な声がドンホの高ぶった胸を鎮めてくれた。幸いなことに弾丸がはずれてくれたからよかったものの、あやうく村人一人を失うところだった。ドンホはスーッと胸を撫で下ろした。そのころのドンホは、緊張に継ぐ緊張の日々を過ごしていた。何日か前には一隻の漁船が出港申告なしで墨湖港へ出航したせいで、共産軍が乗って逃走したという噂が広がり、後で大変困ったりもした。ともかく、そのせいで漁師たちは毎日漁船を砂浜に引き上げて艪(ろ)を家に持って行かなければならなくなったのだ。

話を終えたドンホは相変わらず笑いを浮かべたまま、あのときの老人は誰だったのかをパク・イルドに訊いた。パク・イルドがホ・ガプテの大叔父だと答えたので、今度はホ・ガプテに「大叔父さんはまだ元気なのか」と訊いてみた。ホ・ガプテもやはり笑ったまま大叔父が亡くなってからすでに一五年が過ぎており、葬式でもその話で笑いの渦になったと言った。

「大叔父はそのことでいつも話のネタになってるよ。とにかくおかしな時代だった。便所さえまともに行くことができなかったんだからな」

ホ・ガプテが話を付け加えると、今度はノ・ジェドクが割り込み、毎日漁船を砂浜に引き上げるのが大変だったという。ノ・ジェドクの話をじっと聞いていたパク・イルドが突然声を荒らげた。

「おまえさんはしゃべるんじゃねえよ。おめえさんの船が一番大きかったんじゃねえか。それも三艘もあったから、俺は背骨が曲がるほど苦労したぜ。そんなに多くの財産をなんで全部なくしちまったんだ、このウスラバカが。わしらの村ではお前さんが一番勉強はできたのに。わしは今だっておまえさんのことを尊敬してるのに……」

パク・イルドはノ・ジェドクに杯を差し出し、ハァーっとため息をついた。ノ・ジェドクが頭を下げた。その様子をみた村長がしかめた顔でパク・イルドをにらみつけ、なぜそんな愚にもつかない話を何度もするのかと面と向かって責め立てた。しかし、パク・イルドは村長の言葉を無視したまま、続けてノ・ジェドクにたたみかけた。

「はやくおまえの土地を取りに来い。その畑をやってるわしの身にもなってくれ。気楽なわけがないじゃろ。おまえの賭博の負けを立て替えたのが一生の恨だ。金を貸してやって、返してもらえないってのは、ほんとに頭がおかしくなってしまうんだ。早く金儲けして買い戻してくれ。それができなけりゃすぐに死んじまえ」

「ジェドク叔父さんが忍びないから、もうよしましょうよ。ちょっとお酒が過ぎたんじゃありませんか?」

村長は再度声をあげた。するとノ・ジェドクが大丈夫だ、そんなようなグチは百遍でも千遍でもかまわないんだといった。

「ほんとにいい光景ですね。お互いを労り合う気持ちがとても心地よいですよ」

といいながら、ドンホは自分の両側に座っている二人の肩を抱きかかえた。その様子を見たペ・スンテは興奮した声で言った。

「これこそが生きる楽しさではありませんか? 今日、私はいろんなことに気が付きました。これまでひっそり暮らしてきて申し訳ない。これからは時々遊びにきてもらわなけりゃ」

「うれしいことを言ってくれるね。明日からすぐに老人会所に来て、皆で愉快に過ごそうじゃないか。おもしろい思い出話でもしてな」

パク・イルドがペ・スンテに手を差し出した。ペ・スンテは両手でパク・イルドの手を握った。その瞬間、一座から拍手がわき起こった。

第七章　エスカレーター

1

デパートに入ったソンミはヨンジュと並んでエスカレーターに乗った。ヨンジュのからだが揺れるたびにソンミは体を支えてやったりしていた。

「姑母(コモ)と市内見物をすると本当に楽しいわ」

ソンミはヨンジュを姑母（父の姉妹、伯叔母。この場合、ミヌからの呼称）と呼んだ。無難な呼び方だった。

「私だってそうよ。オンニと市内見物なんてとても楽しいわ」

「姑母が人前で照れくさそうにしてたんだけど、とても自然な雰囲気だったわ」

ソンミの誉め言葉を聞いたヨンジュはクスッと笑った。彼女らは映画館で映画を鑑賞し、仁寺洞(インサドン)通りを歩いて乙支路(ウルチロ)入口側に出てきてデパートに立ち寄ったのだった。彼女らの外出はソンミの提案をヨンジュが快く受け入れたことから実現したのだが、初めて市内見物に出たヨンジュは明るい笑みを絶やさなかったし、ソンミの方は楽しそうなヨンジュの表情をとてもきれいで微笑ましいと感じていた。彼女らは高級レストランで食事を楽しみ、ソンミはヨンジュのために細々とした食事マナーにまで気を遣っていた。そしてお茶を飲むときには、肌を大事にしなくちゃねと、ヨンジュの手に触れた。

「手は前よりはるかにきれいになったわ。女性の手はきれいにしてこそ高貴さってのが出るのよ」

「こんな年老いた手なのに大事にしたところで仕方がないわ」

「年老いてるですって？　そんなことないわ。女盛りじゃない。私は姑母の顔がうらやましいわ。ここにいるたくさんの女性客のうち、姑母ほどきれいな人がどこにいるのよ。姑母もこれからはおしゃれをしてくださいね」

　ソンミは心からヨンジュを変身させたかったのだ。こんなふうに着飾って、いい友人として時折一緒に外出して過ごしたかったのだ。

　デパートでショッピングを終えた二人は駐車場に停めておいた車に乗って外に出て、東湖大橋を渡るために奨忠洞（チャンチュンドン）の方へと車を走らせた。日曜日のせいなのか、市内の交通状況は渋滞も無くスムーズに流れていた。車が東湖大橋を過ぎた頃、ソンミはヨンジュを大峙洞（テチドン）のアパートの入り口に降ろして別れるという当初の考えを止めて、ヨンジュのアパートに立ち寄ることにした。ヨンジュと静かに向かい合って自分の気持ちを伝えたかったのだ。

「オンニが私の家に気軽に行き来してくれるのでとても気が楽になるわ」

　家の中に入るとヨンジュが先に口を開いた。コーヒーを入れてきたヨンジュが向かい合ってソファーに座ると、ソンミは真剣な面持ちでこう言った。

「何度も言ったけど、もう何の心配もせずに暮らしてください。ミヌのお父さんだって、姑母のためになることなら何でもやりたがってるのよ。義務感からではなく、姑母によくすることが私たちの楽しみなの」

「よくわかってます。でも、そうされると逆に負担になります」

ヨンジュが照れくさそうな笑みを浮かべた。ソンミは今だと思い、さきほどから話したかったことを切りだした。

「それは理解できます。だからこそ却ってそんなふうに思われるのが負担になるのよ。可愛い妹が兄さんを頼るのを遠慮するような、そんな妹のひと言でもめ事になるんですよ。私に愚痴を言ってください。腹の立つことがあれば腹を立ててください。それこそ髪の毛の端を摑むようなとっくみあいでもして、ね。鼻血なんかが出ればもっといいわ。姑母のほうが強いからケンカすれば私が負けるわね」

ヨンジュは笑い続けているだけであった。

「姑母、笑ってばかりいないで、深く考えてみて。悔しくはないんですか？　ドンホさんを恨めしく思っていないの？　その恨みを今こそ償ってもらうってことよ。ドンホさんも内心、そのようにしてほしいと望んでるわ。姑母がつっかかれば、とても喜ぶわよ。だから負担感なんて感じてはいてはだめよ。ミヌだってそうよ。姑母が産んだ息子だもの、堂々としてればいいのよ」

「いいえ、そんなことはできません」

「できないってどういうこと？」

ソンミがヨンジュの困惑した顔をまっすぐに見つめると、ヨンジュはソンミの強い視線を避けて俯いた。どれほど息子に会いたいか。ソンミはそう思い、窓の外に顔を向け、牛眠山の方に目をやった。そのとき、遠くからのやまびこにも似たようなヨンジュの微かな声が聞こえてきた。

「産んだとはいっても、すべてが母親になるわけではありません」

「なぜ？　姑母が卑下するんです？　なぜ自分を出しちゃいけないと考えるの？　姑母のように大きな心を持った母親がこの世の中にどれくらいいます？　どうして生みの母親なのに？」

ソンミは気を引き締めていた。ミヌをはじめて懐に抱いた時も、これから新しい戦いが始まるのだと同じように気を引き締めたものだった。

あなたを私のお腹から生まれた息子にする！

しかし、ソンミはその冒険から何の代価も望まなかった。最善を尽くすだけで、戦い自体にのみ面白みを感じる女であった。ミヌを一生懸命育てて誰かに贈り物として与えたかった。自分が所有するということよりも放棄することでより大きな面白さを味わいたかった。この放棄こそがソンミにとっては大きな戦いなのであった。

「もちろん、会いたいことは会いたいです。でも会ってあの子にどんないいことがあるんです？　あの子の気持ちを揺さぶりたくはありませんもの」

ソンミは二の句が継げなかった。ヨンジュを軽く扱っているのではないかという思いがよぎった。賢い女性だわ。そんなふうな考えが浮かぶと、自分が自己満足に陥っていたのではと後悔した。そして、これからはヨンジュを対等な相手として考えようと心に決めた。

「ミヌは申し分のない子です。姑母の血筋だからそうなのね。優しくて賢くてとても立派だわ。でも、ミヌを私の息子にしたいというようなことではないの。きちんと育てて、いつかは誰かに差し上げないと……もちろん姑母に、ということですが」

「なぜそんなふうに考えられたのです？　なぜ？　私はミヌはオンニが産んだ子どもだと心から考えていました。オンニがミヌを連れて行ってくれたとき、どれほどうれしかったか。これでミヌは人間らしい人間に育つだろうと安心したんです」

「ほんとうにそんなふうに思っていたの？」

「ええ」

「そのような考えは……正直いえば、気がまともな状態の時なら可能なのでは？」

「どうであれ、そんな気がしたのは事実です。今もその時の思いを鮮明に思い出せます。私はその時とてもうれしくて海辺で踊りました。海も踊りを踊って、空だって一緒に踊ってくれました。魚だってみんな空に飛び上がったんですから」

「……」

「私の話が信じられませんか？」

「いいえ、そんなことは……」

「私はミヌを完全な人間として見れなかったんですよ。おかしな血を受け継いだ子どもだと思っていました。私のようにね。自分の父親を殺すのではないかとも思いました。私はミヌが大きくなって父を必ず殺すと信じ込んでいました。ミヌはたしかに悪魔になることができたんです。私はミヌがナイフ使いになることを望んでいたんですよ。無法者のようなナイフ使いになって、必ずや父の首をとるだろうと。そんなころ、オンニがミヌを連れて行ってくれたんでしたよね」

「私が連れて行ってしまったので心が傷ついいんじゃなくて？」

「嫉妬、嫉みってことですか？　もちろん、はじめはオンニまでも殺したかったわ。だけど、オンニを見て心が変わりました」

「あの時、私を見たの？」

「ええ、そうです」

「いつ？」

「父親が子どもを連れて行ったすぐ後です」

「じゃあ、江陵（カンヌン）の借家を訪ねてきたってこと？」

「はい」

「なぜ？」

「ええ、刃物を隠し持って」

「刃物？　私を殺そうと？」

「ええ」

「なぜ殺さなかったの？」

「オンニがかわいそうで。それで、今は殺さずに後で殺そう。そんな気になったんです」

「なぜ私がかわいそうだと思ったの？」

「オンニの顔がそのように見えたんです。それでこの女性ならミヌをちゃんと育ててくれると思いました」

「今の気持ちはどう？」

「……」

「殺したい？」

「いいえ。その代わり、オンニが恐ろしくなりました。オンニがいれば心の中が複雑になるんです。よく心がかき乱されるんです。オンニが病院に訪ねてきて看護してくれていた頃から心がざわざわと不安でした。世の中が怖かったんです。暴風が一気に吹きつけてくるようでした」

「明日ミヌを連れてくるわ。もう会ってもいい頃よ」

「それはだめです。あの子には絶対に会えません。あの子を不幸にしたくはないんです。どうか連れてこないでください。もし連れてきたら逃げ出します」

「姑母……」

ソンミはハンカチを取り出して汗ばんでいるヨンジュの額をぬぐってやった。額をぬぐいながら今度はミヌをどのように連れてくるかを考えてみたが、妙案は浮かばず苦しかった。むやみに連れてくるわけにはいかなかったからだ。ヨンジュを説得するよりもミヌを連れてくることの方がさらに難しく感じられた。

2

ソンミはミヌをどのように説得すればいいのかをじっくり考えてみた。聞いてみるまでもなく、生みの母に会えといえば、一言に切って断るだろうミヌだった。生みの母が懐かしくはあるものの、直に会うことを諦めるほどに、ミヌの心が深く優しいということをソンミはよくわかっていた。

ミヌと静かな語らいを期待していたソンミに思いがけない機会が与えられた。父の会社で仕事に没頭していたミヌが過労で倒れ、休養をとることになったのだ。ソンミは千載一遇のチャンスだと思った。調子が悪い時の感情は、通常の時とは違うだろうからであった。秋雨がじとじとと降っていた日曜日の午後だった。ソンミはミヌの病状がややよくなると、気を引き締めて息子の部屋へ入っていった。母の真剣な表情を察したミヌが尋常でないことに気づき、先に話の口を切った。

「母さん、深刻な話は聞きたくありませんよ。母さんが真剣な表情をするたびにドキッとするんです。そんなときは必ず深刻な話をするんだから」

ソンミはこのときだと思い、間髪を入れず、今日はさらに深刻な話をしなければならないのよと、語りかけた。

「単刀直入に言うわよ。あなたは生みの母に会わなければなりません。近所で暮らしはじめてから、もう何カ月かも経ってるの。大崎洞よ」

ソンミは話を終えるのが怖くて、ミヌの視線を避けようとすぐに背を向けた。すると、ミヌは何ともないような感じで、全く姿勢を乱さなかった。初めて聞く具体的な話だった。この間行方不明だということだけは知っていたミヌだったが、相変わらず顔色を変えずにソンミを見つめているだけだった。

「僕が黙っていれば苦しいでしょう。だから話すのですが、なぜ僕がその人に会わなければならないのでしょう?」

「お前を産んでくれた母親だからよ」

「それじゃ、今ここにいる母さんは誰なんですか?　育ての母とおっしゃりたいんですか?　生みの母と育ての母。生みの母、育ての母……、この二つの言葉をもっと早く言ってみてください。そうすればそのうち、母という声だけが残りますよ。だから僕の母さんはここに座っている母さんだけです」

「ありがとう。でも、お前を産んでくれた方なんだから、会いたくないわけないじゃない?」

「じゃあ、いいよ、わかったよ」

突如、決断を下したミヌは瑞草洞(ソチョドン)の家で会おうと、具体的な方法まで示した。

「理由は簡単です。大峙洞に訪ねていくのはきまりが悪いでしょ。僕があっちに裂かれるような気分がするから」

ソンミは自分の息子であることを強調するミヌの言葉が美しく新鮮に聞こえた。しかし、生みの母にどれほど会いたいだろうかと思うと、目頭が熱くなるほど不憫であった。

「どうせなら一日でも早く会うことにしましょう。お前の体もすっかり良くなったことだし、明日の夕食を一緒にするのはどう?」

ソンミの提案にミヌが頷いた。

翌日の夕刻が近付くと、ソンミは家政婦に食事の準備をさせて大峙洞に向かって車を走らせた。あらかじめ連絡して約束していたので、ヨンジュはすでに外出準備を整えた状態であった。市内見物をするとばかり思っているヨンジュの表情は明るく見えた。ソンミは部屋の中に入らずに直ちにヨンジュを連れて、車に乗せ、瑞草洞に向かった。いろいろと話を交わしたところで無駄話にしかならなかった。血を分けた肉親に会うのにどんな言葉が必要だろう。ソンミは家の前に車を止め、ミヌの話を切り出した。

「今、家で待っているのよ。はじめは母親に会うのを敬遠していたんだけど、後には気持ちを変えてくれました。心の中ではどれほど会いたがっているか。さぁさ、はやく入って」

ソンミはヨンジュの背中を押した。ヨンジュは庭に入ろうとしたが、何も言うことができず、そのまま芝生の上に突っ立っているだけだった。ソンミは門を閉じてしばらくヨンジュに考える余裕を与えた。二人が庭で立っている姿を見て、家政婦が外に出てくると、そのときはじめてヨンジュは下を向いたまま玄関の方へと歩いていった。居間の真ん中にはドンホとミヌが並んで立っていた。靴を脱いで居間に上がったヨンジュはミヌの方を一度ちらりと見て、ドンホに促されてソファーに腰掛けた。ヨンジュが玄関に入ってきたとき、軽く目礼をしたミヌは微笑みを浮かべた顔でジッと立っているだけだった。ミヌの笑い顔は恐ろしいほどに作為的な表情であり、自分はまったく動揺していないことをみせようとしているといったふうであった。その殺気に近い気配にドンホは当惑しながらも、他方でその苦悩が引き立って見えもした。泣き喚くよりはずっといいのではないか。

「挨拶しなさい」

ドンホがミヌの腕を引き寄せてヨンジュの前に立たせた。ミヌが頭を下げて挨拶をすると、ヨンジュはまっすぐに座って頭だけを縦に振った。ミヌは相変わらずぎこちない作り笑いをして立っているだけだった。そのとき、ソンミが大きな声で言った。

「ミヌ！　生まれて初めて会うお母さんの前で笑うなんて」

ソンミは今度はヨンジュに向かって声を高めた。

「姑母もそんなふうにするのはやめてミヌを抱いてやってよ。どれほど不憫な子か。今、私はとても幸せだわ」

ヨンジュは立ちあがり、ミヌを一度抱きしめて、もう一度ソファーに腰掛けた。今度はヨンジュのミヌがソファーに座ると、ヨンジュは前に立っているミヌを自分の横に座らせた。ドンホとソンミが向かい合ってソファーに座ると、ヨンジュは前に立っている

ミヌを自分の横に座らせた。そのとき家政婦がやってきて、食事の準備が出来たことを告げた。ソンミとヨンジュが先に台所に入り、そのあとにドンホとミヌが続いた。食卓に座るときも二人の女性が並んで座り、その向かい側に男性が座った。ソンミがヨンジュをミヌのそばに座らせようとしたが、ヨンジュは最後まで拒んだので、父のそばに座ることになったのだ。

「ミヌが俺のそばに座るのは初めてだな。いつも母親のそばにばかり座るから」

ドンホが雰囲気を和らげた。するとソンミが、ミヌがドンホのそばに座りたくて座ったわけじゃないのと冗談交じりに言った。食卓にはすぐに笑い声が充満した。そんな和気藹藹とした雰囲気のなかで食事がほどんど終わろうとするころだった。ミヌがソンミを見つめて、「母さん、この間僕のために神経をすり減らしたでしょう?」と丁寧に言った。ミヌのそんな真剣な姿は初めてだった。ソンミは感激のあまり目頭が熱くなり、その様子を注意深くみつめていたヨンジュが腕を伸ばしてミヌの手を握った。

「ありがとう、ミヌ。この世であなたのお母さんはたった一人。そう、あなたを育ててくれたこの人があなたのお母さんよ」

そして、こんなことも付け加えた。

「私が冷たいのかもしれないけど、この間、私はあなたを息子だと思ったことはないのよ。あなたが乳飲み子のとき、一瞬あなたを息子だと思ったこともあったけど、正気じゃなかったときだったしね」

話を終えたヨンジュの顔には笑みが浮かんでいた。三人の視線がヨンジュに注がれた。ヨンジュの

微笑が一輪の紫陽花のように白く咲き誇っているようだった。ドンホの胸は震えはじめた。彼は自分が限りなく矮小な存在のような気がした。何か話を切り出したかったが、自分の言葉が幼稚に感じられ、口には出せなかった。ソンミもまたむやみには話しかけられなかった。予測できない女性だわ。ソンミは心の中でつぶやいた。

「じゃあ、今も僕を息子だと思っていませんか？」

ミヌが用心深い声でヨンジュに初めて話しかけた。

「必ず答えなければいけない？」

「ええ、おっしゃってください」

「今でも同じよ」

ミヌの目に瞬間火花が散った。ドンホとソンミが同時に目を閉じた。そのとき、ヨンジュが静かに席から立った。誰も、もう一度彼女を席に座らせることはできなかった。そのまま居間を出たヨンジュは玄関のドアを開け、一人外に出た。そのときやっとソンミが急いでヨンジュの後を追いかけ、二人の女性がドアの外の暗闇のなかに消えたあと、ドンホはミヌの手を握りしめながらソファーに座った。ドンホはいまだボーッとした状態であった。ミヌの顔もまたうっすらと赤みを帯びていた。暗い映画館で映画を見てきた観客のように、彼らの目はゆらゆらとしていた。

第八章　新たな出会い

1

朝早くに眠りから覚めたドンホはペ・スンテと一緒に裏山に登った。穏やかな海のせいなのか、カモメたちの翼の動きが鈍く見えた。丘のところどころには塹壕が隠されていた。草がこんもりと茂って古くなった塹壕が、緊張が張りつめていた過去の時代を思い出させてくれるようだった。

朝の陽射しに照らされた海辺には、散歩する避暑客らが連れ立って砂浜を行き来していた。避暑客のほとんどは若者たちであり、この場で繰り広げられた歴史的な事件などは何も知らないはずだった。忘れ去られた事件が砂の奥底に埋まっているようだった。砂に埋められてしまった事件、避暑客らはそれらの事件を踏んで避暑を楽しんでいるかのようであった。

「あの塹壕は二〇年をはるかに越えているよな」

ペ・スンテがそのなかの今にも銃口が出てきそうな塹壕を指差した。

「君らのせいさ。君らが捕まったあとで塹壕が掘られ、そのあとに鉄条網が張られたのさ」

「その前はどうだったんだ?」

「海辺に藁でつくったあなぐらが掘ってあって、波の音が聞こえてきただけだろ」

「あなぐら?」

「ああ。まるで沢ガニの罠みたいなもんだったさ。君も知ってるだろ? カニを捕まえるために田んぼの水路に藁を束ねて細工がしてあったやつさ」

「もちろん知ってるさ。俺も小さい時に沢ガニをよく捕まえたもんさ。カニの罠に蠟燭をつけておきさえすれば、座っているだけで水路からカニが這い出てくる」

「僕らはカニの代わりに君のような共産ゲリラが海岸に侵入してくるのを待っていた。ゲリラ一人を捕まえればカニの値段などとは比べ物にはならなかった。人生が開けるのさ」

「あいつらに会ってみたいなあ。どのように暮らしてるのかが気になって」

急にペ・スンテの顔が赤くなった。彼は幼い子どもが駄々をこねるかのようにドンホの手をとり揺さぶった。

「ソン・ドゥムンとファン・オッペのことか?」

「ああ、あんただったら、あいつらをすぐに探せるだろ。警察にいえば、すぐにでもできるんだろ。ソン・ドゥムン、ファン・オッペ、ほんとに間の抜けたやつらだった。あいつらとつきあうのは戦争ごっこをやるよりもはるかにおもしろいさ」

「まったくおかしくなってきたな」

ドンホはそう言いながらも、ペ・スンテがいうように、彼らと会えば、何かおもしろいことが起こるような気がした。

「わかった、会えるようにしてやるよ」

「そうさ、そうこなくちゃ。これはおもしろくなりそうだ」

ペ・スンテは子どもようにぴょんぴょんと跳び跳ねた。

「彼らは君に素直に会うだろうか？　自分らの疚しさのために躊躇すると思うが？」

「もうだいぶ昔の話だから、関係ないだろ？　俺が彼らをここに招くよ。来なけりゃこっちから尋ねるまでさ」

「会ってどんな話をするつもりなんだ？」

「話すことは山ほどあるさ」

「実は、ファン・オッペには会ったんだ」

「何だって？　この前か？」

「君に会ったという話もした」

「何だって？」

「会いたいと言ってるんだからいいかと思って」

「ソン・ドゥムンには？」

「ファン・オッペは会ってみるといっていた」

「どうやって暮らしていた？」

「ソン・ドゥムンはとても成功していて、ファンは特にすることもなくぶらぶらしている」

あいつらと早く会いたいものだ。
ペ・スンテは生き生きとして颯爽と先立って山を下りていった。彼の一歩一歩がドンドンと地面を鳴らしていた。また生きる楽しみを見つけたのか？　彼の分別がないような足取りが笑いを誘った。突如、ドンホの脳裏には別の場面が浮かび、思いだし笑いをこらえ切れなかった。笑い声をこらえるのが難しいほどの場面だった。ソン・ドゥムンとファン・オッペがスーツを着て授賞台に立っている時のことだった。その場には、大臣の代わりに警察庁長官が出席していた。

……会場にお集まりの江原道民のみなさん、今、みなさんは国民が国家のためにどれほど功績を挙げたかという重大な模範を見るためにここにいらっしゃいました。ともに反共業務を担当しているわれわれが、どれほど意欲的かつ誠実に業務を行ってきたのか、その結実がみられる時間でもあります。そしてこのようにわれわれすべてが最善をつくせば、あの残酷極まりない北朝鮮の徒党らによる赤化統一というものが徹底的につぶれてしまうということに気づいてください。ご臨席の江原道民のみなさん、この二人に惜しみない拍手を送ってください。

そのときだった。いきなりファン・オッペが式次第にもない、突発的事態を引き起こした。両腕を上に挙げた彼は「大韓独立万歳」と叫んだのだった。すると授賞者席に並んで座っていたソン・ドゥムンが、ファン・オッペの腕をつかんで降ろし、そして片手で頭を掻いた。式場は一時笑いの渦に包まれた。愛国心と反共意識による団結を誓うために準備された厳粛な式場がまるで遊び場になったかのようであった。ゲリラを棒で打ちすえて捕まえるほどの人物なので、彼らを擁護する者もないわけではなかったが、その場のほとんどの人々はファン・オッペを時と場所を弁えないヤツだと蔑んでいた。あちこちで笑いがおさまらず、慌てた長官が声を荒らげた。

……みなさん、もう一度大きな拍手をお送りください。今、授賞者は感激のあまりに万歳を叫ばれたようですが、これはまさに純粋な愛国心の発露ではなくて何でしょう。そうです。純粋な愛国心の前では形式的な式次など何の必要があるでしょう。大韓独立万歳を叫ぼうが、大韓民国万歳を叫ぼうが、それに何の関係があるでしょうか。みなさん、私はこれ以上祝辞を並べ立てようとは思いません。ただ大韓民国万歳を叫べばよいのです。

長官の機転にその場の雰囲気はむしろ天を突き刺すような興奮状態となった。その興奮した空気のなかで表彰状と賞金が授与され、祝辞が続いた。ところで、そのようなお祭りムードとは異なり、会場の隅の席で一人で佇み、孤独を噛みしめている人物がいた。その人物こそまさにドンホであった。彼はある種の悲しさをこらえるために、間髪を入れず煙草を吸いまくった。誰が功績を挙げたといって称賛されているのか。誰からすばらしい処理だったと称賛を受けているのか。ぺ・スンテに？　長官に？　国家に？　でなければ神に？

考えれば考えるほど、涙が出てきそうだった。ある思想家は人類の歴史を支配の歴史だと言ったが、自分の境遇は、真実を永遠に支配の論理に征服させてしまったということか？　彼は煙草の煙を吸い込み続けた。

先に入り江の刺身屋に到着していたペ・スンテがドンホの手を引っ張って部屋のなかに座らせた。彼はソン・ドゥムンとファン・オッペに会うんだという思いに駆られ、さっきからずっとフフッ、フフッと笑い続けていた。

「気分がいいから、もう一杯飲もうぜ」

ペ・スンテが台所に向けて大声を張り上げた。奥にいた女性がすばやく宴席を整えると、すぐにペ・スンテは彼女の手を摑みドンホのそばに座らせた。

「おまえ、この旦那に興味を持ってるだろ？」

ペ・スンテは興奮した感情を抑えることができず、あれやこれやと話し出した。あるいは、奥の女性の手を握って揺さぶりながら、新しい友人ができたんだとはしゃいだりもした。本当に彼らに会えるかもどうかもわからないのに、無条件に二人の友人が出来たといって喜んでいる様子は、まるで子どものように幼く見えた。

「ソン・ドゥムン、ファン・オッペ。名前だっていいだろう？　そいつらが俺を捕まえたやつらなんだ。本当に会いたいんだ」

「社長を監獄に入れた人たちなのに会いたいですって？」

「だからさ。ありがたいじゃないか」

女性は首をかしげながら、台所の方に消えた。ペ・スンテの脈略のない話に、その先を訊いたり、突っ込んで尋ねたりはしたくないという表情であった。ドンホはペ・スンテの興奮した様子は、彼の孤独から来るものなのだと思い、痛ましくもあった。北で成長した彼が、北から南へ派遣され、以後三〇年を越える南での暮らしにまともに適応できず彷徨する姿を想像すると心が痛んだ。ペ・スンテはポン、ポン、ポンという漁船の音が聞こえてくるや海側に背を向けた。一艘の漁船が後の島を回って注文津（チュムンジン）の方へ向って行った。船が視野から消えると、ペ・スンテはいきなりヨンジュと漁船で注文津に行ったことがあると語った。そしてその話の最後にはヨンジュに会いたいんだとも言った。ドンホはペ・スンテの顔をしばらくの間眺めていたが、すぐに脅すようにこう尋ねた。

「もし、ヨンジュさんが帰ってきたらどうするつもりなんだ？」

「何をどうするっていうんだ。周りの目なんか気にせず、村中を隅々まで踊り歩くさ」

ペ・スンテは迷うことなく正直な気持ちをさらけ出した。

「ヨンジュさんがまた気を病んで、何かしでかしたら？」

「失敗を百回しようが千回しようが関係ないさ。大事にしてやるだけさ」

「一生大切にして何不自由のない生活をさせてあげられるのか？」

「もちろんさ。気を悪くするかと思って、ヨンジュには北の家族の話もしたことはない」

「なぜそんなにもヨンジュさんのことが忘れられないんだ？」

「それを話せっていうのか？」

「ヨンジュさんのどんなところが気に入っているんだ？」

「刑事をやってた人ってのは何でも根掘り葉掘り知ろうとするのが欠点だ。なあ友よ。なぜそうなんだ？　……そりゃ、心持ちがきれいだからさ」

ペ・スンテはニッと笑った。

「それほどに懐かしいんだったら、海にいる鬼神が出てきたとしても必ず探し出すだろうな」

「どこで何をして暮らしているのか皆目見当がつかないが……」

彼はしきりに目をパチパチさせて、そして立ち上がり、倉庫の部屋の方へつかつかと歩いていった。ドンホは床に座って、いつヨンジュと会うことにしてやろうかと夢中になって考えていた。これでペ・スンテの気持ちは確認したから、あとはヨンジュの心一つだ。

2

山も野原もそのままの姿であった。車の後部座席に座り、窓の外を眺めていたソン・ドゥムンの目には、山や野原はかつての六〇年代の景色にしか見えなかった。たまに東海岸を訪れることもあったが、今日のような感慨を感じたことはなかった。実際、東海岸を訪れる時も沙川（サチョン）を通る国道はできるかぎり避けてきた彼であった。そんな事情もあり、江陵（カンヌン）と注文津を繋ぐ国道を過ぎるころには鳥肌が立ってきた。風呂敷包みを抱え、津里浦（ジンリポ）に着いてまっとうに稼いだ金だったならば、むしろ堂々と通っていく道なのだが、一人の人間を監獄に送って手にした大金であったため、常に良心に苛まれていたのである。

　津里浦の入江を離れてからもう三〇年が経ったんだな……。

　遠くの入江が目に入ると、ソン・ドゥムンは深いため息をついた。入江に立てられたラブホテルと商店が目に入ると、あらためて歳月の長さが感じられた。

「昔住んでいた家はもう探せないな。あの建物の裏手にわれわれが住んでいたところがあるはずなんだが……」

　隣の席に座っていたファン・オッペが尻をムズムズさせながら興奮した声で話した。

「筵屋の場所に刺身屋を出したっていうじゃないか。だから、俺たちの痕跡など、これっぽちも残っていないさ。お前の臭い足のにおいも風に洗われただろうさ」

「海があるじゃないか。お前が小便をした塩分ってやつさ」

「なんだと！　こいつ。海水が一カ所に留まってるってのか？　退屈な時間をじっとしていられなくて動き続けるってのが海の水ってんじゃねえか？　波ってのが何だか知ってるのか？　水が行ったり来たりするのが波ってのじゃねえのか？　だから、波ってのは節操がないっていうんだ。波が好きな女ってのは十中八九浮気するっていうぜ？」

「もっとらしい話だな。それくらい上手く言いくるめることができるのをみると、成功したようだな」

「成功？　お前は成功が何なのか分かっているのか？　一生懸命生きてきたから、いくらかは稼いできたが、それを成功って言うんなら、話にもならないぜ。わかるか？」

「なら、もっと稼げば成功って言えるのか？」

「お前はホントに鬱陶しいヤツだな。俺が言いたいのは、成功っていうのには語弊があるってことさ。成功ってのはこの世には存在しないってことさ。わかったか」

「ふーん。そう言われれば、それはそうなんだが……」

「こんな風にも言えるさ。誰だって気をしっかり持ってれば、成功した人間だって。そうだろ？」

「そうさなぁ。そうだ、そうだ。お前が何を言いたいのか、やっとわかったぜ」

いつのまにか、車は線路跡を過ぎてしまっていた。津里浦が視野に入ってきた。畑から三、四メートルほどの高さに土を積み上げて拵えた線路跡にはまだレールが敷かれていなかった。解放以後、半世紀をはるかに過ぎてはいたが、ある場所は崩れてしまい、ある場所は車道になり、あるいは樹木が茂ったまま放置された線路跡は、時の流れるままに廃れたボロのようなものになってしまっていた。

「こいつらはそのままだ。いつ線路が敷かれるんだろうか。日本のヤツらがレールでも敷いてから逃げ帰ればよかったんだが……」

ソン・ドゥムンがブツブツと独り言を呟いた。

「日本のヤツらがレールを敷いていたとして、何の役に立つのさ。三八度線で途切れてるのにさ」

「遠いことじゃないさ。南北が繋がるさ、待ってみなきゃな」

「金剛山(クムガンサン)まで船で行ったり来たりしてるんだから、遠いことじゃないさ。線路だって敷かれることは敷かれるだろうに」

刺身屋の数が少なくなった町のなかに車が入っていくと、港辺りも変わったもんだとファン・オッペが何度も繰り返した。そのとき、ソン・ドゥムンが外を指差して声を上げた。

「あれを見ろよ。あれさ、あれ、あの新しい魚市場。商店街も立ち並んでいて、ラブホテルまでそろってるじゃないか。世の中の変わりようってのを目ん玉広げて見てみろってんだ。お前はここで苦労してた頃と、すっかり白髪頭になった今とであんまり変わってないんじゃないか？　俺の話が冷たいと思うかもしれねえが、もう一回考えてみろってんだ。わかるか？」

ファン・オッペは頭を深く下げた。

「ほら、顔を上げてあそこを見ろよ。あれはミョングじゃないか？　頑固もん」

ソン・ドゥムンが白い壁の一階建ての刺身屋を指差して言った。ファン・オッペの目に頑固そうな老人の姿が飛び込んできた。陳列台の前に立ち、客を呼び込むような格好をしているのを見ると、どうやら刺身屋の主人のようだった。

「ああ、あいつだって老けたもんだ。顔は昔のままなのに、皺だらけになったな」

「お前を見れば喜び勇んでくるはずだがな。毎日通ったもんだからな」

「日を置かずに通ったって言っても、別に親しいってわけではなかった。毎日、お前が正しいのか、俺が正しいのかとか、ああだこうだと言い争いしたからな。ホントに頑固オヤジだったよ」

「しかし、あの頑固さのせいか、年よりは老けてみえるな。だが、体はお前の方が大きいが、よっぽど丈夫に見えるぜ」

「そらそうだ。あいつは俺のことがわからないだろうな」

「お？　こっちにやってくるぜ。俺たちに挨拶でもするのかい？」

「俺たちのことに気が付かないから、そのまま行ってしまうぜ」

「あいつには申し訳ないが……」

「あとでもう一度来ればいいじゃないか。刺身屋をやってるのをみると、まぁまぁ上手くやってるんだな。ちょいと刺身でも買ってやるか」

「おお、そうだ、そうだ」

「車を停めずにさっさと行ってしまおうぜ」

ソン・ドゥムンが運転手に指示をした。

「しかし、刺身屋も立派になったもんだ」

「金をたんと稼いだようだな」

町の中を抜け、砂浜に着いてから車は止まった。

「おお、これはこれは。ここも刺身屋が列を成してるな」

ソン・ドゥムンが車の窓を開けたまま、砂浜の海岸べりに並んだ刺身屋を見渡した。

「ここも開けたもんだ。もうすぐ九月だってのにソウルからの車がこんなに並んでいるんだから、真夏にはもっとウジャウジャとしてたんだろうぜ。韓国もすっかり変わったもんだ。俺たちがここら辺りにいた頃にゃ、ソウルからの客なんてほとんど見かけることなんかなかったのにな」

「ま、バカな話はいい加減にしようぜ。カン刑事が首を長くして待っているだろうから」

砂浜はすっかり駐車場になったようだった。車から降りた二人は、後ろの島の方へ道が続いているのに気づき、再度車に戻り、ゆっくりと島のほうへ車を進めた。丘のすそを回っていくと、入り江の刺身屋が見えてきた。

「俺たちが住んでいたのがあそこだな」

ファン・オッペの言葉にソン・ドゥムンの目頭もすぐに熱くなった。

3

東海岸は八月中旬を過ぎたばかりだというのに、水が冷たくて海水浴もできないほどであった。日差しはまだ刺すように痛いが、日陰に入れば鳥肌が立つほど涼しかった。その上、入り江の刺身屋は斜面に建てられていたので、風も凪いでいる方が珍しいくらいだった。

「人間の体ってのはおかしなもんだ。ちょっと熱くてもハアハアとかなって、ちょっと涼しいと思うと寒がって身を窄めたりするんだからな」

ファン・オッペが南風にあたって冷えたビニール製のオンドルの冷気を冗談交じりに喩えると、それに対し、ソン・ドゥムンが余計な口を出した。

「ああ、愚かなヤツ。ケツが冷たければ座布団をすればいいじゃないか。そんな回りくどいことを言ってないで」

「忠清道(チュンチョンド)の人たちは回りくどい話が好きなんですか？」

ドンホが雰囲気を変えようと割り込むと、ペ・スンテがドンホをにらみ付けた。

「今のは誉めてるのか、貶してるのか？」

悪口に近いのではないかという、おそらくソン・ドゥムンとファン・オッペの肩を持とうとしたものだった。ドンホはペ・スンテの懐が深いことに安心した。確かに忠清道の言葉は風刺性に富んでいるという話をしたかったのだが、忠清道出身の二人には何かバカにされたように聞こえたかもしれなかった。そして、その気分をペ・スンテが和らげたのであった。

「もちろん、悪口に決まってるでしょうよ。元刑事の言葉だからこらえたが、元スパイがそんなことを口に出したら、喉首をふんづかまえてやるところですよ」

「元スパイじゃなくて、元武装ゲリラですよ」

ドンホはそれとなく口を挟んだ。

「スパイや武装ゲリラなんて似たようなものでしょう。手が痛いのと足が痛いってのと似たようなもんでしょ」

予想通り、ソン・ドゥムンがドンホの話に反応した。ドンホはそれを狙っていたのだ。彼が自分に対してどんな感情を抱いていて、ペ・スンテのことをどう思っているのか。ドンホは続けてソン・ドウムンの話をつっこんでいこうとしていた。

「いや、それはまったく違いますよ。手と足は機能が違うじゃないですか」

「機能であれ、何であれ、調子が悪いっていう点では同じだってことですよ」

「いやはや、最初からこんな調子だと今日の入り江の刺身屋は少々大変なことになりそうだな。もしかしたら、大の大人が胸座を摑んだりして、取っ組み合いになるかもなぁ」

「なら、勝負してみましょうか。そんでもって昔のイヤな話は早く叩き落としてしまいましょう。そうすれば、一つの大豆でも半分コにして食べる兄弟になれるってもんでしょう」

「俺たちからすれば、恨みなんかなにもありませんぜ。俺らの方こそ泥のような気分だったのに、カン刑事のことを恨むなんて」

「カン刑事じゃなくて、カン社長じゃねえか」

「まあいいじゃないか、どう呼んだって。面長とか郡守を辞めたって、面長さん、郡守さんとか言うじゃないか。大統領が終わったって、閣下、閣下とか、よ」

ドンホは身に余る喩えを耳にして、身の置き所がなかったので、とぼけていた。今度はソン・ドゥムンがペ・スンテに向かって息を整えて丁重に話しかけた。

「この機会にぺさんに心の底から謝罪をしたいんだ。本当に死んでもいいくらいに悪いことをしたと思っているんだ」

「死んでもいいくらいって？　何の話です？」

「わけもなく勝手に憶測したことはペさんもよくわかってるでしょ」

「そんなことは言わないでくれ。謝るなんて、そんなこと何もありませんよ」

「いやいや、そうじゃない。ほとんど自首したみたいなもんだったのに、捕縛したと最後まで言い張って、褒賞金までもらってしまって……。それよりも大きな罪ってのにどんな罪があるんだ？　今だってそんなことを考えると、膝の後ろのほうが痺れてくるほど、ゾッとしますよ。こいつの言うように死んで火の中に入らねばならないような罪ですよ。何の罪もない人を捕まえるにも程度があるってことさ。いくら金に目がくらんだといっても、人間の皮を被っている以上、あんなふうに人を陥れるなんてのは、やっちゃいけねえことだった……」

「これをみてください、ソン社長。私の話をちゃんと聞いてくださいよ。あの時、ソン社長が検挙したと言い張ってくれたおかげで、私は死なずに生きているんですよ。何を言っているかお分かりですよね。ホントに自首したのではなかったんですよ。銃を撃たなかったから自首だって決めつけられるんですか？　寝ぼけていたから撃てなかったということもあるじゃないですか。それに銃を撃ったにしろ、撃たなかったにしろ、自分の気持ちを自分が分からないわけないんじゃありませんか」

「私のほうから率直に申し上げましょうか？」

ドンホは落ち着いて話を整理していった。

「たった今、ぺさんが話したのは非常に深い話ですよ。ぺさんにはまったく自首する気持ちはなかったのです。理解しにくいことかもしれませんが、ぺさんの立場からは自首より逮捕・捕縛のほうが適当だったということでしょう。逮捕されたと主張してこそ、北の家族が無事でいられる上に、自首というのはまさに、ぺ・スンテという人間の真の死を意味するからでしょう。ぺさんは今もその闘いのなか……。何と言えばいいか……」

ドンホは言葉を濁した。難しい言葉を使うのはこの場にそぐわないような気がするし、かといってわかりやすくしようとすれば、思弁的な話になってしまうしかなかったのだ。そこに、ソン・ドゥムンがいきなりわかったようなふりをしてこう言った。

「闘いとかっていうことなら、人間が生きていくってのは万事が万事闘いじゃねえのかい？　商売も闘いだし、農作業だって雑草や害虫との闘いなわけで……」

「そのような闘いとは違うでしょう。ぺさんの闘争ってのは戦略とか戦術とかいう、生きていく方便というのじゃなくて……」

「いやぁ、ほんとにお二人は最後まで争おうとするんですかい？」

ファン・オッペが冗談交じりに割り込んだが、ドンホはそれを遮った。

「争うというのではありませんよ。ぺさんがなぜお二人のことを思って、ここに招待までしたのか、その心情を説明しようとしているだけですよ。ぺさんはホントにお二人と会いたかったんですよ。かつての思い出がどれほど懐かしかったのか、さもなければ、ここで暮らしているでしょうか。この入り江の刺身屋はまさにお二人が住んでいた場所なのですから。もう、お分かりですか？」

「そう言われればここはたしかに俺らがいた場所に違いないが……。だとして、ぺさんがここで暮らしている理由は何なんだ、それが……」

ファン・オッペが姿勢を正してくるっと窓の外の方を振り向いた。

「そうだ、たしかにここだ。あなた方に会えたから、人生の楽しさってのが感じられるんだな。そうそう。だから、人生ってのは面白いんだ」

盃をすばやく空けたペ・スンテが空の盃をソン・ドゥムンに手渡し、酒を注いだ。ペ・スンテは興奮を抑えきれず、引き続き話し続けた。

「我々みんな、ここに集まって暮らすってのはどうです。ソン・ドゥムンさんやファン・オッペさんもあの頃のことが懐かしいようですね」

「懐かしいって、何のことだい？　苦労続きの生活だったんだが。それはそうと、さっきからの口ぶりを聞いてると、ぺさんはまだ共産主義者なのかい？」

ファン・オッペが口を挟んだ。

「ファンさんやソンさんは反動分子ってことですね」

「うん？　俺が何か？」

ドンホは大笑いをした。

「そうさ、俺らはみんな共産主義者だとか、反動分子とかいう役割があるのに、カン刑事だけが何もないなぁ」

「どうしてないって言えるのさ。刑事ってのがあるじゃないか」

いつのまにか酒の場では敬称もなくなって、年齢や立場を越えて友人のようになっていった。世の中はこんなにも変わったということなのか。捕まえた側と捕まった側が同じ岸にいるなんて。ドンホは彼らの話が冗談には聞こえなかった。彼らが同類のように見え、それぞれ自分自身を筵で押さえ込んで殴っているように見えた。彼は疎外感を感じた。しかし、次の瞬間、その疎外感は自負心へと変わっていった。自分が疎外されているのではなく、自分自身が彼らをこんな風に導いていったのだという自負心。そして彼らの導きの源が人間愛だから、なおのこと強く自負心を感じたのだった。ところで、ドンホのそんな自負心もヨンジュの姿が浮かんだ瞬間、即座に消え去ってしまった。自らの長所だと考えてきた人間愛というのは単なる偽善にすぎなかったのだ。

「さ、さ、もっと呑んでください。鼻が曲がるくらい、酔っ払ってください」

ペ・スンテが空っぽになっていた一同の杯に酒を注ぎ、雰囲気を盛り上げた。ドンホも何度も盃を空け、他のみんなに回した。用意された刺身、海鮮、海鮮鍋が減り始めるたびに、新しいつまみが膳に上った。

「そうこなくちゃ。もう恨みっこなしでいこう。呑もうぜ」

「ともかく、ありがたい。ぺさんでなけりゃ、こんな場所でたらふく酒なんか飲めないさ。ほんとにたくさんの思い出があるところだし……」

ソン・ドゥムンは顔を上げて海を眺めた。考えれば考えるほど、過ぎ去った歳月は自分の人生ではないような気がした。故郷で飢えに苦しんだ挙句、東海岸まで流れてきて、思いがけず大金を手にし、それを元手に金持ちになった現実がまるで夢の一コマのようだった。彼は水平線に浮かんでいる漁船に視線を移した。その漁船に自分が乗っているかのように感じた。今も網を曳いているだろうに……。

「ぺさん」

ソン・ドゥムンは静かにペ・スンテに声をかけた。

「どうしたんですか?」

「失礼かもしれないが……」

「どうぞ、おっしゃってください」

「ご存知だろうが、私はいくらかは儲けているんだが、ぺさんに何とか報いたくて……」

「ありがとうございます。だが、急な話ですから……。とにかく考える時間をくれますか」

「ええ、どうぞお考えになってください。ありがとうございます」

「ところで、なぜ報いとか言い出したんです？　むしろ私のほうがソン社長に借りがあるっていうのに。わかってるでしょう」

「なんのことですか？　私に何の貸しがあるっていうんです？」

「さっきも言ったじゃないですか。あの時、ソン社長が捕縛したと主張したおかげで私は人間らしい人間になったということですよ」

「何のことか、さっぱり……」

「そんなふうに思っていらっしゃるんですね。私が借りがあるっていう話ですよ」

「とにかく、そんな曖昧な言い方をしないで、もうちょっと考えてからわかりやすく言ってくださいよ。そうすれば、俺の胸にもずんと響いてくるんってもんですぜ」

「ソン社長、本当にがっかりですよ。私はソン社長が詐欺師になるのを見ない振りをしたんです。ここにいるファンさんやカン刑事も同じですが、正直、皆さんには大きく失望しました」

「大きく失望したって？」

ドンホは真面目な声でペ・スンテの方を向いた。ペ・スンテの言葉に言葉が詰まったのだった。

「みなさんが優しすぎるってことですよ」

「優しいってことがどうかしたんですか？」

「ここの人じゃないみたいで」

「ここって？」

「大韓民国のことだろ。ほかにどこだっていうんだ？」

「そうさ、ここの人たちがどうだって？」

「賢いっていうのさ。とても頭がいいってのさ。だから、ここにはピリッと来ることがない」

「ピリッって？　感動するってことかい？」

「そうさ。感動することがないから、生きる楽しみ、生きがいってのがないってことさ。生きがいのない場所に何の楽しみがあるっていうんだい？」

「なら、北にはそれがあるってのかい？」

「北だってそうではないさ。だから北も嫌なんだ。だがな、北は生きがいを感じられるようになるところではある」

「ここだって生きがいがあるようにすればなるんじゃないのか？」

「ここは、生きる楽しみを育てられない土地だ。あまりにも汚されてしまった土地だから、新芽が芽吹くことができない。だが、北は未開拓同然の土地だから、新しく育てることができるんだ。何が言いたいのかわかるかい？」

ドンホは、彼の話にますます興味が沸いた。それで、未開拓というのがどのような意味なのかを問うてみた。すると、ペ・スンテは愚かな人びとが暮らしている場所だと答えた。

「愚かな人びと？」

「愚かな人ってのは単純すぎるな。実利を上手く手にすることができない人。一言で言えば、純粋だってことさ」

「なら、北朝鮮社会は純粋だっていうことか？」

ドンホはしつこく尋ねた。

「いや、そういうことじゃない」

「そうじゃないなら……何を言おうとしてるのかわからないじゃないか」

「今話した純粋っていう意味とはちょっと違う。私が言いたいのは、南も北もすべて堕落しているが、それには違いがあるっていうことさ。罪と野卑の相違と同じだ」

「罪と野卑?」

「罪というのは罰を受ける堕落だが、野卑は法律とかで縛ることができない堕落だ。そういうことさ」

「難しい話だな」

ドンホは彼が何を言わんとしているのかがわかるような気がしつつも、雲を摑むような言葉に興味を覚えたので、もっと具体的に話してほしいと要求した。ペ・スンテは姿勢を正して少しずつ話をしてくれた。彼の話はかいつまんで言えば、大略次のような内容だった。

罪と野卑とは、同じく堕落の一種ではあるが、その本質はまったく異なるという。さらに言うならば、罪をひと言でいえば分別のない無作為的な堕落に完全に陥った愚かさであり、ある意味では純粋でもあると解釈することができるが、堕落とは一体何であるかを知らずに堕落するため、救済することも可能である。しかし、野卑とは、分別のある作為的な堕落であり、様子を窺うとか、狡賢さと解釈することも可能であり、堕落が何であるのかをよく知りながら堕落するのであって、救済することは不可能である。

色というものに喩えても同じことがいえる。罪の色は黒、あるいは白の一色しか出すことができないが、野卑の色は天然色のように自由自在に変色しうるために、鮮やかな美徳の色を真似ることも可能である。したがって、野卑とは真実、謙遜、義理を有しているかのように騙すことも可能であるため、悪の至りであり、最悪の毒でもある。野卑が罪よりもさらに有害であるというのはこういう意味である。罪は法で取り締まることもできるが、野卑は法の網をかいくぐりえるものであるため、より有害であるのだ。偽りであっても本当のことであるかのようにみせ、犯罪であっても法で治めることができないものが野卑だ。汚れていても純粋なものであるかのようなもの、加害者であっても被害者であるかのようなもの、それがまさしく野卑である。罪を犯せば刑罰という鞭で打たれるが、野卑にかかればそれは狂気であるという。

「だから、北は罪で、南は野卑だということなんですね」

「そうなんです。ソン社長は話の飲み込みが早いですね。ここの人たちは人間的な徳というものを古くさい、野暮ったいものと思ってしまうほどに野卑になってしまっています。ここは人間の薄情さを測定する実験室ってことですよ。本当に怖ろしいところですよ。野卑にならねば、生きていくことができない場所だ、そういうことなんですよ」

「だが、すべてがそうではあるまい」

ドンホはいかにも強情そうな感じで口を差し挟んだ。

「ですかねぇ、とにかく、みながそうなってしまうのだから、そうでしょう。そうなってこそ、ある程度の待遇を受けて生きていけるのだから、社会はさらに野卑になっていくほかはないってことだろう。そうじゃないかい？　もちろん、ソン社長やファンさん、あなたのような良心を守っている人たちだっているのはいるさ。だがな、あんたたちのそんな良心だって、利己的な純潔に過ぎないさ」

「それじゃあ、君たちの純潔性ってのが利他的だってのは？」

「そうとも。俺の闘いってのが変わることなく鮮明なのも、だからなのさ」

「だから半世紀ぶりに血縁に会った場でも将軍様万歳を叫ぶのか？　そんな集団的狂気を利他的な純潔性と結びつけるってのはどういうことだ？」
「そんなふうにあざ笑わないでくれ。だから罪だと言ったんじゃないか。だから未開拓地だと言ったのさ」

ペ・スンテは口を閉じた。ドンホはペ・スンテの気持ちをもっと聞きたくて、耳を傾けたのだが、彼は酒でも飲もうといって、奥の女を呼んだ。手をエプロンで拭きながら女がやってくると、ペ・スンテはすぐに夕食を出すように指示した。すでに酒の肴で腹もふくれていたので、全員が食事は不要だと断り、ご飯のみを二、三つほど準備してもらうことにした。

ドンホは食欲がなくなっていった。箸を取っても食べ物をつままずにすぐに卓上にもどした。顔が熱くなったりもしていた。ペ・スンテの話のように、ヨンジュに対する罪責感がようやくにして自己愛的自尊心に過ぎないかもしれないという気がしてきたのだった。すると、ペ・スンテの顔が何か見慣れないもののようにみえてきたのだ。ペ・スンテの口からさきほどのような話が出てくるとは思っていなかった。茫然と座って沈黙のみを守っていたドンホは、頭を上げてソン・ドゥムンとファン・オッペの表情を窺った。ソン・ドゥムンは静かに座って目だけを動かしてちらっと見ていただけで、かたやファン・オッペはというと、活気のない目つきで盃を眺めているだけだった。

第九章　波よ、波よ

1

俺のしたことは果たして正しかったのか？
ドンホはヨンジュとペ・スンテの再会についての自分の行動は正しかったのかという思いに駆られ、急に当惑するようになった。ヨンジュが少しでもペ・スンテに未練を持っているのであれば、問題ではないが、まったく関心がないのであれば、無謀な押しつけに過ぎないことだった。ペ・スンテもまた心底からヨンジュを愛しているのであればいいが、孤独だとかいう単純な同情心からならば、それもまた心配であった。

〈ナ・ヨンジュ〉
五八歳

美人タイプ
高校一年のときにレイプされ、一時精神異常をきたす。
その後、回復したものの、環境変化により時折混迷することも。
常にドンホを慕う。
ペ・スンテとの将来は予測不可能。

〈ペ・スンテ〉
六八歳
美男タイプ
北朝鮮で大学に通う。
北朝鮮に美しい妻と息子がおり、常に彼らを懐かしがる。
武装ゲリラとして服役。
ヨンジュとの将来は予測不可能。

ドンホは二人を具体的に検討してみても、明快な判断を下すことはできなかった。そして、何より二人の気持ちが今後、どのように変わるのか、それが問題であった。再度彼らが一緒になるための第一条件が永遠の邂逅であるとするならば、彼の情緒の変化は予測できず、それが最大の障害であるといえた。南北統一はいまだ遠いことであるため、ペ・スンテが死ぬまでにユン・ヒジョンと暮らせることは期待できないが、年を取れば取るほど、ユン・ヒジョンを懐かしがる心はより一層切実なものになり、ヨンジュもまた常日頃ドンホへの思いに閉じこもりながら生きてきたのだから、ペ・スンテに対する新たな愛情が生まれるか、それもはっきりしたことではなかった。

ただし、ペ・スンテは良心的な人間であり、ヨンジュを不幸にする男性ではないことには多少安心してはいた。

「近頃、君はどんどん若くなっているように見えるな」

ソファーに腰掛け、ずっと考えに耽っていたドンホは、台所からコーヒーを入れてきたヨンジュに冗談を飛ばした。彼女の美しい顔がより引き立って見えた。体も年齢よりも遙かに若く、しっかりしているように見えた。清潔で豊かな環境も無視はできないが、何よりミヌに会ったことが彼女の安定には大きな影響を与えたのであった。ドンホはヨンジュの見違えるような姿を見て、ペ・スンテとの夫婦の縁のようなものが見えるような気がした。

「妹をはやく嫁にやりたいんだ」

ドンホはそれとなく心内を探ってみた。ヨンジュは淡々とした表情で、そんなことは望んでいないと答えた。そして、もの静かにソファーに座り、「今のままがいいんです」と付け加えた。

「俺の言うことを負担に思わないでほしい。だが、真面目に聞いてほしいんだ。その相手の男ってのは誰を隠そう……ペ・スンテ氏のことなんだ」

ヨンジュはフフッと笑った。予想していたことだった。ドンホは間髪を入れず話を続けた。

「年はちょっと取ってはいるが、あの人ほどお前を大事にしてくれる人はいない。あんな人だからこそお前のような人間が必要なんだ。お前がそうしてほしいと思うぐらい、最後まで大事にしてくれるだろう。彼は韓国で不幸な結婚も経験したではないか。この資本主義社会で商売だってしたし、それでもって一生懸命働いたおかげで経済的基盤だってある。ただ、女性には恵まれなかったってのが唯一の欠点だ。今、彼がどんな女性を望んでいるのか知っているか？　まさにお前のような女性だ。お前のような心のきれいな女、静粛な女、よく働く女、徳ってのをよく分かっている女、自己犠牲を厭わない女、心身ともにきれいな女、純潔な女……」

「どうして私が純潔だっていえるんです？」

ヨンジュがドンホを遮った。

「この世に、お前ほど純潔な女はいない」

「知ってるじゃないですか。私がどれほど汚れた女か。強姦された女じゃない？」

「いや、お前は汚れてなんかいない。世の中が不潔なんだ。俺のような人間が生きている、この社会が、だ。だから俺が汚れているのと同じぐらい、お前はきれいなんだ」

「兄さん！」

ヨンジュは悲鳴のような声で叫んだ。

「兄さん！　なぜ私をそんなに困らせるんですか？　私の方が兄さんの体を汚したのよ」

ドンホは気を静めようと壁掛け時計の方に視線を移した。秒針が動いているようでもあり、止まっているようにも見えた。立ち上がったドンホはヨンジュに近づいて彼女の肩にそっと手を乗せた。

「妹よ。どうか俺を恨んでくれ。俺は本当に汚れた人間だ。野卑な人間なんだ。最後まで自分のこと、利益だけを考えているヤツなんだ。表だけもっともらしく塗り固めて生きてきた卑劣なヤツなんだ。俺は今、お前の前で震えている。これほどに美しく純潔な魂を前にすると、力や気力さえも萎えてしまうのさ。俺とペ・スンテを比べてみろ。彼は清潔で正直な人間だ」

「兄さん！　そんな比較なんかしないでください」

「お前は彼を知らないんだ。彼こそが勇気のある男なんだ。勇気ある男ってのは卑劣になるはずがない。それがペ・スンテ氏の一番のいいところだ。そんな男がお前を寝ても覚めてもいつも思っているんだよ。実はこの間、俺は彼に三度も会ったんだ」

「ええ？　じゃあ、私がどこにいるのかも教えたんですか？」

「いや、それはまだ言ってない。お前と俺との関係も知らないさ。いつかは知らせなきゃならないが……辛いことだが」

「……」

「お前は、彼と俺の関係を知らないだろ。ソンミが話したというが、彼と俺とはそんじょそこらの間柄ではないんだ」

「お二人の関係が深いということはわかっているけれど、私はあの方を好きではありません」

「わかってるさ。だがな、彼がお前によくしなかったのは、お前のせいでもあるさ。あの頃のお前は体も丈夫じゃなくてさ。それにそんなお前が意味不明なことをするんだから、どうすればいいのさ。彼の話のようにほんとはおかしくなっていたわけじゃないだろ」

「私がどうしてたっていうんです？」

「一つや二つのことじゃないさ。母さんがくれた簪を見せたというういうんだから、呆れた話さ。それに加えて、北の家族を忘れるほどにお前のことを思ってくれた人に対してそんなことをするなど……」

「私がそんなことを？」

「それだけだと思うのか？　ペ・スンテ氏に俺との関係を自慢したってさ。勿論、俺の名前は言わなかったようだがな」

ヨンジュはフゥーッとため息をついた。自分の失敗を憾んでいるように見えたが、その自分を恥じている気持ちが彼女の心を揺さぶっているのかもしれなかった。ともかくヨンジュは自分のしでかしたことを知らなかったとは。ドンホはその頃のヨンジュの精神状態を思うと、さらに良心に何かが刺さったような気になった。すべては自分のせいだったのだ。

「よく考えてみてくれ」

ドンホはそう言い残して家を出た。後を付いてきたヨンジュが「私がとても悪いことをしたのね」と言った。そんなヨンジュの態度を見て、可能性が開けてきた。あとは急いでペ・スンテに会って、約束を取り付けることだけだ。ドンホの足取りは軽くなった。

2

ペ・スンテは生まれてはじめて波を見て悲しみを感じた。山と同じように海を闘争の舞台としてのみ考えてきた彼としては、それはとても意外なことだった。ロマンや悲しみなどは、彼にとっては捨て去らねばならないゴミのようなものだった。彼はそういった幼稚な感情に汚されないために、老いた体にむち打って戦争ごっこまでしていた。それなのに、波を見るだけで悲しさを感じる自分に気づき、声を出すことすらできなかった。これは一体どういうことなのか。唇を噛みしめた、その瞬間、途方もなく涙が溢れた。「畜生」ペ・スンテは自分の意志や感情それぞれが空回りしていることに怒りに近いものを感じていた。

「カン刑事、あいつこそが麻薬なんだ。人を惑わせるんだ。一体、何なんだ。昔もおれをおかしくさせたが、今だってそうだ。何だって、あいつは俺をこんなふうにさせるんだ？　あいつには鬼神がとりついているのか？　何が何だかわからない」

ペ・スンテは丘を下りながらしきりに独り言をつぶやいていた。顔が痛くなるほど風は強く冷たかった。すでに晩秋であった。夕陽が沈んでいく。彼は握りしめていた何かがこぼれていくような困惑を感じていた。握りしめれば握りしめるほどにこぼれてしまう、北の家族への想いが哀しかった。今となっては何かを懐かしがることさえ負担に感じていたのだった。

俺ってどうかしてるんだ。なぜしきりにこうなってしまうのか？

彼は気を取り直して、ユン・ヒジョンの姿を思い起こしてみた。しかし、ユン・ヒジョンの美しい顔はいつのまにか老いた老婆の顔に変わっていた。南北離散家族の面会の場でたびたび見てきた、深い皺が刻まれた老夫婦のそれであった。彼は自分の体を大きく伸ばすように、地面をズィッ、ズィッと押し固めた。そのときちょうど山の斜面を降りてくる人影が見えた。ドンホであった。ペ・スンテの体は即座に血の気がめぐった。腕と足に気力が沸いてくるようだった。

俺はどうしてこうなのか？　カン刑事のヤツを見ると、なぜ力が湧いてくるんだ？

ペ・スンテは自分自身にそう問いかけ、急いで入江の刺身屋の方へと降りていった。ドンホも手を振ったり、叩いたりして、こちらの方へ小走りに近寄ってきた。

「カン刑事だよな。何時に出たんだい。こんなにはやく着くなんて。それに来るなら来るで、電話の一本でも寄こしてくれよ。なんでいつも人を驚かせるんだ？」

「俺が来るのがそんなに嬉しいのか？」

ドンホは刺身屋に床に上がり、そっけない調子で応えた。

「何が嬉しいもんかね。どうせ退屈だから話でもしたくて会いに来たんだろ」

ペ・スンテは奥の女を呼んだが、しかし何の返事もなかった。もう一度大きな声を張り上げると、女はスカートをつまみながら慌てて飛び出してきた。彼女はドンホを見るや、喜びながらもすぐに顔をしかめて腰を屈めた。

「下痢か？」

ペ・スンテは女の顔色を窺った。

「時々、お腹がキューッと痛んで……」

「それは恋煩いじゃないのかい？　カン社長が来たから、すっかり直っただろ」

ペ・スンテがからかうと、ドンホはすぐに笑みを浮かべて合いの手を入れた。

「恋煩いってのは胸が痛むんだろ、何でお腹が痛くなるのさ。この老いぼれ爺さんが」

「老いぼれ爺さんとは何だ。統一戦士と言ってくれよ。民族の永遠なる光の道ってのを輝かす戦士なんだがね」

「民族の道ってのは、あの女のような人間がやることだろ。何で君が輝かせるんだ？　ふざけるのもいい加減にして、いい女と出会ってゆっくりと老後を過ごしたらどうだ。苦労ばかりの人生だったんだろ」

女が酒の支度をすると、彼らは部屋に入ってテーブルを真ん中に向かい合って座った。ペ・スンテが突然やってきた理由を尋ねると、ドンホはとんぼ返りで帰らねばならず、午後にはここをでないといけないのだと答えた。最初は電話をかけるか、ペ・スンテにソウルに来てもらおうかとも考えた。だが、もう一度、津里浦（ジンリポ）に行ってペ・スンテの心情をちゃんと確かめてこそ、ヨンジュとの再会を積極的に図れると考えたのであった。結婚までは後日に考えるとしても、互いに行き来して情を交わすのが望ましい。お互い新しい恋をするような気持ちで会ってみれば、互いの長所や短所もわかるだろうし、足りないところがあれば互いに補っていくのが望ましい順序だった。再度、彼らの間に不幸が再来してはならないというのが、ドンホの考えであり、そのためにも彼らの再会はより一層用心深く図らねばならなかったのである。

「どうも君の調子が良いように見えるんだが、だれかいい人でもできたのか？」

「なにとんでもないことを言ってるんだ。いい嫁さんだって？　こう見えても俺は目が高いんだ。いくら老いぼれたからって冗談も休み休みにしろよな。このままやもめのままでいくさ。いろいろ言い寄ってくるのは相手するのも面倒だからな」

「ということは、ヨンジュさんはお眼鏡にかなったってことか？」

ドンホはわざと怒らせるような口ぶりで言った。何をか言わん、というようにペ・スンテはカッとなった。

「ヨンジュが何だって？　あんたにヨンジュの心の奥底の何がわかるってんだ。ヨンジュのほどの女はこの世にいない。そうさ、当たり前だ」

「ヨンジュのどこがそんなに好きなんだ？」

「好きだってのに理由なんかあるかい。いちいち考えるような必要があるかよ」

ドンホは口ごもった。ヨンジュとの関係をどうやって説明するか。そのまま黙っているのは良心が咎めたのだ。今日、ペ・スンテを訪ねてきたのもそれを打ち明けるためだったのだが、どうやって話を切り出せばよいのか、それが問題だった。それに加え、ミヌのことを話すのも簡単なことではなかった。ミヌの存在を隠しておくのは人間性すら失わせてしまうほどの破廉恥であり、到底隠してはおけなかった。打ち明けることでペ・スンテとヨンジュの再会が成就しないとしても、すべてを正直に打ち明けるしかなかった。ドンホは慎重に話を切り出した。

「君に聞きたいことがあるんだが、一緒に住んでいた頃のヨンジュさんの精神状態はどうだったんだ？」

「精神状態？　それをどうしてあんたが知っているんだ？」

「小耳に挟んだのさ」

「ああ、あの女がしゃべっちまったんだな」

「答えろよ。どんな精神状態だったんだ？」

「おかしくなっちまってたってことか？　で、それが何なんだ？」

「君の率直な気持ちが聞きたくてさ。気が変になってしまっている女を好むやつってのはいないだろうってことさ」

「心を病んでる人間ってのは魂がきれいなんだ。魂がきれいだからおかしくなっちまうのさ」

「もし今、ヨンジュさんがまたそうなったらどうするんだ？」

「それでもいいさ。昔のヨンジュのように魂さえきれいなら、それでいいんじゃないのか？」

「もし、ヨンジュさんに過去があったとしたら？」

「それが何の関係があるんだ？」

「もし、ヨンジュさんに子どもがいたら？」

「男と住んでいたんだったら、子どもがいたっておかしくないさ。ところで、何でそんなことを訊くんだ？」

「君の人となりってのが知りたくてさ」

「なんかよくわかんねぇ話だな」

ペ・スンテはケラケラと笑った。はじめて見る、無邪気で安らかな笑いだった。ドンホはこれを機に自分とヨンジュの関係を払い落としてしまおうかと、体を回して海を眺めた。もの静かな秋の海がとても澄んで見えた。ドンホはその澄んだ海の水で自分の体に刻みつけられている時間の垢を洗い落としたかった。彼は恥ずかしかった。街角でひまわりのように虚空を眺めていたヨンジュのみすぼらしい姿に感じたおぞましさを、今は自分自身に感じていた。彼は自分自身に唾をはきかけたい衝動に駆られた。彼は悲しかった。その悲しみが勇気を与えた。心は海のように広くなるようだった。彼は何もかも洗いざらいはき出してしまいたかった。

「ヨンジュの子どもが、今、別の場所で暮らしているとしたら？」

「何だって？」

「失望したか？」

「そらそうさ。連れてくるんだったら、一緒に暮らさなけりゃ」

「君はいいやつだ」

「いいやつ？　そんなこと当たり前のことじゃねえか。愛してる女なんだから」

「愛してる？」

ペ・スンテの口からはじめて愛という言葉が出てくるや、ドンホは大きく目を見開いた。ヨンジュとの関係を告白しづらくなったドンホは、ばれないように静かにペ・スンテの心中を知りたくて、「もしもという話なんだが」と話を切り出した。しかし、なかなか次の句が出てこなかった。

「話してみろよ」

ペ・スンテが興味深そうな表情をした。

「もしヨンジュの子どもが私との間にできた子どもなら、君はどう思うだろうか？」

「それは幸運じゃないか。ヨンジュがあんたの女だったたってんなら、そりゃあ、素晴らしい因縁ってもんだ」

「本当にそうだったら？」

「素晴らしいって言ったじゃないか」

「『素晴らしい』っていうのは？」

「縁が深いってことさ」

「私とそんなような縁があるとしても別段気にしないってことか？」

「もっといいってことさ。俺の気持ちがわかるかい？」

ペ・スンテの表情からはその応えは真実であるかのようだった。ドンホはフーッと息を吐き出した。そのときだった。ペ・スンテが優しい笑みを浮かべてドンホの目を見つめた。

「本当なのか？」

「何が？」

「さっき言ったことさ。本当なんだろ。ミヌがあんたの息子なんだな？」

「何だって？　君はどうしてミヌを知ってるんだ？」

「そんなもの、知る方法はあるさ」

「知る方法って？」

「ヨンジュが来たんだ。昨日」

ドンホは口を開けたまま茫然とペ・スンテの顔を見た。ペ・スンテは相変わらず微かな微笑を浮かべたままドンホの視線を受け入れた。そして、さっと呑み干した盃に酒を注ぎ、ドンホに差し出した。

「ヨンジュの心配はするな。俺とヨンジュはうまくやっていくさ。ミヌも立派に育ってるだろ。そんないい息子を持ったあんたは幸せ者だよ」

「……」

「ヨンジュは心がきれいだから、気が引けてるのは俺の方さ。だから、泣きまくった。ガキのように泣けば拒まれることもないだろ？　ガキのように純粋なら、ヨンジュも俺を見捨てない。そうだろ？」

「……」

「海に浮かんだ月を見てヨンジュがこう言った。あんたが憎らしい、とな。どうしてだかわかるか？あんたがヨンジュよりも俺のことを好きだからってな。しっかりしてたから、こんなことを言うのさ。ホントに賢い女さ。俺はヨンジュにどう接したらいいのかわからねえ。俺でいいのか……」

「君もヨンジュのように賢くなればいいんじゃないか……」

ドンホは適当に返事をして、海の方を向いた。群れをなして押し寄せる波が、次々と砂浜に飛び散っていた。太古の昔からあんなふうに飛び散っているのだろう。彼は波が痛がっているように見え、自分の体も同じように消えてしまえばいいと思った。

そうさ、幸せでなければ……。

ドンホの気持ちを察してペ・スンテに会ってくれていた、彼女の気持ちが無性にありがたかった。彼は茫然と海を眺め、花嫁のベールを被り、海を歩くヨンジュの姿を思い描いてみた。そして、ヨンジュの後ろでウキウキと兵隊ごっこをしながら付いていくペ・スンテの子どものような姿も想像してみた。そんな童話のような様子を心の中に描いたドンホは、自然と笑みがこぼれた。

「なぜ笑う？」

「笑みがこぼれたから笑っただけなんだが、それが何かおかしいか？」

「急に笑うからさ、おかしくなったのかと思ってさ」

ペ・スンテの顔にも笑みがこぼれた。ドンホは笑いをこらえきれないまま、スッと立ち上がった。体が枯れ葉のように軽くなったような気がした。そのままフワフワと飛びたくなった。

体験創造とその破壊を図る小説執筆

金容満

僕は不治の病をわずらっている。それは美しさを感じ取れないという病である。花の赤とか黄色、また紅葉の持ったありのままの麗しい色を感じ取れない病。ところが僕は、その病を治そうと努力したことがない。僕はその病で苦しむのではなく、かえってその病を好んでいる。そしてその病は、いつも単に常識的だった僕の生活に歪みを与えながら、逆に僕の文学を導いてくれた。

僕にとって故郷は一つではない。生まれたところは忠清道だが、慶尚道では釜山の釜山中学に通って後に事業をしたところであり、全羅道では光州で光州大学に通ったし、また僕の親戚の多いところも全羅道である。そしてソウルでは高校（龍山高）と大学院（慶熙大学大学院）に通って、警察官として勤務したところである。また、京畿道は現在住んでいるところであり、そこで残児文学博物館を運営しており、江原道には妻の実家（楊口）があり、さらに父が他界したのは江原道の江陵であって、江原道には僕の文学の起点となった泗川鎮もある。そんなわけで僕は、江陵と泗川鎮の海辺を心の故郷にして生きてきた。

人里離れた砂浜で哲学書を読みながら思索した津里浦口。そこははじめて僕が小説を書いてみた場所でもある。二十代の半ばのことだった。しかしその後二〇年あまりの間、実際の生活環境は僕をあちらこちらに放浪させたため、文学とは遠ざかってしまった。警察官の仕事とその他の生業のためだった。

僕が小説を書くということは、もしかしたら赤ん坊の何気ない仕草に似ているかも知れない。いくつかの職業を転々としながら生きていた僕の過去は、決して小説を書こうというきっかけにはならなかった。自分の受けた血のせいかとも思った。芸人になりたかった父の血、豆畑を耕していたのにその手鍬を放り投げて、男寺党(1)(ナムサダン)の後を付いて行ったその血が僕の中にも流れているはずだった。父が寺男になったのも、結局はその血のせいだと思う。

僕もやはり学生時代から、何かに没頭したくてたまらない性格だった。真理に、愛に、そして空虚なものに魅了されたかった。そのうちに完全に気が狂って自分の耳を切り取り、自分の目玉を抜き取り、そして最後には自分の身を燃やして粉になった骨を空っぽの空間に撒き散らしてやりたかった。そうして僕の粉になった清い骨を、永劫の長き歳月の間に散らばせ、宇宙の果てまで飛ばしてやりたかった。

ある日、父が空を見上げながら僕に訊いた。

「宇宙はどれほど広いんだろう。宇宙のこちらの端からあちらの端まで絹糸で測ったら全部で何束になるかな」

父のそんな好奇心を満たしてあげるようと、僕はいつも空に関心を持つようになった。空に関心を持って空と親しくなってしまうと、人間は惚けてくるようだ。緊急の事態に出会っても対策を立てられずにボーッとしていることが多くなった。空とはずいぶん親しいのに、果たして利口にはなれないようだ。けれども僕は、愚か者のような自分がかえって誇らしく思える。結局のところ、父は痴れ者のような息子、痴れ者のような小説家を育ててしまったわけだ。

空と親しくなった僕の心に虚無が育ち、小説を書かなくてはいられないという必然性を産み出したのに対して、僕の警察官としての生活は小説の具体的な題材を提供するのに役立った。それらが僕に、何かを書かなくてはいられないある衝動を引き起こしたのである。その衝動を、物事に対する新たな認識が強くプッシュしていた。

僕が警察官になった動機は、単に生活の糧を得るために過ぎなかった。一九六三年の春、僕は今でもその日の出来事が忘れられない。その日僕は海に飛び込んで死のうとした。僕は軍隊から除隊したときの服を着たまま、セールス用の化粧品の包みをもって釜山市内をさまよったあげく、餓えて疲れた身で釜山の太宗台（テジョンデ）で自殺岩として有名な岩の上に立った。しかし両親の痛ましい姿が浮かびあがった瞬間に、僕の体はそのまま硬直してしまった。正に死ぬ自由さえないのが僕の立場だった。アンドレ・マルロー[2]の作品『人間の条件』[3]の主人公陳が死ぬ自由がない、とつぶやいた言葉を思い出して、自殺しようとした瞬間に失笑してしまった。

そうして自殺をあきらめた僕は、夜遅くまでしばらく岩の上に座っていた。そして市内行きのバスに乗った。乗客の少ないバスの中には、ラジオの音が響き渡っていた。その日の最終ニュースだった。ところがニュースの終わりごろの「お知らせ」が僕の耳を聳たせた。それは警察官募集案内だった。見知らぬ職業だったが、ためらっている余裕はなかった。自殺をあきらめた僕には不思議に就職の欲が出て、その後書類を整えて受験し、数日後に合格通知を受け取った。そして仁川（インチョン）の富平（プピョン）にある警察専門学校で教育を受けるために、釜山を出発した。

教育を終えて、僕はソウル警察庁に配属された。そして間もなく、連日のようにデモの鎮圧のために出動した。日韓会談[4]・ベトナム派兵[5]への反対デモが激烈を極めた時期だった。ところで、中部警察署に勤務していたある日、妙な鎮圧をリードしなければならなくなった。乙支路（ウルチロ）の興士団[6]建物での集会では尹潽善[7]（ユン・ボソン）、白基玩[8]（ベク・ギワン）（白帆思想研究所長）氏などが街頭デモ隊の先頭に立っていたのだった。龍山高校に通っていたとき、僕は韓国総学徒連盟主催の智異山（チリサン）農村啓蒙運動という行事に参加したことがあったのだが、その時、白基玩氏が引率者で、彼は僕の元暁路の下宿の隣に住んでいたこともあってよく遊びに行ったりもした人だった。京畿高、ソウル高、景福高、龍山高など、ソウルの名門高校の学生たちが結成した青進会では、僕が顧問として推戴した人でもあり、彼とは兄弟のような間柄だった。僕は仕方なく鎮圧部隊の後に隠れるしかなかった。その後時間が流れ、僕が作家になってから民族文学作家会主催のある集いで彼に会ったが、彼は僕の手を握って「この男が金容満だ」と大きな声で紹介してくれた。

短編小説『君は僕の花嫁だ』は、猟奇的なある殺人犯の物語だ。今は江陵に刑務所ができているが、以前韓国の東海岸では江陵警察署の留置施設を刑務所の代用に使っていた。江陵をはじめとして高城（コソン）・束草（ソクチョ）・襄陽（ヤンヤン）・三陟（サムチョク）などの江原道の東からの囚人を三〇〇人余り収監していたが、受刑者の数や種類が一般の刑務所と多少の違いがあった。

受刑者の種類は既決囚・未決囚・少年囚・女囚などと様々で、そのうえ控訴以前の被疑者から軽犯罪者まで、様々な犯罪者たちの寄せ集めで、留置施設でもなく刑務所でもない、少し曖昧な所だった。彼らの罪名もまた窃盗や暴行から殺人・強盗・強姦・放火などの強悪犯罪、さらに恐喝・詐欺・横領などのペテン師たち、脱税などの経済犯罪、兵役拒否、太白山（テベクサン）の溪谷を棄損した森林犯罪、他には思想犯罪や武装ゲリラまでさまざまだった。それから未決囚はもちろん、大概の既決囚はほとんどそこで刑を終えた。ソウル・春川（チュンチョン）などに囚人たちを押送するためには夜明けからひたすら非舗装道路を走らねばならないので、囚人たちをそのまま留置しておいたのである。

ある日の夜であった。捜査係の事務室で一人で本を読んでいたのだが、事務室続きの留置施設から大きな叫び声が聞こえてきた。急いで行ってみると二十代はじめの囚人が鉄柵に自分の額を打ち続けていたのだった。そいつは猟奇的殺人犯だった。手錠をはめて事務室に連れていき、お仕置きをした後で落ち着かせると、彼は涙を流しながら胸の内を打ち明けた。その後ソウルに出張する際に彼を押送することになり、平昌でトイレに行くときにしばらく手錠をほどいて便宜を図ってやったが、猟奇的殺人犯にもかかわらず彼は逃亡などは考えもせずにすぐに戻ってきて、再び手首を差し出した。僕は彼をひっしと抱きしめてやった。その時の経験が『君は僕の花嫁だ』を生み出した。

留置施設の勤務をはじめてから一年ほど経った頃、もっと静かなところで読書と文章書きに集中したかった僕は、津里浦口で船の立ち入り検査を行う臨検所の勤務を志願した。そこでは一人で勤務したのでまず自由があり、門限時間が終わるころに出勤カードにハンコを押す以外は、拳銃を身に着けて海辺を散歩することが日課の全てだった。しかし北朝鮮による青瓦台（チョンワデ）への襲撃事件(9)が勃発し、予備軍という制度が創設された後は、予備軍の訓練や夜間監視勤務などの海岸警備業務は緊張の連続だった。職員も増え、僕は分隊長を務めることになった。よりによって津里浦口が標準防衛村(10)に選ばれたので、武器庫ができて海岸の封鎖が強化された。そして蔚珍・三陟武装ゲリラ侵入事件(11)の中心地に据えられたりもした。

そのころに僕は生け捕りにされた武装ゲリラに感動したりもした。寒い冬の夜、一人でご飯を盗み食いするために山奥の藁葺きの家に入ったゲリラは捕まえられた後、自首したのか逮捕されたのかという論争の末、裁判に回された。

吹雪が激しく舞う夜、包囲網を破って北上していたゲリラは、空腹に勝てずに人里離れた民家に入り込んだ。釜にはご飯が一杯分ほど残っていた。温かい焚き口の前でご飯を食べたゲリラは疲労が出て、食後の眠気まで重なってその場所に座り込んで眠ってしまった。翌日の夜明けごろ、家の住人に見つかってしまうが、寝ぼけ気味だったゲリラは拳銃を出したけれども撃てずにそのまま主人に拳銃を渡した。これは間違いなく自首だった。

しかし裁判の中で別の事実が発覚する。ご飯の半分は風呂敷に包んで焚き口の前に置かれていたという内容である。それで、ゲリラが山に残された仲間を考えたこと、つまり再び山に入ろうとしていたことが明らかになった。それによって自首とは相反する逮捕の論理が成立するようになる。僕は独房に監禁されている彼を時々訪ねて夜遅くまで語り合ったのだが、ある日の夜、彼は僕に再び山に入ろうと考えていたという事実を正直に告白してくれた。もし僕がそれを検察や法廷で暴露したなら彼は重刑に処されるに違いなかったが、僕は最後までその秘密を守ってやった。そのゲリラについての物語を書いたのが現代文学でのデビュー作品である短編『銀の懐刀』である。その作品をさらに拡張した作品が、二〇〇三年に中央M&Bから出版された長編小説『やいばと陽射し』、つまり本編である。

混乱した時局も一応収まって文章書きに没頭できていたころ、隣の注文津港の臨検所で大きな事件が起こった。南派船に乗ってきた武装ゲリラ五人が臨検所を襲撃したのである。彼らは韓国軍の軍服を着て偽装侵入したのだが、そのときに僕と江陵で一緒に勤務したことのあるヨム警長[12]がナイフで刺されて殺されてしまった。幸いに両手を縛られたまま用務員が脱出してきたので、すぐ予備軍が集められ、ゴムボートで脱出しようとしたゲリラはすべて予備軍の銃で撃たれてさらに溺れて死んだ。

その注文津事件が起って何カ月か経った後、僕は軍事境界線に近い巨鎮港の臨検所長として発令を受けた。冬だったので港は全国から押し寄せてきたタラの漁船でひしめいていた。たまには海上で軍事境界線を誤って越境し、北朝鮮の警備艇に連れていかれたもののかろうじて釈放され、戻ってきた船なども泊まっていた。

帰還する船が入港するときには桟橋に白い覆いを張った。帰還した漁師の中には冗談なのかも知れないが、北朝鮮製のタバコだといって差し出しながら僕にこう話しかけた。

「北の人たちが所長の安否を尋ねていました」

そんな話をした者たちは、仕方なく皆連れて行って取り調べをせざるを得なかった。

僕は江陵警察署にはじめて赴任したときに、留置所に帰還した漁師たちが監禁されているのをみて当惑したことがある。ソウルのように帰順した者を歓迎するどころか、どういうわけで留置所に監禁するのかと思ったが、北朝鮮に連れ去られて歓待を受けてから帰ったら人は思想が変わるという。冬風のように寒い時代だった。

ところで、町の道ばたはいつも酒に酔った漁師たちで騒がしかった。彼らは魚があまり取れない春を恐れなかった。春にはトロール船（底引網漁船）で雑魚を捕まえればよかった。しかしその年の春から、当局の施策で魚類保護のために不法漁撈を強く取り締まるようになった。冬の間、タラが山盛りになっていた魚販場は、埃だけがひゅうひゅうと飛び散っていた。空っぽのバケツを持った女性たちは漁船の出港を待ち焦がれつつ、僕の様子を窺った。職員たちに出港の指示を出したらいいのに、どうして焦らすのかという表情だった。地域の有志たちは僕を買収しようと近づいてきたりした。三陟をはじめ、いくつかの地域でトロール船を出港させたために、マスコミが騒いだ。

　地域の有志たちは青瓦台に陳情書を提出し、国会を訪問したりしたが、さほど効果はなかった。いくら苦しい立場だといっても不法な行動をけしかける訳にはいかなかった。日が経つにつれて人の情も乱れてきた。零細漁師たちは仕事がなくて飢えで苦しむほどになった。がらんとした魚販場にしゃがみこんで座った女たちの顔にはだんだんと陰りが深くなっていった。その悲惨な姿が僕の心を苦しめた。彼らのぼんやりした目つきには、精麦をもらいに歩きまわる背の曲がった母親の姿が重なった。僕はたった数日間だけでも出港させてやろうと考えた。責任を問われても、せいぜい懲戒を受けるぐらいだろう。懲戒という代価で、少しでもあの人たちの顔にできた皺を減らせるならば怖いことはないと考えたら、妙に勇気が湧いてきた。

　僕は出港カードに判を押すように命じた。その結果は目に見えていた。何日か経って江陵本隊から急伝が飛んできた。僕は直ちに暇な南海（ナムヘ）臨検所へと追い出された。そこで懲戒の内容が決まるまで待機していたが、いきなり出動せよという無線が入った。北坪（ブクピョン）（今の東海（トンヘ）市）の方に武装ゲリラが出没したということだった。

　一カ月間山奥で作戦を遂行してきた功労もあって軽い懲戒で済んだのだった。減俸一カ月だった。その代わりに北側の奥地にある楊口警察署へ送り込まれた。そこで僕は、今の妻と出会った。公務員に任用された彼女の身元照会面接をすることになったのだが、もともと他の職員の仕事だったのを僕が酒をおごるからと言って代わりに引き受けたのだった。面接で彼女が気に入った僕は、その後、交際を申し込み、結婚までゴールインした。結局飲み代五〇〇ウォンで生娘一人を手に入れたわけだ。

　その後、僕は再びソウル警察庁に戻り、情報刑事の生活を始めた。連日起こるソウル大学生たちのデモ現場で証拠班員として活動した。証拠を確保することは重要な情報業務だった。ソウル大学へ出入りすることが日課の殆どとなった。政府も学生のデモがもっとも気にかかる事件だった。僕はソウル大学の学生たちと交わって石窟庵[13]という学生酒場でマッコリを飲んだりもしたが、誠にロマンチックな時代だった。情報刑事と学生たちが酒を飲みながらデモに関して議論するくらいにロマンがあった。しかし街頭では石が投げられ、催涙弾が炎を吹いていた。その当時の緊張した状態を扱った作品が『狂った愛』という長編小説である。

　デモのあるとき以外は、毎日人に会うのが日課で、政治・経済・社会・文化など、あらゆる分野の指導層に会うのが任務だった。その中でも僕は教育系の人物と会うのが好きだった。文学やその他の学問など、知識分野に関してはなんでも学びたい欲があったのだった。ちょうど国文学者の李熙昇[14]（イ・ヒスン）先生がソウル大学の文理大学長だったのでよく会った。ある日、梨花洞（イファドン）の喫茶店で七時間も話をしたことがあった。李先生もやはり僕と会うのを好んだが、僕の業務には慣れなかったようだった。話題は主に国語に対する話だった。僕は全一思想[15]と国語の有限性に関して質問したことがあるが、先生はハングルの永遠性について話してくれたのを覚えている。

四〇年経ったいまでも、東海岸での生活がもっとも懐かしい。東海岸は僕の小説が生まれた場所である。捜査係の空っぽの事務室で夜が更けるまで本を読んで文章を書いた留置施設勤務、そして波の音に飲み込まれて思索に耽っていた臨検所での勤務は僕が心を平安にして勉強できる、安らぎのある場所を提供してくれたのである。

緊張にまみれた公安業務を行いながらも、哲学の本を読み明かしていたその時代は僕の人生の黄金期のように思える。そこで僕は永遠に生きることのできる僕なりの宗教を作ってみたりもした。僕は神になりたかった。

しかしソウル勤務になって、再び小説からは遠ざかっていった。厳しい軍隊生活の中でも本を読む合間はあったが、警察業務は責任が伴うために時間を疎かにすることができなかった。一カ月に家に帰れる日は数日に過ぎなかった。葛藤は大きかった。懲戒を受けたことがあるために、昇進も難しいと思えた。選挙とデモの問題で一生を送る羽目になっていた。そして僕は大統領選挙を終えた翌年に、ついに辞職願いを出したのだが、受理されなかった。考え直せ、というその時の上司の愛情はとてもありがたかった。上司である情報課長は、すぐに辞職願いを取り下げろ、と怒鳴った。涙が出るほどありがたいと感じた。

しかし僕の決心は固かった。僕は辞職願いが受理されるのを待たずに、身分証、拳銃、手錠を返却し、家族を連れて釜山に向かった。そこには以前僕を世話してくれた空軍の同期生が自動車サービス業を営んでいた。後で分かったことだが、彼は密輸にも手を出していた。僕は彼の好意でそこに勤務し、光沢塗装などのサービス技術を磨きながら従業員の管理も行った。しかしそのまま好意に甘えるわけにはいかなかった。釜山での生活が一年になったころ、僕は荷物をまとめて見知らぬ大邱（テグ）へと発った。

大邱の明徳（ミョンドク）ロータリーの付近に敷地を設けて、自動車サービス業をはじめた。韓国産の自動車はまだ組み立ての段階で、外車や中古車を再整備して乗ることが多く、サービス業として当時は黄金期だった。

誠実と信用をもって仕事をしたためか、すぐ口コミでよい噂が広まった。工場の前には車が渋滞したように並んで得意先が増えた。都庁・市役所・嶺南（ヨンナム）大などの官公署や大学、大きな事業体、引いては米軍部隊の車までが工場の前に並んだ。僕の工場が大邱の金を全部掻き集めている、という冗談が出るほどだった。そのころ中東戦争が勃発してオイルショックが起こり、サービス業に不況が迫ってきたが、僕の事業所は繁盛するばかりだった。仕事に没頭するあまり、僕の姿はまるで乞食のようだったという。ところがあれほど盛況だった工場に火事が起きて、工場は灰の山と化してしまった。工場に駐車していたお客の車が数台燃えてしまった。燃えた車の中には外車もあって、被害は莫大だった。

僕らは再び一文なしになってソウルに向かった。大事にしていた家財道具と甚だしく本まで売って部屋を借り、新しい暮らしをはじめた。そのせいでいま僕の本棚には昔の本が一冊もない。またどん底の生活が始まった。工事現場の作業員をし、リアカーで白菜を売り、道ばたの屋台を転々としながら、猫の額ほど小さな店を借りて食堂をはじめた。成功するはずがなかった。飲食業は経験なしですぐに成功するのは不可能だった。

しかし、一〇年の苦労の末に、そのノウハウを活かして九老（クロ）公団五叉路に「春川屋」というボッサム[16]・マックス[17]専門店を開いた。ソウルで清渓川(チョンゲチョン)一カ所を除いてボッサム店は僕の店しかなかった。

売り上げは毎日のように上昇曲線を描いた。奇跡に近かった。汝矣島(ヨイド)・永登浦(ヨンドゥンポ)・始興(シフン)など周辺地域はもちろん、仁川・水原(スウォン)・安養(アニャン)などの遠くの首都圏からやってくる客が多かった。全国でチェーン店を出したいという問い合わせが殺到した。釜山・大田(テジョン)・光州・済州島(チェジュド)などの国内はもちろん、アメリカや日本からも連絡が届き、設計中だった蚕室(チャムシル)ロッテワールドからも依頼がきた。

チェーン店の問い合わせは数えきれないほど頻繁だった。チェーン店の事業さえ完成させれば大きな企業へと成長するのは目に見えて分かっていた。しかし僕は事業を畳んで、長年の夢であった小説を書こうと心に決めた。この飲食店の成功秘話を描いた小説が長編『ヌンスの母親』である。この作品は中国の延邊大学で翻訳出版されたりもした。ベストセラーを意図したあまり、大衆的な工夫を込めたために僕の純粋文学のイメージが損なわれるのを恐れて、その後、販売を控えた。この本を読んだ人はみんな夜を明かしたり約束の時間を延ばすほど本に没頭したという。

遂に僕はただ小説を書くことに集中できるようになった。そして僕は熱心に突き進み、《現代文学》で文壇デビューを果たした。

僕がはじめて発表した作品は短編『そして、曰く』である。その作品はある乞人が高級レストランで物乞いをする場面を描いたのだが、発表当時は称賛の言葉でずいぶんもてはやされた。ユーモアと風刺がある文体だけでなく、主題の面でも政治暴力やイデオロギー暴力へと拡大解釈できる点で象徴性が高いという評価を受けた。晩年にデビューした作家としてデビュー後に初めて書いた作品だったのだが、大変良い評価を受けたのだった。

僕は今もその当時の良い思い出の一コマが忘れられない。ある地方都市で文学行事が開かれたのだが、そこには韓国の文壇を代表する小説家・詩人・評論家など一五人くらいが招かれた。彼らはその地域の郡守のはからいで夜は別の居酒屋に招待され、子夜ごろになってほろ酔いの状態でホテルに戻ってきた。僕はあえて彼らについて行かずに学生たちとロビーに残っていたが、真っ先にロビーに戻ってきた有名な評論家である高麗大の金華榮[18]（キム・ファヨン）教授が僕に向かって言った。

「今日はあなたの日でした。酒の席であなたの作品に関する話が話題になりました」

僕はいったいなんのことかはじめは良く理解できなかった。短編一つ発表しただけなのに、これほど誉めてくれるとは……。そのときL詩人が僕の肩を軽くたたきながらこう言った。

「これからあなたは書きさえすればいいんです。名うての作家や評論家たちがあれだけ口をそろえて称賛するのをはじめて見ました」

最初の小説集『君は僕の花嫁だ』が実践文学社から出版されると、本当に文壇が騒がしくなった。作品が良いという称賛の言葉が殺到した。僕は戸惑った。放送・新聞・雑誌など、あちこちからインタービューの要請が相次いだ。評論も何カ所かに掲載された。酒場で僕の話がつまみになったそうだ。最近は五〇年あまり書いてきた日記をコンピューターでまとめているのだが、九〇年代の初めには三日を空けずに僕の作品に対する評価と噂が記録されている。一九九二年の日記には、「金容満の年」という言葉が広がるくらいだ、と書いてあったりもした。

ある先輩作家は、百人あまりが集まったセミナーの場で僕の手を持ち上げながらこのように叫ぶこともあった。

「この人が『君は僕の花嫁だ』の作家です」

小説家金周榮[19]（キム・ジュヨン）は酒の席で次のように誉めことばを投げかけた。

「僕は間違いなく一〇年以内にこの人に追い越されてしまうだろう」

また日記には韓国の代表詩人の一人である黄東奎[20]（ファン・ドンギュ）教授が酒の席で「金容満というのは何者だ。そんなに小説を書く筆が立つなんて」と大声で話したという内容が書かれてあったりもした。さらにある作家は「ある朝、目が覚めたら、有名人になっていた」というバイロン[21]の言葉に寄せて激励してくれた。元老小説家である李浩哲[22]（イ・ホチョル）作家は教え子たちが数十人集まった場で僕の小説集について語り、重要な作品もあるので読んでみるように薦めたという話や、ある一流大学では『そして、曰く』が短編構成のテキストとして活用されたという話も聞いた。また韓国の代表的な文学出版社〈文学と知性社〉から、僕の作品集の出版を依頼してきたりもした。

当時の僕の作品に関するエピソードは限りがない。僕が聞けなかった、隠れた話も数知れず存在するだろう。

原稿の依頼が溜まった。正直そのときに僕はもう依頼に応じることができないほど、依頼された原稿が多かった。当時権威のある文学誌《現代文学》のような所からは「こんなに作品をいただくのが難しいのなら、これからは依頼できませんよ」と責められたりもした。

最初の創作集の出版一回で、思いもよらぬ評価に包まれた老年作家。そのせいか、僕は生意気なことに大概の文学賞は遠慮した。その中でも三、四つは今、最高に認められた賞も入っていた。断ったことを今は少し後悔している。おそらく自他ともに認める最高権威の一、二の賞以外は頂かないという傲慢な思いがあったようだ。そのため現在、僕の略歴には受賞経歴があまりない。

今は初心に帰る覚悟を持っている。机に頭を打ち付けて死ぬのが僕にはもっとも幸せな死に方である。僕は死んでも小説に齧り付くつもりである。僕のようにオシのような人間でも天に向かって泣きながら叫ぶ言葉が一つぐらいはある。それは、真実を求め続ける、という言葉である。真実は常識が及ばない深いところに存在する。真実はタマネギと同様だ。いくら皮を向いても中身が現れない。タマネギの皮は鱗茎なので初めから中身は存在しない。しかしタマネギの中身を見つけるべきなのだ。存在もしない中身を見つけるべきだという矛盾の克服がまさに真実を求め続けるということにつながる。カフカ[23]は虚偽が真実と化した現実世界と戦うために文学の力を借りようとした。

「野卑」は「罪」よりも恐ろしい害悪である。罪と野卑は両方とも堕落の一種でありながら本質はまるで違う。罪の色は黒と白の単色でしか表現できないが、野卑の色は天然色と同様で、よく華麗な美徳の色を真似る。孔子曰く、「悪似而非」。つまり本物に似てはいるが、実は本物ではないものがあるとした。偽りでありながら真実めかすこと、犯罪でありながら法律で治められないものが野卑である。汚染されているのに純粋めかすこと、加害者でありながら被害者めかすものが野卑なのだ。罪を犯したならば刑罰というむちを打たれるのだが、野卑に引っ掛かれば人間は狂ってしまう。

この文の冒頭で僕は花が好きではないと言った。僕が美しさを感じ取るのは越権行為としての罪なのだ。僕はとうてい花や紅葉に触れることができなかった。そのような美しいものは僕以外の他人のみが触れることができる存在だった。僕が美しさを感じることは罪悪に思えた。醜いもの、悪臭いもの、汚らしいものだけを相手にしてきた僕は、それらの卑賤な価値に慣れているのみで、美しいものに関しては考える暇もなかった。美しさに不慣れなために、幸福にも極めて不慣れだった。幸福はもっぱら他人のものだった。僕は幸福を憚り、それゆえに苦痛だけを愛した。幸福とはすでに僕がもっとも嫌悪する単語になっていた。僕は、幸福が決して僕に近づかないように柵をめぐらして生きてきた。幸福は僕を堕落させ、僕の創造意識を麻痺させ、僕なりの美的感覚を停止させ、僕の反逆精神を弱体化させ、僕の純潔さを汚し、僕をドグマに陥らせ、僕を野卑な人間にし、僕を整然とした形式論者にする。そして幸福は何よりも僕の好む虚無を希薄にする。

僕は思い切り泣いてみたいという願望があった。けれども、この世は僕を思い存分泣かせたりはしなかった。成長期の貧乏、自殺衝動、悲惨な労働、熟年大学生、老年作家。それゆえ生まれつきの才能を思いどおりに発揮できなかったという恨み、そのような事情は決して僕を充分に泣かせることはできなかった。そしてその涙の欠乏は、僕の美的感覚を歪曲させるに至ったのだが、僕はその惨憺たる歪曲の現状を体質化させたことを「苦痛」と命名した。

僕の若き時代の日記帳のタイトルは「体験創造」だった。「体験」と「創造」の二つの項をおいてみたとき、前者が偶然の生であれば、後者は必然的な生と言える。しかし、「体験」という人生の垢がついた単語を高校時代より好んで使ったことから、その偶然の生もやはり僕が今まで生きてきた通りに世の中を生きていくしかない、ある運命的な調和のためと思われて身の毛がよだったりする。

これからは「創造」という単語について語ってみたい。僕にとって創造とは、胸をときめかせる言葉である。創造という単語は、体験という単語を習得する以前から好きだった。創と造はその画においても筆で書くのにとても滑らかである。「創」の字と「造」の字を書くときはこざっぱりしてしゃれた感じがする。そして僕には「創造」という単語が「破壊」という単語と同じ意味として解釈されるのでさらに好感が持てる。その異質な二つの単語を同一視する現状は、常に僕を緊張させる。

いったい僕はどのような人間なのか。なぜ小説家になったのか。

僕は神になりたかった。自分なりの宗教を作り出したくて、小説を選択した。それゆえ文学を一般の宗教より高く位置づけて生きてきた。僕は小説の創作を神の創造行為と見なしていた。正直にいえば、僕は一般の宗教を持っていられなかった。「有限性の限界」を慰めるためにも初めから宗教を持ちたかったのだが、宗教を持った瞬間に僕の文学精神が規範化され、さらに硬直するのを恐れた。要するに、僕が宗教に閉じ込められることが恐ろしかったのだ。それゆえに僕の作りたかった僕の宗教は、一般的な宗教ではない他の何かであろう。既存のすべての宗教をまたいで新たに創造して成立させるべき宗教。新しい教理、新しい人間、新しい物事、新しい世界、それが僕の小説のあるべき姿である。たとえ年を取ったとしても僕にはまだ書くべきものが多く、作家として歩んでいく道も遥かである。

〈訳註〉

（1）男寺党（ナムサダン）：朝鮮半島各地を旅しながら人形劇、曲芸などを披露した芸人グループ。寺院の建立や補修のために寺を中心に活動した。

（2）アンドレ・マルロー（André Malraux、一九〇一～一九七六）：フランスの作家、冒険家、政治家。

ド・ゴール政権で長く文化相を務めた。代表作に『王道』や『人間の条件』などがある。

（3）人間の条件：一九二七年の上海クーデターを背景に、革命に参加する人々の生と死を描いた小説。一九三三年にフランス文学賞である《ゴンクール賞》を受賞した。

（4）日韓会談：一九五一年より一九六五年まで日韓協定を妥結させるために行った会談。日韓の関係正常化を反対する大規模のデモが起った。

（5）ベトナム派兵：一九六四年より一九七三年までベトナム戦争に韓国軍を派遣した。

（6）興士団：一九一三年独立運動家の安昌浩（アン・チャンホ）によりアメリカのサンフランシスコで創立された民族復興運動の団体。

（7）尹潽善（ユン・ボソン）（一八九七～一九九〇）：大韓民国の第四代大統領。大統領辞任後は野党の指導者として朴正熙（パク・ジョンヒ）に大統領選で二度挑戦するなど、軍事政権への抵抗と民主化運動に取り組んだ。

（8）白基玩（ベク・ギワン）（一九三二～）：韓国の政治家。一九六四年日韓会談の反対運動に参加して以来、反政府、反権力、市民社会運動に努める。

（9）青瓦台襲撃事件：一九六八年に北朝鮮の武装ゲリラ三一名が大統領官邸を襲撃するためにソウルに侵入した事件。

（10）標準防衛村：村民が地域を守る計画によって集められて設置された村。全国の郷土防衛隊のうち、模範的な一〇カ所が選ばれた。

（11）蔚珍・三陟武装ゲリラ侵入事件：一九六八年に北朝鮮の武装ゲリラが遊撃隊の活動拠点を構築する目的で蔚珍・三陟地域に侵入した事件。

（12）警長：韓国警察の階級。巡査と巡査部長の間にあたる。

(13) 石窟庵：慶州に位置する国宝第二四号の寺。ここではソウル惠化洞に位置していた学生酒場の名称を指す。

(14) 李熙昇（イ・ヒスン）（一八九六～一九八九）：国語学者、詩人。〈朝鮮語学会〉の幹事として韓国語の研究と普及に力を入れた。

(15) 全一思想：世の中の万物は互いにつながっており、一つの完全な全体を成り立たせるという仏教の思想。

(16) ボッサム：包むという意味をもつ韓国の豚肉料理。蒸した豚を塩漬け白菜、キムチ等と一緒に食べる料理。

(17) マックス：そば粉でつくった麺にキムチの汁や肉の煮出し汁をかけて食べる江原道の郷土料理。

(18) 金華榮（キム・ファヨン）（一九四一～）：詩人、評論家。詩を通じて世の中の根源的な状況を背景とし、人間存在を映し出す精神を表現する。一七九〇年代以後は主に批評活動に力を注ぐ。

(19) 金周榮（キム・ジュヨン）（一九三九～）：小説家。歴史小説『客主』で新しい歴史認識の枠組みを示したと好評を受けた。

(20) 黄東奎（ファン・ドンギュ）（一九三八～）：詩人。父は小説家・黄順元（ファン・スンウォン）。洗練された感受性と知性を持って堅固な抒情の世界を詩う。

(21) バイロン（George Gordon Byron、一七八八～一八二四）：イギリスのロマン派詩人。代表作として『チャイルド・ハロルドの巡礼』と『ドン・ファン』がある。シェイクスピアの次に詩がよく引用されると言われる。

(22) 李浩哲（イ・ホチョル）（一九三二～）：小説家。朝鮮戦争と分断の痛み、南北問題を作品化した代表的な分断作家。

短編小説『脱郷』が〈文学芸術〉に推薦されて文壇デビュー。

(23) カフカ(Franz Kafka、一八八三～一九二四):チェコ出身の作家。現代人間の実存的な体験を極めて表現した点で意義をもち、実存主義文学の先駆者として高く評価される。

韓国を代表する実存主義作家・金容満

韓成禮（ハンソンレ）

「僕にとって文学は救いであり、宗教である」

作家金容満は、彼にとって文学がいかなる存在であったかをこの一言でまとめあげた。常識を拒否し、普遍性に抵抗する「不治の病」をわずらいながら、彼が辿り着いた文学という宗教。

金容満の『やいばと陽射し』に対して、彼の受賞した文学賞の審査委員たちは、「調味料を入れていない料理の感動的な味を味あわせてくれる巧みな作品」「文学とは新たな発見であるべきという負担から脱して、おもしろく読める秀作」「小説家金容満は一〇年以内にキラ星のような韓国の作家達をみな追い越すだろう」といった大変な称賛の言葉を贈った。その後、金容満は長編小説『人間の時間』『家内が刀を持ち上げた』、散文集『川端康成の眠りと僕の戯言』などを相次いで発表し、ベストセラー作家の仲間入りを果たした。

金容満は、「成長期の貧乏、自殺衝動、悲惨な労働、熟年大学生、老年作家」さらには「両親の惨めな死など、すべてが僕の涙の源であったけれども、それらは僕の小説の供給源であり、エネルギーであり、モチーフだった」と様々な機会に述べているように、彼の歩んできた人生が実存小説そのものだったと言っても過言ではない。最初の小説集『君は僕の花嫁だ』は江陵警察署の留置場に勤務したときのある猟奇的な殺人犯の話であり、『やいばと陽射し』は東海岸の最北端である巨津と江陵にある津里浦口の臨検所に勤務したときに、北に逃げようとしていた武装ゲリラを取り扱った話である。彼の歩んだ苦難の茨のような道が文学の菜園を肥沃に耕す滋養分になった。

それ故に、彼は一貫して疎外された階層を浮き彫りにし、虚無と悲しみを生のエンジンとして描いている。このようなドン底の人生で凄絶に感じ、発見したことが、まさに「真実の人間性を追求する」という彼の「作家精神」とも言える。

「真実はタマネギと同様だ。いくら皮を向いても中身が現れない。タマネギの皮は鱗茎なので初めから中身は存在しない。しかしタマネギの中身を見つけるべきなのだ」と彼が言ったことと一脈相通ずる。

『やいばと陽射し』は戦争と韓半島の分断という難しい素材を扱いながらも、真正面にそれと向き合わずに迂回的にアプローチし、イデオロギーの多重性をえぐり出してヒューマニズムを強調している。方言で満ちた特有の嘲弄と悪口、そして共感を呼ぶ鋭利な表現は小説を読み進める間、終始登場人物たちとの親密な温もりを感じさせてくれる。

彼が警察官のときに担当した武装ゲリラの浸透事件をモチーフにして書き上げたこの小説は、韓半島の南と北、すなわち韓国と北朝鮮の理念の対立をいかに克服すべきかという解決策を、小説的な和解を通じて実感できるように明快に提示している。南と北の人々たちが置かれている分断の現実を、理念の対立（やいば）と南北の和合（陽射し）という小説的な和解を通じて消化させる作家ならではの方式を創り出している。一方では「前職武装ゲリラ」と「前職刑事」の「自首」あるいは「逮捕」を巡る、偽りから真実を求めるゲームのような小説でもある。

一九六〇年代の初め、ペ・スンテという名の武装ゲリラが江陵の近くの民家に忍び込む。そこでついまどろんでしまった彼は二人の農夫に取り押さえられ、警察に引き渡される。刑事カン・ドンホは南派のために徹底的な訓練を受けたゲリラが何でもない農夫の棍棒一振りで捕まえられたことが信じられない。ドンホは自首したのではと考えるが、スンテは頑として逮捕されたのだと言い張る。そして三〇年の年月が流れるのだが、その後に、この疑惑のポイントを究明する過程が描かれている。刑事をやめて中堅事業家として成功したドンホは、ナ・ヨンジュという女性のホームレスを保護しているので来てほしい、という警察からの呼び出しを受ける。そこでドンホは彼女の書いたメモを渡されるのだが、それを読むことからこの物語は始まる。

フランスの実存主義作家サン・テグジュペリが飛行士として勤務した経験を土台として描いた多くの名作が数え切れないほどの読者に冒険と未知、そして開拓の喜びを与えたように、現在世界で唯一の分断国家として残る韓半島の実存主義作家金容満の小説を通して、日本の読者の皆さまが実存的な小説世界の真価を味われることを期待して止まない。

[著者]

金容満（キム・ヨンマン）

1940年、韓国忠清南道扶餘生まれ。釜山中学校、龍山高等学校を経て光州大学文芸創作科を卒業し、慶熙大学大学院国文学科博士課程を修了した。1989年、現代文学に『銀の懐刀』を発表して文壇デビューした。短編小説集『君は僕の花嫁だ』、『妻が包丁を取った』があり、長編小説『やいばと陽射し』、『人間の時間』、『春川屋のノンスの母親』、『母の仮想の空間』、『狂った愛』（全四巻）、『残児』など多数の作品がある。その他、散文集として『川端康成の眠りと僕の戯言』、『随筆の新しい秩序模索』（全二巻）、詩論集『金容滿小説家の詩の読み方』、紀行エッセイ集『世界文学館紀行』などがある。短編小説『君は僕の花嫁だ』がKBSの一幕物としてドラマ化され、『春川屋のノンスの母親』が、KBSラジオで連続ドラマ化された。長編小説『やいばと陽射し』が東仁文学賞審査作品に選定され、長編小説『残児』で2017年に韓国文学賞を受賞し、慶熙文学賞、国際ペン文学賞、晩牛文学賞、柳承圭文学賞、仏教文学賞、、農民文学大賞、東アジア文学賞など、多数の文学賞を受賞した。京畿大学国文科とソウル文化芸術大学文芸創作科招聘教授、読書新聞論説委員を歴任し、現在、デジタルソウル文化芸術大学の招聘教授、残児文学博物館の館長、韓国文人協会展示文化振興委員会の委員長、国際ペンクラブ韓国支部の理事、詩を愛する文化人協議会の理事などとして活動している。

[監訳]

韓成禮（ハン・ソンレ）

1955年、韓国全羅北道井邑生まれ。世宗大学日語日文学科及び同大学政策科学大学院国際地域学科日本専攻修士卒業。1986年、「詩と意識」新人賞受賞で文壇デビュー。1994年、許蘭雪軒文学賞受賞。詩集に『実験室の美人』『柿色のチマ裾の空は』『光のドラマ』などがある。鄭浩承詩集『ソウルのイエス』、金基澤詩集『針穴の中の嵐』、文貞姫詩集『今、バラを摘め』ほか、多数の日本語翻訳詩集と、辻井喬『彷徨の季節の中で』、村上龍『限りなく透明に近いブルー』、宮沢賢治『銀河鉄道の夜』、丸山健二『月に泣く』、東野圭吾『白銀ジャック』ほか、多数の韓国語翻訳書がある。現在、世宗サイバー大学兼任教授。

[訳者]

金津日出美（かなづ・ひでみ）

1968年生。立命館大学文学部日本史学専攻卒業、大阪大学大学院日本学専攻博士後期課程修了、博士（文学）。韓国・新羅大学校日語教育科専任講師を経て、現在、高麗大学校日語日文学科副教授。著作に、『性と権力関係の歴史』(共著、青木書店、2004)、『現代韓国民主主義の新展開』（共編、御茶の水書房、2008)、「「東亜医学」と帝国の学知―「提携・連携」と侵略のはざまで」『日本学報』第90輯(韓国日本学会、2012）など。

やいばと陽射し

2018 年 5 月 1 日　初版第 1 刷印刷
2018 年 5 月10日　初版第 1 刷発行

著　者　金容満
監　訳　韓成禮
訳　者　金津日出美
発行者　森下紀夫
発行所　論創社
〒101-0051 東京都千代田区神田神保町 2-23　北井ビル 2F
tel. 03（3264）5254　fax. 03（3264）5232
web. http://www.ronso.co.jp/
振替口座　00160-1-155266

装幀／宗利淳一
組版／フレックスアート
印刷・製本／中央精版印刷
ISBN978-4-8460-1721-7